»Du willst mich, aber ...«

Christina Stöger

Christina Stöger

»Du willst mich, aber ...«

Bibliografische Information der Deutschen Nationalbibliothek: Die Deutsche Nationalbibliothek verzeichnet diese Publikation in der Deutschen Nationalbibliografie; detaillierte bibliografische Daten sind im Internet über http://dnb.dnb.de abrufbar.

© 2016 Christina Stöger

Cover: Design by D.E. Wilkinson
Testleserinnen: **Martina, Andrea, Cornelia, Katrin**

Herstellung und Verlag: BoD – Books on Demand, Norderstedt

ISBN: **978-3-7412-9859-2**

Inhaltsverzeichnis Seite

Kapitel 1 - Zurück in die Vergangenheit 7

Kapitel 2 - Der Brief 12

Kapitel 3 - Das Hochzeitsgedicht 16

Kapitel 4 - Hochprozentige Wahrheiten 23

Kapitel 5 - Das erste Mal 36

Kapitel 6 - Zufall oder Schicksal? 46

Kapitel 7 - (M)ein letztes Mal 56

Kapitel 8 - Der Abend vor der Hochzeit 65

Kapitel 9 - Ein Gefallen für die Braut 82

Kapitel 10 - Dr. Helfsberg – Nomen est Omen 104

Kapitel 11 - Rosa, Frösche und Doktoren 125

Kapitel 12 - Schwungvolle Begegnung 140

Kapitel 13 - Das Spiel geht weiter 153

Kapitel 14 - Geburtstagsüberraschung 174

Kapitel 15 - Alles kommt, wie es kommen muss 196

Kapitel 16 - Zweieinhalb Monate später 202

Danksagung 207

Kapitel 1 - Zurück in die Vergangenheit

»Wie sieht es aus, Anja? Kommst du noch mit auf einen Absacker ins 'Magic IN'?« Fibi steht in der geöffneten Aufzugtür und wartet auf mich.
»Nein, keine Lust. Ich muss noch so viel erledigen«, schüttle ich entschuldigend den Kopf und springe zu ihr in die Kabine. Die metallenen Türen schließen und der Aufzug setzt sich in Bewegung. Meine Arbeitskollegin Fibi ist mir in den letzten drei Monaten sehr ans Herz gewachsen und ich enttäusche sie nur ungern, doch ich habe schlichtweg keinen Bock mich heute Abend noch zu etwas anderem, als meiner Dusche, meinem Bett und meinem Buch aufzuraffen. Mein Kopf dröhnt von den vielen Informationen, die ich wieder erhalten habe und meine Füße schmerzen. Drei Besichtigungen standen allein heute auf dem Programm und die Herrschaften zählten wirklich nicht zur Kategorie 'pflegeleicht'. Doch ich habe es mir selber ausgesucht. Seit Beginn des Jahres hat sich mein Leben wieder einmal um hundertachtzig Grad gedreht. Aus der netten, kleinen Wohnung auf dem Land ist plötzlich ein Haus am Rande der Großstadt geworden. Meine Oma hat es mir vermacht, nachdem sie überraschend ins Altersheim gezogen war. Oder besser gesagt: umgezogen wurde. Freiwillig hätte sie das nie getan. Allerdings weiß ich auch, dass es besser für sie ist, da sie sich alleine nicht mehr versorgen kann. Mir kam das allerdings sehr gelegen, denn wenige Tage vorher hatte ich durch Zufall ein Stellenangebot einer Immobilienfirma in der Zeitung gefunden. Spontan rief ich dort an, wurde noch am selben Tag eingeladen und bekam nach einem kurzen, aber sehr informativen Vorstellungsgespräch den Job. Die Aufstiegschancen sind super und ich habe endlich wieder eine Zukunftsperspektive. Außerdem brachte die Arbeitsplatzverlagerung einige Kilometer Abstand zwischen mich und Alex.
»Na, dann aber nächste Woche, okay?« Fibi reißt mich aus meinen Gedanken und ich nicke automatisch.

»Versprochen«, lächle ich ihr zu und streiche mir eine blonde Strähne meines kurzen Haares aus den Augen. Ich müsste dringend wieder zum Frisör! Aber auch dazu kann ich mich im Moment nicht aufraffen.

»Alles klar, schönen Feierabend«, ruft Fibi mir zu, nachdem sie eilig den Aufzug verlassen hat und zu einer Gruppe wartender Frauen eilt. Ich erkenne Claudia und Sabine, zwei weitere Arbeitskolleginnen, die zusammen mit Fibi und mir im selben Stockwerk arbeiten. Die anderen Damen kenne ich nur flüchtig. Wahrscheinlich aus einer anderen Abteilung, vermute ich. Überschwänglich wird sie begrüßt und die Ladies machen sich auf den Weg in Richtung Feierabend-Cocktail. Irgendwie beneide ich sie schon, doch zurzeit fehlt mir ganz einfach die Kraft. Außerdem folge ich dem sehnsuchtsvollen Ruf meines Bettes. Allein der Gedanke daran lässt meine Mundwinkel nach oben schnellen.

Eine knappe halbe Stunde später stehe ich mit zwei Einkaufstüten in der Hand vor meiner Haustür und zerre den Schlüssel aus der riesigen, roten Handtasche, die perfekt zu meinem schwarzen Businessoutfit passt, bestehend aus einem kurzen Blazer, einer weißen Bluse und dunklen High Heels. Warum Frauen solche Taschenmonster mit sich herumschleppen, war mir bis vor Kurzem noch ein Buch mit sieben Siegeln. Wer braucht schon seinen halben Hausstand am Arm? Geldbeutel, Schlüssel, Taschentücher – reicht doch. So hatte ich zumindest gedacht, bis ich an dem Tag, als ich meinen neuen Arbeitsvertrag unterschrieben hatte, in einem Schaufenster diesen Traum in Leder sah. Groß, rot, auffällig. Meine! Ich liebe sie und könnte auch nicht mehr darauf verzichten. In meinem früheren Leben, das gefühlt bereits einige Jahrhunderte zurückliegt, hätte ich so ein auffälliges Ungetüm niemals gekauft. Doch die Zeiten haben sich geändert. Ich habe mich geändert. Kurz nachdem mich Florian verlassen hatte, um sein Glück in Boston zu versuchen, begann meine Wandlung von der grauen Maus, oder besser gesagt vom blonden Püppchen, zur taffen Geschäftsfrau. Auch die kurze Affäre mit Alex hat mein Selbstbewusstsein aufpoliert

und ich habe erkannt, dass ein Singleleben durchaus seine Vorteile haben kann. Zumindest dann, wenn ein gutaussehender Typ die sexuellen Vorlieben befriedigt und einen sonst in Ruhe lässt. Keine nervigen Anrufe, Erklärungen oder Vorschriften. Nicht mal seine Unterhosen oder Socken muss ich waschen. Dafür ist seine Verlobte zuständig. Beim Gedanken an Alex läuft mir eine Gänsehaut über den Rücken und ich schüttle entschlossen den Kopf. NEIN! VERGANGENHEIT! Ich will einfach nicht an ihn und seine magischen Finger denken. »Wir sind nur Freunde! Wir sind nur Freunde …«, murmle ich wie ein Mantra vor mich hin und belüge mich damit nur selbst. Aber was soll ich auch sonst machen? Alex ist vergeben und wird in Kürze Emma, meine damalige Freundin, heiraten. Unsere Lovestory ist damit eindeutig beendet. Ich wollte das damals so. Und ich will es immer noch! Eigentlich...
Genervt seufze ich auf, trage meine schweren Taschen, in denen sich lauter Leckereien befinden, durch den kurzen Flur und stelle sie auf der Küchentheke ab. Warum muss ich nur in letzter Zeit wieder so oft an die beiden denken? Es ist Mitte Mai und das letzte Mal, als ich mit Emma telefoniert habe, war in meiner alten Wohnung. Das ist jetzt drei Monate her. Vielleicht sollte ich mich mal wieder bei ihr melden? Schließlich waren wir mal Freundinnen. Sind wir es noch? Ich weiß es nicht. Kann man auf Dauer mit einem Menschen befreundet sein, auch wenn man sich nicht regelmäßig meldet? Bei manchen mag das klappen. Bei mir und Emma auch? Vielleicht sollte ich sie fragen, wie es mit den Hochzeitsvorbereitungen läuft? Einfach nur so. Ohne Hintergedanken, ohne nach Alex zu fragen … Ach! Wem mache ich etwas vor? Natürlich will ich wissen, ob sie noch zusammen sind oder ob er endlich frei ist. Für mich. Dann würde ich keine Sekunde zögern und...aber wäre es so, dann hätte er sich doch schon lange bei mir gemeldet, oder? Und genau das hat er eben nicht getan! Schon seit Monaten nicht mehr. Ob er mich vergessen hat? Ob seine Worte »Wir bleiben Freunde, Anja«, nur heiße Luft waren? Mein Kopf dröhnt und ich reibe mir mit den Fingerspitzen über meine Schläfen. Wenn dieses

Gedankenkarusell nicht bald aufhört, dann werde ich irgendwann echt wahnsinnig...

»Moin, Frau Leger«, schallt eine hohe, weibliche Stimme durch den Flur und ich lasse vor Schreck beinahe die Packung Eier, die ich eben in den geöffneten Kühlschrank schieben wollte, fallen. Mein Herz rast und ich drehe mich ruckartig herum. Die Haustür steht sperrangelweit offen und meine neugierige Nachbarin, Frau Rehnig, füllt den Türrahmen aus. Puh! Vorsichtig lege ich die Eier auf der Theke ab, schließe die Kühlschranktür und trete ihr einige Schritte entgegen. Habe ich es wohl mal wieder nicht geschafft, der Tür mit dem Fuß genug Schwung zu verpassen, sodass sie einrastet oder ist das Schloss kaputt? Muss ich nachher dringend überprüfen. Wenn Frau Rehnig wieder weg ist, was hoffentlich bald der Fall sein wird. »Entschuldigen Sie bitte. Ich wollte Sie nicht erschrecken.«
»Kein Problem, Frau Rehnig. Was gibt es denn? Brauchen Sie wieder mal Eier? Habe gerade welche gekauft. Oder Milch? Alles da.« Die Worte klingen selbst in meinen Ohren patzig, doch ich kann die alte Dame gerade wirklich nicht gebrauchen. Frau Rehnig, Nadine Rehnig, ist nicht unbedingt die Nachbarin, die man sich wünscht. Gut, sie ist alt, etwas über siebzig schätze ich, aber dafür noch sehr rüstig und absolut in der Lage, sich ihre Lebensmittel vom Laden, der sehr gut zu Fuß zu erreichen ist, selbst zu besorgen. Warum muss sie dann zu jeder Tages- und manchmal auch Nachtzeit bei mir vor der Tür stehen und sich etwas 'leihen'? Zurückgegeben hat sie nämlich bisher noch nie etwas.
»Nein, Frau Leger. Ich habe alles. Aber danke der Nachfrage. Dieses Mal habe ich sogar etwas für Sie. Der Postbote hat zwei Briefe bei mir abgegeben, da er offenbar Ihren Kasten nicht finden konnte. Da ich ohnehin gerade im Garten zum Blumengießen war, habe ich sie freundlicherweise entgegengenommen.« Wie nett. Ich bin beeindruckt. Sonst findet der Postbote meinen Briefkasten doch auch. Ich vermute, dass sie einfach nur neugierig war. Wie immer. Doch ich werde mich hüten irgendetwas darüber zu sagen. In den drei Monaten, in

denen ich hier wohne, habe ich bereits verstanden, dass es besser ist, sie zur Freundin zu haben. Sie hört und sieht wirklich alles. Kunststück, wenn man den ganzen Tag im Garten oder, wenn es regnet, am Fenster verbringt und die Leute beobachtet. Die einen haben Wachhunde, wir hier haben Frau Rehnig. »Haben Sie schon gesehen wie schön die Blüten dieses Jahr aufgegangen sind?« Schnellen Schrittes eilt die knapp siebzigjährige Frau auf mich zu und schildert mir wort- und gestenreich, was sie heute im Garten alles geschafft hat. Es ist mir sowas von egal! Ich will meine Ruhe! Augenblicklich! Doch wie immer kann ich sie in ihrem Redefluss nicht unterbrechen und höre nur mit halbem Ohr zu.
»... und der Gärtner. Also, das kann ich Ihnen sagen ...« Ihre Stimme wird immer aufgeregter und ich weiß genau, dass sie sich wieder einmal über unseren Nachbarn von gegenüber aufregt. Ich kenne die Geschichte mittlerweile auswendig und auch diese interessiert mich nicht im Geringsten! Um mich wenigstens zu beschäftigen und nicht wie apathisch neben ihr zu stehen, räume ich den Rest meiner Tüten aus und verfrachte alles in die Schränke. Ihre Stimme dröhnt wie das Knattern eines Presslufthammers in meinem Kopf und verursacht mir Schmerzen. Aufhören!
»Oder? Was sagen Sie dazu? Frau Leger? Hören Sie mir überhaupt zu?«
»Wer? Ich? Ach so ... Natürlich. Ich sehe das genauso«, antworte ich stotternd. Erwischt. Ich habe nicht die geringste Ahnung, wovon sie redet. Wie peinlich.
»Das habe ich mir bereits gedacht und Sie deswegen auch angemeldet. Ich bin froh, dass Sie mitmachen.«
Ähm ... Verdammt. Ich habe eindeutig den wichtigsten Teil verpasst.
»Frau Rehnig«, beginne ich zaghaft. »Bitte entschuldigen Sie, aber können wir darüber ein anderes Mal reden? Mein Tag war anstrengend, ich muss morgen wieder früh raus und ...« Mit hängenden Schultern stehe ich der Frau gegenüber, die noch immer zwei Briefe für mich in den Händen hält und damit herumwedelt.
»Aber natürlich, Kindchen. Sagen Sie das doch gleich. Ich will Sie auch nicht länger aufhalten. Bis Mitte Juli ist

schließlich noch etwas Zeit.« Ich nicke, als wüsste ich genau, wovon sie spricht. Das werde ich schon noch früh genug erfahren. Hoffe ich.
»Danke, Frau Rehnig«, lächle ich und zeige gleichzeitig auf die beiden weißen Umschläge. »Meine Briefe?«
»Ach, die hätte ich jetzt beinahe vergessen. Bitte sehr. Und denken Sie endlich daran, Ihr Namensschild am Briefkasten anzubringen. Ihre Großmutter hatte auch immer ein Problem damit, wie Sie bestimmt wissen und deshalb ...« Erneut holt sie tief Luft. NEIN! Bevor mir der Geduldsfaden endgültig reißt, schiebe ich sie sanft aber mit Nachdruck den Flur entlang und auf die Straße hinaus.
»Schönen Abend noch, Frau Rehnig«, rufe ich ihr hinterher und lasse die Tür ins Schloss fallen. Erleichtert lehne ich mich dagegen, streife die High Heels von meinen Füßen und atme befreit auf. Feierabend! Endlich! Die zwei Briefe können auch bis morgen warten. Jetzt gönne ich mir erst mal ein duftendes Schaumbad.

Kapitel 2 - Der Brief

Die Kaffeemaschine blubbert leise vor sich hin, aus dem kleinen Radio im Bad dringt sanfte Musik und ich überlege angestrengt, was mir zur Entspannung noch fehlt. Mein Hirn ist wie leergefegt. Der Tag war eindeutig zu anstrengend. Ach was, nicht nur dieser Tag ...Die ganze Woche war stressig. Der Monat! Ich seufze auf und schlurfe in die Küche. Der Kaffee ist fast fertig und ich greife nach der erstbesten Tasse im Regal. Sie ist riesig, unheimlich schwer und vorne prangt ein rot-weißer Leuchtturm drauf. Ist es Zufall, dass ich gerade diese Tasse erwische? Nachdenklich drehe ich sie in meinen Händen und muss dabei unweigerlich an Alex denken, der sie mir damals mit den Worten: »damit wir immer auf unsere Freundschaft anstoßen können, wenn ich bei dir Kaffee trinke«, schenkte. Ich sehe sein freches Grinsen in diesem Moment fast vor mir. Pah! Freundschaft!

Warum hat er sich denn nicht mehr bei mir gemeldet, wenn wir doch so gute Freunde sind? Meine Gedanken triefen vor Sarkasmus. Gut, ich bin umgezogen, hatte viel Stress, den ich immer noch habe, und mich auch nicht bei ihm gemeldet, als ich mich kurz nach dem Besuch mit Emma und den anderen Mädchen im Brautmodengeschäft abgeseilt habe. Und dennoch ... er war doch derjenige, der nur noch die Vorbereitungen für seine Hochzeit im Kopf hatte. Ich war ja auf einmal nicht mehr wichtig. Uhaaa! Idiot. Alles nur leere Worte und scheinheilige Versprechungen. Wütend fülle ich den heißen Kaffee in die Tasse, hole die angebrochene Packung Milch aus dem Kühlschrank und gieße sie darauf. Wenn ich diese Leuchtturm-Tasse nicht so sehr lieben würde, dann hätte ich sie schon lange entsorgt. Doch ich bringe es einfach nicht über mich. Aus welchen Gründen auch immer. In Gedanken noch immer bei Alex und dem Moment, als er mir sein Geschenk übergab, führe ich eben jenes an meinen Mund und nehme sehnsüchtig einen Schluck des göttlichen Gebräus – um es gleich darauf wieder auszuspucken. Die Milch ist schlecht! Scheiße! Ich hasse nichts mehr, als den Geschmack saurer Milch in meinem Kaffe. Wie zum Hohn dringt genau in diesem Moment ein Lied aus meinem kleinen Küchenradio, das ich irgendwann unbewusst eingeschaltet haben muss, an meine Ohren. »Heute gibt's keine Milch«, schmachtet der Künstler auf Englisch und trotz meines schlechten Geschmacks im Mund, muss ich lachen. Na, das passt. Ich habe zwar eben neue Milch gekauft, doch mir ist die Lust auf Kaffee gründlich vergangen. Dann trink ich eben Sekt. Ist mir ohnehin lieber, denn so muss ich diese Scheißtasse nicht länger anstarren. Vielleicht sollte ich sie doch endlich entsorgen?! Aber ich hänge an ihr. Oder an Alex? Warum dieser sich seit einiger Zeit wieder so vehement in meine Gedanken schleicht, weiß ich echt nicht. Ich dachte wirklich, ich hätte es hinter mir.
Mit einer kleinen Flasche Sekt, die ich neulich von einer Freundin geschenkt bekommen habe, und einem stilvollen Glas, mache ich mich erneut auf den Weg ins Badezimmer. Der beruhigende Lavendelduft, den ich im

Wasser so sehr liebe, dringt bereits bis in die unteren Räume und lockt mich beinahe magisch an. Entspannung ist angesagt. Doch gerade als ich die Treppe nach oben gehen will, fällt mein Blick auf die Kommode im Flur. Da liegen die zwei Umschläge und ...Verdammt! Die Handschrift des oberen ...Nein! Das kann nicht sein! Mein Herz beginnt zu rasen und mein Magen rebelliert. Mir wird schlecht. Langsam lasse ich mich auf die unterste Treppenstufe sinken. Das kann nicht sein ...und doch muss ich es wissen! Jetzt! Sofort! Nachdem sich mein Pulsschlag einigermaßen beruhigt hat, greife ich mit spitzen Fingern nach dem oberen Schriftstück und drehe es hin und her. Auf dem weißen Umschlag, der mit goldenen Blütenranken kunstvoll verziert ist, erkenne ich eindeutig die Handschrift des Absenders. Unter tausend Schriften würde ich dieses geschwungene L erkennen, das mir geradezu entgegenspringt. Der Brief war ursprünglich an meinen alten Wohnort adressiert, wurde aber von der Post richtig weitergeleitet. Dem Nachsendeauftrag sei Dank. Wie lange das Schreiben unterwegs war, kann ich zwar nicht entziffern, doch nun weiß ich mit Bestimmtheit, dass sie meine neue Anschrift nicht kennen. Hätte dieser Brief nicht irgendwo im Nirvana verschwinden können? Ich weiß genau, was ich darin finden werde. Mit zittrigen Fingern reiße ich das längliche Kuvert auf und eine Einladungskarte fällt mir entgegen. Ich könnte kotzen! Hab ich's doch gewusst! Natürlich sind sie noch zusammen und werden heiraten! Verdammt. Bevor ich anfange zu lesen, öffne ich die kleine Flasche, schütte die Hälfte des Inhaltes in mein Glas und trinke einen Schluck. Das Prickeln auf meiner Zunge beruhigt meine Nerven und nach einigen Minuten siegt die Neugier und ich bin bereit, mich dem Text zu widmen.

»Liebe Anja«, steht in goldenen Buchstaben auf einer dunkelroten Karte. Lieb. Lieb?! Ich bin nicht lieb! Ich habe deinen Mann gevögelt, du doofe Kuh! Vorbei ist es mit der Entspannung. Ich bin wütend, enttäuscht und ...traurig. Es hätte so schön sein können.

»Wir freuen uns, Dich und Deine Begleitung zu unserer Hochzeitsfeier am 25.05. einladen zu dürfen. Wir feiern unsere Liebe im Schlosshotel Bad Seelingburg gemeinsam mit unseren Freunden und Verwandten ab 16 Uhr. Die kirchliche Trauung, zu der wir Dich ebenso herzlich einladen, beginnt zwei Stunden früher in der Dorfkirche. Wir hoffen sehr, dass Du Dir die Zeit nimmst und mit uns diesen wundervollen Tag feiern wirst. Bitte gib uns rechtzeitig Bescheid. Herzliche Grüße Emma und Alex.« Begleitung? Ich habe keine! Wen soll ich denn mitbringen, wenn ich solo bin? Sehr lustig. Alex kann ich schlecht fragen. Und wann, bitte, soll ich ihr Bescheid geben? Die Hochzeit ist doch bereits nächste Woche. Oh man! Das bedeutet, ich muss sie wirklich anrufen und absagen. Oder? Was soll ich ihr sagen? Dass ich nicht komme, weil ... ja, weil was? Weil ich nicht an ihre Liebe glaube? Wenn Emma wüsste, was ihr Alex so getrieben hat, dann ...Tränen der Enttäuschung, der Hilflosigkeit und der Wut rinnen an meinen Wangen hinunter. Ich weiß, dass ich unfair bin. Aber das ist mir gerade vollkommen egal! Ich sollte diejenige sein, die zum Altar geführt wird. Ich sollte den Ring am Finger tragen und nicht Emma, die doofe Kuh! Der letzte Rest der kleinen Sektflasche wandert in meinen Magen und der Alkohol breitet sich wohltuend in meinem Körper aus. Seit dem Drama mit Florian auf dem Maskenball habe ich keinen Schluck mehr getrunken. Warum dann heute? Warum muss das alles wiederkehren? Gerade als ich die Karte wutentbrannt in die Ecke werfen will – natürlich werde ich da niemals hingehen! - entdecke ich auf der Rückseite noch eine handgeschriebene Nachricht.
»Liebste Anja. Hoffentlich geht es dir gut und du bist glücklich. Ich wünsche mir so sehr, dass du an diesem Tag bei mir sein kannst, denn ich vermisse dich und brauche deine Unterstützung. Auch würde ich mich sehr freuen, wenn wir mal wieder etwas gemeinsam unternehmen. Sei herzlich umarmt von deiner Freundin Emma.« Ich schlucke schwer. Emma! Warum ist sie nur so nett zu mir? Warum nennt sie mich noch immer ihre Freundin? Schließlich habe ich sie mit ihrem Verlobten betrogen! Verdammt! Alkohol! Ich brauche dringend

noch mehr zu trinken, um das Drama besser ertragen zu können. Ich hatte doch noch irgendwo eine Flasche Rotwein, die ich neulich als Reserve mitgenommen habe. Als hätte ich es gewusst und ...AH! Das Badewasser! Stolpernd stürze ich die Treppe hinauf und schließe den Hahn gerade noch rechtzeitig, bevor das Wasser über die Kante tritt. Dass ich mir dabei den kleinen Zeh an der Badezimmertür anschlug, registriere ich erst wenige Sekunden später, als der pochende Schmerz mein gestresstes Gehirn erreicht. Was für ein Scheißtag!

Kapitel 3 - Das Hochzeitsgedicht

Jetzt brauche ich die Entspannung noch viel dringender. Seufzend lasse ich mich in das duftende Badewasser gleiten, das mich komplett umgibt, und die Spannung fällt langsam von mir ab. Es ist, als würde das Nass meine Sorgen einfach so hinfort spülen. Ich bin froh, dass das Haus meiner Großmutter Johanna eine Badewanne hat. Ohne könnte ich nicht leben. Genauso wenig, wie ohne meinen geliebten Kaffee oder mein Himmelbett. Allerdings ist das Letztere neu. Es war schon immer mein Traum, mir eine große, kuschelige Schlafstätte zuzulegen. Und genau diesen Traum habe ich mir kurz nach dem Einzug erfüllt. Jeden Abend ist es ein Genuss, wenn ich mich in die weichen Kissen und Decken fallen lassen kann und mich sicher und behütet fühle. Das kleine Haus am Rande der Großstadt war mit seiner großen Küche, dem gemütlichen Wohnzimmer und dem lichtdurchfluteten Badezimmer genau neben dem Schlafzimmer im ersten Stock, schon früher ein Traumhaus für mich. Ich hatte damals sogar mein eigenes Kinderzimmer. Heute wird es als Abstellkammer zweckentfremdet. Vielleicht werde ich irgendwann einmal eigene Kinder haben, die lachend durch Haus und Garten toben. Doch das hat noch viele Jahre Zeit. Ich fühle mich schlichtweg nicht reif dafür. Ich möchte leben, Spaß haben und die Welt bereisen. Bisher will ich einfach keine Verantwortung für so ein kleines Wesen übernehmen müssen. Außerdem fehlt mir noch immer der richtige Mann dazu. Als ich selbst Kind war, verbrachte ich fast jede Ferien hier und spielte im Garten. Oft war ich die Prinzessin und der Nachbarsjunge – wie hieß er doch gleich? - ach richtig, Kaj, war der Prinz. Ab und zu erzählte Großmutter uns auch Märchen. Einfach so aus dem Kopf. Ich bewunderte sie immer dafür. Heute bin ich diejenige, die Kindergeschichten schreibt. Zumindest ab und zu. Mein Neffe Noah liebt es, wenn ich ihm eine erzähle. Erst zu Weihnachten las ich ihm meine Geschichte von der kleinen Tanne vor. Vielleicht sollte ich wieder anfangen zu schreiben? Ich schließe meine Lider, sinke vollständig unter Wasser und vor meinem inneren Auge entsteht eine Kindergeschichte. Lächelnd tauche ich nach einigen Sekunden wieder auf und nehme mir fest vor, die eben entstandenen Gedanken aufzuschreiben. Vielleicht werde ich sie Noah irgendwann vorlesen. Eine Geschichte von einer Prinzessin und ihrem Prinzen auf einem weißen Pferd. Er rettet sie aus den Klauen irgendeines finsteren Schurken und ...Verdammt! Der Prinz sieht genauso aus wie Alex. Mein Traummann auf einem Schimmel. Na super. Genau das wollte ich verhindern. Ich will nicht an ihn denken. Doch meine Gehirnwindungen scheinen Samba zu tanzen. Sie hören nicht auf mich und meine verzweifelten Versuche mich abzulenken. Zu allem Überfluss taucht nun auch noch Emma in einem weißen Kleid auf und der Prinz hoch zu Ross, lässt mich zurück in den Matsch fallen, wendet sich ihr zu und gemeinsam reiten sie in den Sonnenuntergang. Doofe Geschichte! Und doch führt sie mir meine Probleme vor Augen. Was soll ich nur machen? Muss ich mich wirklich auf dieser Hochzeit sehen lassen? Ich weiß, dass alle, die im Dorf Rang und Namen haben, bei diesem Megaevent des Jahres anwesend sein werden. Da ansonsten in dem Kaff nicht viel passiert, sind Hochzeiten immer etwas ganz Besonderes. Und wenn ich fehle, dann fällt das auf sie zurück. Dann wird sich das Maul zerrissen und sie müssen sich den Fragen stellen, warum ich nicht gekommen bin, sollte ich doch eine der Trauzeuginnen werden. Das kann ich den beiden einfach nicht zumuten. Ich werde dort hingehen, beiden zu ihrem großartigen Tag alles Gute wünschen, mir am Büfett den Bauch vollschlagen und danach schnellstmöglich verschwinden. Dann habe ich meine soziale Pflicht getan und es kann sich keiner beschweren. Damit ist die Sache für mich aber auch durch. Guter Plan. Ich werde neue Freunde finden, vielleicht sogar mal mit Fibi und unseren Arbeitskolleginnen einen Cocktail trinken gehen und Alex aus meinen Gedanken streichen. Schließlich gibt es noch mehr gutaussehende Männer auf dieser Welt. Eine mir wohlbekannte Stimme in meinen Gedanken beginnt leise zu lachen. *Du willst ihn vergessen? Wie denn? Er hat dir den besten Sex deines Lebens beschert. Okay, es waren bisher nur zwei Schwänze in dir, da ist das nicht so schwer ...Aber trotzdem! Du wirst ihn niemals vergessen.* Ich hasse diese Stimme, die sich immer wieder im unpassendsten Augenblick einmischt. Warum kann mein Unterbewusstsein nicht einfach die Klappe halten?!? Nur zwei Männer, na und? Reicht doch, um zu wissen, was mich glücklich macht, oder? Ergo ...Ich muss und ich werde Alex vergessen! So schwer kann das ja wohl nicht sein! Und am Tag ihrer Hochzeit werde ich damit beginnen ...aufhören ...beginnen aufzuhören ...also ...ach verdammt.

Kurz nach einundzwanzig Uhr steige ich aus dem mittlerweile kalt gewordenen Wasser, trockne mich ab und schlüpfe in meinen kuschligen Schlafanzug mit den Bären darauf. Irgendwie brauche ich den heute. Normalerweise trage ich, wenn es warm wird, nur Nachtunterwäsche aus zarter Seide, die sanft meinen Körper umspielt. Doch heute bin ich so angreifbar, dass ich die Sicherheit von dickem, flauschigem Flanell auf meiner Haut spüren muss. Sieht schließlich niemand. Nun noch etwas beruhigende Hintergrundmusik, mein geliebtes Buch und dann kann die Nacht kommen. So ist zumindest mein Plan. Doch schnell merke ich, dass daraus nichts wird. Ich kann mich nicht wirklich konzentrieren und der heiße Protagonist aus dem Buch

erscheint in meiner Vorstellung mit eisblauen Augen und braunen, seidenweichen Haaren. Alex. Das Unterbewusstsein ist wirklich ein Arsch. Und wieder diese nervige Stimme, die mich auszulachen scheint. *Du wirst ihn niemals vergessen können.* Doch! Werde ich! Das wirst du schon merken. Das imaginäre Kichern macht mich fast wahnsinnig und wutentbrannt stehe ich auf. Bin ich schizophren? Wer hat schon eine innere Stimme, die kichert? Es ist ja nicht so, als höre ich echte Worte. Es fühlt sich nur so an, als würde mich mein Unterbewusstsein auslachen ...Egal wie, wer oder was mich da nervt - so kann ich jedenfalls nicht einschlafen. Zum Glück habe ich morgen frei und kann liegen bleiben, so lange ich will.
Was soll ich den beiden nur schenken? Spielzeug fürs Bett haben sie bereits, wie ich vor nicht allzu langer Zeit unfreiwillig erfahren musste. Also fällt das aus. Schade eigentlich. Ich muss unwillkürlich grinsen. Was könnten sie sonst noch brauchen? Geschirr? Ne, bestimmt nicht. Ein Stofftier? Ganz bestimmt nicht! Und sonst? Oh, wie ich das hasse. Wahrscheinlich sind sie glücklich, wenn man ihnen Geld überreicht. Aber nur in einem Umschlag ist auch doof. Los, Anja! Wo ist deine Kreativität geblieben? Ich feuere mich und mein Unterbewusstsein an, schlüpfe in meinen Bademantel und die Hausschuhe und schlappe zurück in die Küche. Mir muss dringend etwas einfallen, das ...ein Gedicht! Das wäre es doch. Auf einer dicken Pappe geschrieben und mit einem Rahmen verziert. Das könnten sie sich dann ins Wohn- oder Schlafzimmer, von mir aus auch in den Keller, hängen und ich wäre immer in ihrer Nähe. Na, zumindest ein Teil von mir. Ein hämisches Grinsen schleicht sich auf meine Lippen und der Gedanke gefällt mir.
Nachdem ich eine Flasche Wein entkorkt habe, setze ich mich an den Küchentisch und öffne meinen Laptop. Dann noch ein leeres Dokument und ...Tja, was soll ich schreiben? Wie toll doch die Ehe ist? Woher soll ich das denn wissen? Ich war noch nie verheiratet. Wie wundervoll die Liebe ist, wenn man sich hintergeht? Das wäre, glaub ich, nicht so sinnvoll. Oder doch? Ein neuerliches Grinsen schleicht sich auf mein Gesicht und

ich greife nach dem Weinglas. Die dunkelrote Flüssigkeit rinnt meine Kehle hinunter und ein wohlig warmes Gefühl macht sich in meinem Magen breit. So viel habe ich schon lange nicht mehr getrunken. Aber irgendwie brauche ich das gerade. Ich stelle mir vor, wie Alex plötzlich hinter mir steht und mich sanft an meinem Nacken berührt. Eine Gänsehaut schleicht sich über meinen Körper und die empfindliche Stelle zwischen meinen Beinen beginnt zu pulsieren. Ich liebe diese Art von Fantasie. Seufzend lehne ich mich zurück und vor meinen geschlossenen Lidern erscheinen seine eisblauen Augen. Wie gerne würde ich jetzt mit beiden Händen in seine braunen Haare greifen und ihn zu mir hinunter auf meinen Schoss ziehen. Wie gerne würde ich ihn jetzt überall an seinem fantastischen Körper mit meiner Zunge liebkosen und mich ihm ganz hingeben. Beinahe rieche ich seinen ganz eigenen, männlichen Duft, gepaart mit seinem mir wohlbekannten Aftershave. Erneut dringt ein tiefer Seufzer über meine leicht geöffneten, trockenen Lippen. Ich befeuchte sie mit meiner Zunge, die jetzt so gerne mit seiner gespielt hätte. Wie gerne würde ich ...doch er ist nicht hier. Schon so lange nicht mehr! Der Traum zerplatzt wie eine Seifenblase und ein schales Gefühl bleibt in mir zurück. Frustriert öffne ich die Augen, greife erneut nach meinem Glas und leere es in einem Zug. Dann starre ich wieder auf das noch immer blütenweiße Dokument. Mir muss jetzt dringend etwas Gutes einfallen. Es ist bereits kurz vor zweiundzwanzig Uhr. Ich will ins Bett. Ich will schlafen und mich aus der Realität zurückziehen. Vielleicht sollte ich das Gedicht erst morgen schreiben? Wäre das nicht sinnvoller? Ich glaube schon, denn erstens bin ich nicht mehr ganz nüchtern, zweitens will mir beim besten Willen nichts einfallen und drittens ...sind das alles nur Ausreden. Verdammt! Ich habe mir vorgenommen etwas zu schreiben, also ziehe ich das jetzt auch durch. Jawohl! Wann ist der Termin? In genau einer Woche? Die haben sich wirklich Zeit gelassen mit dem Verschicken der Karten. Das ist doch nicht normal, oder? Vielleicht hat auch die Post geschlampt und irgendwas mit dem Nachsendeauftrag hat nicht geklappt. Was weiß denn ich! Jedenfalls muss mir jetzt echt was einfallen! Kaffee! Ich brauch Koffein. Der Wein ist mir doch sehr zu Kopf gestiegen. So kann ich nicht denken. Jedenfalls nichts poetisches. Ein Kichern dringt über meine Lippen und ich stemme mich von meinem Stuhl hoch, fülle Wasser in den Kocher, krame das Glas mit dem Instantkaffeepulver hervor, öffne die neue Packung Milch und wenige Minuten später halte ich eine frische Tasse – ohne Leuchtturm! - mit dem braunen Wachmacher in meiner Hand. Heiß! Doch bereits der erste Schluck scheint den Schleier vor meinen Augen zu lichten. Ich bin weit davon entfernt, nüchtern zu sein. Allerdings war das auch nicht mein Ziel. Irgendjemand sagte mal, dass man die besten Texte schreibt, wenn man emotional aufgewühlt ist. Und genau das bin ich im Moment. Erneut starre ich auf das leere Dokument und langsam formen sich Sätze in meinem Gehirn. Ich reihe Wörter aneinander, verwerfe sie wieder und bilde sie neu. Verdammt! Noch ein großer Schluck Kaffee. Heiß, schwarz und wohltuend. Was für eine Mischung! Das Gedicht muss gut werden. Voller Emotionen. Voller Gefühle. Voller Liebe. Die beiden lieben sich schließlich, wollen heiraten. Dass ich nicht lache. Wie gerne würde ich jetzt etwas Lustiges schreiben, etwas Peppiges, etwas, das sie vom Hocker haut. Lustig? Ne! Wie soll ich das, wenn ich doch nicht lustig bin, wenn ich heulen könnte. Die zwiespältigen Gefühle treiben mich beinahe in den Wahnsinn. In einer Woche ist der Termin? Dann habe ich doch noch Zeit, oder? Aber, was ist, wenn ich nicht dazu komme und mich die Arbeit wieder einmal auffrisst? Also doch jetzt? *Mensch, Anja! Nun reiß dich zusammen!* Meine innere Stimme tritt mir virtuell in den Hintern und ich richte mich auf. Dann lege ich meine Finger auf die Tasten und beginne zu tippen. Eine knappe Stunde und zwei weitere Tassen Kaffee später, klicke ich auf 'speichern' und schließe den Deckel meines Laptops. Na bitte. Hat doch geklappt. Dann kann ich nun ins Bett gehen. Gute Nacht.

****

Dies ist der wichtigste Tag in eurem Leben,
soeben habt ihr euch das »Ja Wort« gegeben.
Denkt immer an diesen Tag zurück,
denn heute beginnt für euch das große Glück.

Tragt die Liebe in euren Herzen,
vergesst sie nie, bei Kummer und Schmerzen.
Denkt daran, was ihr euch geschworen habt,
an diesem ganz besonderen Tag.

Und solltet ihr es mal vergessen,
sollte der Alltag mal die Liebe fressen,
dann nehmt dieses Gedicht in eure Hand,
denn die wahre Liebe habt ihr erkannt:

Das ist unser schönster Tag,
an dem ich dir mein Versprechen gab.
In guten wie in schlechten Tagen,
werd ich deine Liebe in mir tragen.

Mein Leben will ich mit dir bestreiten.
Mögen Engel uns begleiten.
Hand in Hand gehen wir zu zweit,
denn unser Weg ist noch sehr weit.

Wir zwei, für einander bestimmt,
wie die Wellen und der Wind.
Unsere Liebe fliegt durch Raum und Zeit
du und ich - in Ewigkeit.

Anja Leger 25.5.

****

Kapitel 4 - Hochprozentige Wahrheiten

Die Nacht war grausam. Zumindest das, was ich davon noch weiß. Alex und Emma vor dem Traualtar und meine Seele daneben. Ich will schreien, will sagen, dass ich etwas dagegen habe – die Frage wird doch immer gestellt, oder? Hat jemand etwas dagegen? Dann soll er jetzt sprechen oder für immer schweigen. Ich will ja jetzt sprechen! Schreien will ich! Doch ich bekomme kein Wort heraus. Beide sehen so glücklich aus, wie sie in ihren schimmernden Kleidern, die regelrecht leuchten, neben mir stehen. Sie in einem Traum aus Weiß und er als sexy Bräutigam in Schwarz. Sie lächeln sich an ...und plötzlich verziehen sich ihre Gesichter zu Fratzen. Emma zieht ein Messer aus den Falten ihres Kleides und sticht es Alex in den Rücken, als er sich zu mir herumdreht und ...Rot! Blut! Ich sehe alles wie durch einen Schleier. Auch ich trage ein weißes Brautkleid, das sich in diesem Moment auflöst, und mich in roten Dessous zurücklässt. Mein Spiegelbild grinst mir aus dem goldenen Kelch entgegen, der auf dem Altar steht. Die Menschen in der Kirche schreien auf, Emma lacht hysterisch und Alex bricht blutend in meinen Armen zusammen. Genau an dieser Stelle wache ich schweißgebadet auf. Mein Bettlaken ist feucht und die Decke ist auf den Boden gerutscht. Der leichte Windzug, der in dem Moment durch das gekippte Fenster zu mir hereinweht, lässt mich trotz meines Flanellschlafanzuges frösteln. Was für ein seltsamer Traum. Ich wische mir mit dem Handrücken über meine geschwollenen Augen und merke, dass ich geweint habe. Auch mein Hals ist rau. Hoffentlich werde ich nicht krank! Nicht jetzt! Die nächste Woche wird stressig. Ab Donnerstag ...da gerne. Dann habe ich wenigstens eine Ausrede, warum ich nicht auf diese bescheuerte Veranstaltung gehen muss. Aber das Schicksal ist ein Arsch. Wenn ich mir schon mal etwas wünsche, dann passiert garantiert genau das Gegenteil. Also beschließe ich in diesem Moment, dass ich nicht krank werde und schwinge meine Beine aus dem Bett. Schließlich bin ich

immer noch Herr meiner Selbst. Ich lasse mich doch von so einem Traum nicht aus der Fassung bringen. Auf der Kante meines Bettes sitzend, werfe ich einen Blick aus dem Fenster und betrachte die Sonne, wie sie als roter, glühender Ball am Horizont erscheint. Heute wird ein wundervoller Tag. Temperaturen bis zu fünfundzwanzig Grad und Sonnenschein pur. Hochsommer. Zumindest hier im Norden eine Seltenheit, sagt der Radiosprecher, der genau in diesem Moment aus meinem Radiowecker zu mir spricht. Es ist kurz nach sechs Uhr an einem Samstagmorgen und ich Trottel habe gestern Abend vergessen die Weckfunktion zu deaktivieren. Wie kann man nur so dämlich sein?
»Intelligenzbestie«, nuschle ich frustriert vor mich hin und meine innere Stimme kichert. Wo die nur immer herkommt? Hoffentlich fange ich nicht irgendwann wirklich an, reale Stimmen zu hören. Ob ich nicht doch mal einen Arzt aufsuchen sollte? Ist das normal? Schlaftrunken wische ich diesen Gedanken zur Seite. Eigentlich könnte ich heute auch ins Büro gehen, wenn ich ohnehin schon wach bin. Was soll ich auch sonst machen? Noch einmal einschlafen, nachdem ich die Augen geöffnet habe, funktioniert nie. Und darauf, mich sinnlos im Bett zu wälzen, habe ich keine Lust. Dabei hätte ich diesen freien Tag so nötig, nach den vielen Wochen, die ich bis spät abends im Büro verbrachte. Aber es hilft nichts. Die Unterlagen stapeln sich und ich sehe noch immer kein Land. Also strecke ich meine müden Glieder, gähne herzhaft und begebe mich unter die Dusche. Doch vorher bekommt der Wecker noch einen ordentlichen Dämpfer verpasst. Endlich ist Ruhe!

Das warme Wasser umspült meinen Körper und damit verschwinden auch die letzten Gedanken an meinen mysteriösen Traum gluckernd im Abfluss. Nach wenigen Minuten schließe ich den Hahn, trockne mich ab und streife mir meinen seidenen Bademantel über. Meine kurzen, blonden Haare sind schon fast trocken, als ich um kurz nach halb sieben die Kaffeemaschine mit Wasser befülle und mir ein Brot zum Frühstück schmiere. Gestern Abend musste der Instantkaffee herhalten, den ich wirklich nur in Ausnahmefällen trinke. Er schmeckt einfach nicht. Doch morgens brauche ich meine Kanne Filterkaffee. Eigentlich esse ich sonst nie etwas dazu, doch irgendwie ist mir heute danach. Vielleicht sind das die Nachwehen meines gestrigen Alkoholkonsums. Angeekelt ergreife ich die leere Flasche Wein, die noch immer auf dem Küchentisch steht und entsorge sie bei den restlichen Glasflaschen, die dringend den Weg zum Container antreten sollten. Doch allein machen sie das einfach nicht. Und ich komme wirklich zu gar nichts mehr. Gut, dass meine Mutter das Chaos hier nicht sieht. Ich habe meine Eltern bisher noch nicht eingeladen. Mir war einfach nicht danach, obwohl sie nur wenige Kilometer entfernt wohnen. Mama würde die Hände über dem Kopf zusammenschlagen und mich mit strafendem Blick mustern. Genau mit dem gleichen Blick, den ich meinem Laptop in diesem Moment zuwerfe. Wie unter Zwang öffne ich den Deckel, fahre die Kiste hoch und klicke auf das Dokument vom vergangenen Abend. Als ich mir die Zeilen noch einmal durchlese, wird mir fast schlecht. Eigentlich sind sie echt romantisch ...aber ...ich sollte diese Frau an seiner Seite sein. Nicht sie. Ich sollte mein Leben mit ihm verbringen. Wir würden uns lieben, uns begehren und die Welt würde sich um uns drehen. Doch ich bin nicht diese Frau. Emma ist es. Wut mischt sich mit Trauer und ein Kloß bildet sich in meinem Hals. Hoffentlich ist diese verdammte Hochzeit bald vorbei und ich kann Alex endlich vergessen. Wer braucht schon Männer! Ich nicht! Ganz bestimmt nicht! Und meine innere Stimme lacht mich mal wieder schallend aus...

Wütend schlage ich den Deckel wieder zu und seufze ergeben auf. Ich werde nächste Woche eine Leinwand kaufen, die Verse in geschwungener Handschrift darauf verewigen, romantisch verzieren und einige gefaltete Geldscheine darum drapieren. Das muss genügen. Am Tag ihrer Liebe werde ich mein Kunstwerk feierlich den beiden Turteltauben überreichen und sie werden selig lächeln. Allein bei dem Gedanken an diese Scheinheiligkeit dreht sich mir der Magen herum. Doch

mir soll es egal sein. Für mich ist dieses Thema danach beendet. Ich werde Emma schlichtweg sagen, dass ich in meinem neuen Leben Menschen kennengelernt habe, denen ich meine Zeit widmen möchte. Immer wieder liest man in einschlägigen Zeitungen oder auf Kalenderabreißblättern, dass man die Vergangenheit hinter sich lassen soll, um glücklich zu sein. Ich mag diese Sprüche nicht! Doch an diesem ist wirklich etwas Wahres dran. Ich nehme einen Schluck aus meiner Kaffeetasse und die heiße Flüssigkeit erwärmt mich von innen. Gut, dass ich gestern eine frische Packung Milch gekauft habe.
Mit neuem Schwung und Elan stehe ich auf, räume das Geschirr weg, natürlich habe ich das Brot nicht gegessen, und steige die Stufen ins Schlafzimmer hinauf, um mich anzuziehen. Die Sonne scheint durch die Fenster und kleine, helle Kreise tanzen über den Parkettfußboden. Heute wird ein schöner Tag! Beschlossene Sache.

Dass man nicht alles einfach so beschließen kann, merke ich schon nach den ersten Stunden in der Agentur. Nichts klappt so, wie ich es gerne hätte. Doch ich beiße mich durch und kurz vor siebzehn Uhr habe ich den Aktenberg auf ein erträgliches Maß reduziert. Na bitte, geht doch. Am Montag kann ich dann genau an dieser Stelle weitermachen. Ich lehne mich in meinem Schreibtischstuhl zurück und strecke meinen Rücken durch. Eine Massage wäre jetzt was Wunderbares! Vielleicht sollte ich auch mal wieder einen ausgiebigen Wellnesstag einlegen? So mit Sauna, Schwimmbad und Ruhe. Vor allem mit Ruhe. Warum bin ich da nicht schon früher draufgekommen? Das hätte ich auch schon heute haben können. Aber vielleicht dann morgen? Oder am nächsten Wochenende ...Ich kann den Gedanken noch nicht einmal zu Ende denken, da legen sich bereits schwarze Wolken über mein eben noch so lichtvolles Vorhaben. Nein. Nächstes Wochenende habe ich bereits eine Verabredung. Meine Mundwinkel sinken nach unten und mir wird schlecht. Ich will da verdammt nochmal nicht hin. Und was ist, wenn ich einfach behaupte, dass ich krank bin? Dann habe ich eine Ausrede und muss mir

das scheinheilige Schauspiel nicht antun. Doch diese Idee verwerfe ich gleich wieder. Sie ist eindeutig zu unglaubwürdig. Da ich selbst mit Fieber noch arbeiten gehe, würde mir niemand glauben, dass ich krank im Bett liege. Verdammt! Also muss ich da wirklich durch. Vielleicht wird es gar nicht so schlimm. Gutes Essen, nette Musik und ein bisschen Smalltalk mit den Gästen. Die meisten, die ich noch von früher kenne, finde ich sogar relativ sympathisch. Von Alex versuche ich mich fernzuhalten, soweit es möglich ist. Ein Lächeln umspielt meine Lippen. Ich lasse mir doch von anderen Menschen nicht meine gute Laune verderben! Ich doch nicht!
In diesem Moment klingelt mein Smartphone und ich ziehe es aus der Tasche. Es ist so ruhig im Büro, dass mich dieses Geräusch zusammenfahren lässt. Ob ich ran gehen soll? Mal sehen, wer es ist. Als ich auf das Display blicke, erkenne ich keine Nummer. Anonym. Ein kalter Schauder läuft mir über den Rücken. Keiner meiner Freunde oder Bekannten ruft mit unterdrückter Nummer an. Niemand, außer ...Ich schlucke schwer und drücke mit zitternden Fingern die grüne Taste.
»Ja?«, melde ich mich mit heiserer Stimme.
»Anja? Bist du das? Fibi hier.« FIBI?! Und ich dachte schon ...ich atme hörbar aus und entspanne mich.
»Fibi? Woher hast du meine Nummer?« Noch immer schwingt ein kaum merkliches Zittern in meiner Stimme und ich hole tief Luft.
»Na aus den Unterlagen. Woher denn sonst?« Sie kichert.
»Wo bist du? Doch nicht etwa schon wieder im Büro? Oh doch. Genau da bist du, stimmt's?« In ihrer sonst so sanften Stimme klingt ein strenger Unterton mit.
»Ähm, ja«, gebe ich zu und versuche mich gleich darauf zu rechtfertigen. »Ich hatte noch so viel zu tun und außerdem muss ich mich auf andere Gedanken bringen. Da dachte ich ...«
»So ein Quatsch! Lass alles stehen und liegen. Sofort. Wenn du so weiter machst, dann liegst du bald mit einem Burnout im Krankenhaus. Ich weiß, wovon ich spreche. Du brauchst auch mal etwas Entspannung. Und ich weiß da genau das Richtige!«

»Ach? Und was?« Normalerweise hasse ich diesen Befehlston. Schließlich weiß ich selber am besten, was mir guttut. Doch irgendwie finde ich ihre Sorge um mich niedlich. Sie hat ja Recht.
»Heute Abend gehst du mit mir aus. Ich kenne da eine tolle Kneipe. Es ist Samstagabend, Herzchen. Da ist dort ordentlich was los. Ein paar Cocktails, gute Musik und wir zwei können uns endlich mal ein bisschen unterhalten. Außerhalb des Büros. Na, was sagst du? Kommst du mit?«

Kurz nach einundzwanzig Uhr betreten wir die gemütliche Kneipe und ich staune nicht schlecht. Die Atmosphäre ist wundervoll und ich fühle mich vom ersten Moment an wohl. Ich habe mir zwar vorgenommen, nach dem gestrigen Absturz, keinen Alkohol zu trinken, doch ich ahne, dass daraus nichts wird. Ungefähr zwanzig Tische stehen im Raum verteilt. Drumherum sind weiche, braune Ledersessel gruppiert und auch entlang der Wände befinden sich gemütliche Ledersofas, fast wie in einem Wohnzimmer. Das Licht ist gedämpft und aus einer Stereoanlage dringt leise Jazzmusik an mein Ohr. Perfekt.
»Na, was sagst du?«, fragt mich Fibi, die erwartungsvoll neben mir steht. »Habe ich zu viel versprochen? Hier können wir uns super unterhalten. Und wenn du magst, dann ist gleich nebenan ...nein, ich sage nichts. Ich zeige es dir später einfach.« Ich nicke nur. Fibi versprüht so viel Begeisterung, dass ich grinsen muss. Sie greift meine Hand und zieht mich hinter sich her an einen der Tische. Noch haben wir freie Platzwahl. In diesem Teil der Großstadt beginnt das Nachtleben erst gegen zweiundzwanzig Uhr. Die meisten Feierwütigen sind noch zu Hause und mit den Vorbereitungen für eine lange Nacht beschäftigt.
»Hier. Setz dich«, weist mich Fibi an und winkt mit einer Hand nach dem Kellner. »Was willst du trinken?«
»Was gibt es denn?« Ich war schon so lange nicht mehr aus, dass ich es nicht auf Anhieb sagen kann.

»Lauter leckere Cocktails. Was magst du denn am liebsten? Warte, sag nichts. Ich glaube ...ja! Du bist der Typ für eine Bloody Mary. Stimmt's?« Ich muss lachen.
»Ach? Mache ich den Eindruck auf dich?« Sie nickt schelmisch und bestellt bei der Bedienung, die eben an den Tisch tritt, unsere Cocktails und eine Portion 'Knusperbrot'.
»Bevor du dich wunderst«, nimmt sie meine Frage vorweg, »das ist das beste, was du je gegessen hast. Ich gehe davon aus, dass du heute noch nicht viel gefuttert hast? Und wenn du feiern willst, dann brauchst du eine Grundlage.« Ich nicke und fühle mich ertappt. Stimmt. Viel habe ich heute wirklich noch nicht gegessen. Kurz denke ich an das Marmeladenbrot von heute Morgen, das langsam in der Küche vor sich hin trocknet. Vorhin, als ich mich in Windeseile in Schale warf, beachtete ich es nicht einmal. Kurz nach Fibis' Anruf verschwand ich aus dem Büro und fuhr nach Hause. Eine schnelle Dusche, etwas Make-up und mein geliebtes schwarzes Kleidchen – schon war ich fertig.
»Na, dann erzähl doch mal ein bisschen von dir«, fordert mich Fibi auf und lehnt sich gemütlich in ihrem Sessel zurück. Ich blicke sie an und zucke mit den Schultern.
»Was soll ich dir denn erzählen? Viel gibt es da nicht.«
»Na, zum Beispiel, wo du vor deinem Umzug gewohnt und was du bisher so erlebt hast. Bist du Single oder gibt es da einen Kerl?« Sie lacht, als sie meinen Gesichtsausdruck sieht. Ich muss aussehen, als habe ich in eine Zitrone gebissen. »So schlimm?«, fragt sie sofort und ich nicke. Noch weiß ich nicht genau, was ich dieser, eigentlich fremden Frau, erzählen soll. Im Büro sitzen wir uns bereits seit einigen Wochen gegenüber, haben aber kaum Privates ausgetauscht. Und doch fühle ich mich sehr wohl in ihrer Nähe und glaube irgendwie, dass sie mich versteht und nicht verurteilt. Bauchgefühl, würde ich sagen. Gerade als ich ihr von Flo, meinem Exfreund, berichten will, bringt der Kellner die wirklich fantastisch aussehenden Gläser mit dem hochprozentigen Inhalt.
»Auf einen spitzen Abend und eine aufregende Nacht voller Wunder. Darauf, dass du deine trüben Gedanken vergisst und heute mit mir feierst«, sagt Fibi strahlend,

als unsere Gläser leicht aneinander stoßen und ich muss lachen.
»Bin ich so einfach zu durchschauen?«
»Das nicht, Anja, aber ...sagen wir so ...ich habe auch eine Vergangenheit. Mein Ex hat mich betrogen. Mit meiner besten Freundin. Ehrlich gesagt, habe ich es nur durch Zufall entdeckt, als ich sein Smartphone kontrolliert und einige Videos und Bilder gefunden habe, die ...die ich besser nicht gesehen hätte. Ekelhaft! So eine Schlampe! Glaube mir, ich war wirklich entsetzt! Dann habe ich ihn rausgeworfen. Aus meiner Wohnung, meinen Gedanken, meinem Herz.« Fibi seufzt schwer und ich klammere mich an meinem Glas fest. Die Arme! Und doch ...bin ich denn besser als diese Schlampe? Habe ich nicht das Gleiche auch mit Alex getrieben? »Soll ja öfter vorkommen, als man glaubt, gell?«, fügt Fibi hinzu und sieht mir dabei tief in die Augen. Ahnt sie etwas? Ich nicke nur und Schuldgefühle keimen in mir auf. Es passiert wirklich öfter, als man denkt, auch wenn es niemand an die große Glocke hängt. Es ist schon erstaunlich, was man manchmal erfährt, wenn man hinter die Fassade seiner Mitmenschen blickt. Oftmals sind die, die fröhlich lachen und glücklich scheinen die, die den größten Ballast auf ihren Schultern tragen. Ich nehme einen großen Schluck aus meinem Glas, um den Kloß in meinem Hals zu vertreiben.
»Das tut mir leid«, presse ich hervor, doch Fibi winkt ab.
»Hat schon alles seine Gründe, warum etwas geschieht. Der Arsch war wirklich nicht der Richtige für mich. Ich bin echt froh, dass ich den los bin. Was ich im Nachhinein noch alles über den erfahren habe, kann sich kein Mensch vorstellen. Wenn ich mit dem mein Leben hätte verbringen müssen ...um Himmels Willen! Weißt du, man kann nichts für seine Gefühle. Hormone und so«, sie kichert. »Manchmal glaubt man, dass der Schwanzträger, den man neben sich im Bett hat, der einzig Wahre ist, bis man feststellt, dass er es eben doch nicht ist.« Sie lächelt mir zu und irgendwie bin ich erleichtert, dass sie es so sieht. Mit Flo war es schließlich ähnlich. Er hat sich am Ende auch als Arschloch entpuppt. Erneut stoßen wir an, bevor sie fortfährt: »Außerdem bin ich Waise. Ganz allein

auf der Welt. Ohne Geschwister oder andere Verwandtschaft. Ich habe meine Eltern bereits vor vielen Jahren verloren.« Sie stockt und ich merke, dass es ihr auch nach dieser Zeit noch schwerfällt, darüber zu reden. Plötzlich habe ich das dringende Bedürfnis, diese Frau in meine Arme zu schließen und ihr zu sagen, dass alles wieder gut wird, dass das Leben weiter geht und es auch schöne Momente gibt. Doch ich unterdrücke den Impuls, weil es mir unpassend erscheint. Vielleicht irgendwann einmal. »Ich weiß also, wie es ist, sich durchzukämpfen, zu fallen und wieder aufzustehen und ...also ...«, nun stockt sie erneut. Tränen schimmern in ihren Augen und ich sehe die taffe, lustige Fibi aus einem anderen Blickwinkel. In diesem Moment schließe ich sie in mein Herz, ohne etwas dagegen unternehmen zu können. Ich will so sehr, dass sie meine Freundin wird, dass es fast schmerzt. Wie schön wäre es, wenn wir uns noch besser kennenlernen würden, denn ich fühle, dass es noch etwas gibt, das sie belastet. Vielleicht kann ich ihr helfen und sie mir. Ich sehne mich schon so lange nach einer Freundin, der ich bedingungslos vertrauen kann. Vielleicht ist sie es? Eine Welle der Emotionalität überrollt mich und ich kann damit nicht umgehen. So etwas ist mir noch nie passiert. Doch der Augenblick vergeht so schnell, wie er gekommen ist. Fibi wischt sich mit dem Handrücken über die Lider, nimmt einen großen Schluck aus ihrem Glas und das Lächeln kehrt in ihr Gesicht zurück. »So! Das langt jetzt aber. Den Rest erzähle ich dir mal irgendwann. Heute Abend will ich Spaß haben und dich«, sie betont das letzte Wort besonders, »auf andere Gedanken bringen. Ich sehe, dass es dir nicht gut geht. Wer arbeitet schon freiwillig seit drei Monaten fast täglich in der Agentur? Niemand, der ein geregeltes Privatleben hat. Stimmt's?« Sie grinst mich an und ich werde rot. Wieder hat sie Recht.
»Na gut, wenn du mich schon so durchschaust«, beginne ich und erzähle ihr von Flo, meinem Exfreund, der mich verlassen hat, um nach Boston zu ziehen. Von Alex und Emma, die vor etwas mehr als einem halben Jahr in mein Leben getreten sind und meiner Affäre mit ihm. Wenn schon, dann richtig. Sollte sie nun aufstehen und

wegrennen, weil sie mich auch für eine Schlampe hält, habe ich halt Pech gehabt...
»Oh!«, sagt Fibi, als ich fertig bin und legt eine Hand auf mein Bein. Ich bin echt erleichtert über ihre Reaktion, die ich zwar erhofft, aber nicht erwartet habe. »So schlimm ist es also? Und ...hast du noch Kontakt zu diesem Alex?« Ich nicke und schüttle gleichzeitig den Kopf. Tränen schummeln sich in meine Augen. Sie scheint mich wirklich zu verstehen.
»Ja und Nein. Ich habe von beiden seit meinem Umzug vor drei Monaten nichts mehr gehört. Stress und so. Bin eigentlich ganz froh darüber.« Ich versuche zu lächeln.
»Eigentlich? Hättest du gerne noch Kontakt?« Sie blickt mich fragend an und ich zucke mit den Schultern. Diese Frage kann ich nicht beantworten, da ich mir doch selber nicht im Klaren über meine Gefühle bin.
»Ich weiß es nicht. Irgendwie schon, aber ...Emma und Alex werden nächste Woche heiraten. Habe ich gestern erfahren und ich bin auch noch dazu eingeladen.« Meine Stimme ist ganz leise, denn ich habe Angst vor ihrer Reaktion. Sie wurde selber betrogen und nun erzähle ich ihr meine Geschichte.
»Verdammt!« Dieses eine Wort von Fibi überrascht mich vollkommen und öffnet meine Schleusen. Tränen der Erleichterung, des Schmerzes und der Verzweiflung kullern mir über die Wangen. »Du hast dich total in ihn verliebt, was? Er hat sich in den letzten Monaten nicht bei dir gemeldet? Kompletter Kontaktabbruch? Und jetzt heiratet er eine andere? Schöne Scheiße!« Ich nicke, wische die Tränen von meinen Wangen und blicke sie fragend an.
»Du verurteilst mich nicht? Ich habe doch ...also ich bin ... bin auch nicht besser als die Tussi, mit der dich dein Freund ...«, stottere ich leise. Ich habe das dringende Bedürfnis mich bei ihr zu entschuldigen. Dabei ist sie doch in diese Geschichte überhaupt nicht involviert.
»Tja, Anja. Ich bin der Meinung, dass alles, was passiert, seine Gründe hat. Man kann schließlich gegen seine eigenen Gefühle nichts machen. Er hat dich umgehauen, stimmt's? Und ganz ehrlich, wenn es in der Beziehung nicht kriseln würde, dann wäre es gar nicht so weit

gekommen. Wie ich dir schon sagte, bin ich ganz froh, dass mein Ex nicht mehr da ist. Ich versuche halt das Gute zu sehen, auch wenn es manchmal verdammt schwer ist. Ändern kann ich es ohnehin nicht.« Sie verstummt und blickt an mir vorbei ins Leere. Ist Fibi wirklich so stark, wie sie sich gibt? Ich bewundere sie wirklich. Nach einigen Momenten des Schweigens wendet sie sich wieder mir zu.»Und? Hast du geplant dorthin zu gehen? Auf die Hochzeit, mein ich?« Ich nicke erneut. Zu mehr bin ich im Moment nicht imstande.
»Verdammte Hacke«, murmelt Fibi.
»Was soll ich bloß machen? Ich muss doch. Oder nicht? Ich weiß es nicht«, presse ich mühsam hervor. Fibi seufzt tief, rückt noch etwas näher an mich heran und schaut mir direkt in meine verheulten Augen.
»Hör zu, Anja. Ich habe das Gleiche erlebt wie du. Es ist zwar schon einige Jahre her, aber ...Es passierte kurz nach der Trennung von meinem Freund. Ich hatte die Schnauze so voll von den Typen, dass ich mich in jedes Abenteuer stürzte, das ich fand. Ich hatte mich auf einer Internetplattform angemeldet und wahllos mit allen Typen geflirtet, die auch nur halbwegs ansehnlich waren. Ich wollte meinen Schmerz mit Sex betäuben. Also traf ich mich mit den Männern, ganz egal, ob sie vergeben waren oder nicht, und verbrachte heiße Stunden mit ihnen. Danach brach ich den Kontakt ab und sah sie nie wieder. Ich sagte dir bereits, dass es das öfter gibt, als man glaubt. Erschreckend, ich weiß. Doch damals empfand ich das nicht so. Ich hatte also meinen Spaß, bis da plötzlich dieser Mann auftauchte«, beginnt sie und ich höre ihr mit offenem Mund zu. »Klaus war ein paar Jahre älter als ich, verdammt gutaussehend und ledig. Wir schrieben uns zahllose Nachrichten hin und her, flirteten, was das Zeug hielt und auch das ein oder andere Foto wurde verschickt. Ich verliebte mich Hals über Kopf in diesen Typen und dachte wirklich, den Mann fürs Leben gefunden zu haben, bis ...bis ich erfuhr, dass er verheiratet war. Was glaubst du, war das für ein Schock. Erst wollte ich mich sofort von ihm trennen, tat es auch, doch er überredete mich, noch etwas zu warten und ihm zu vertrauen. Ich war so blind! Er versprach mir hoch

und heilig, sich von seiner Frau zu trennen und zu mir zu kommen. Er machte mir Geschenke, versprach mir mit seinen süßen Worten das Blaue vom Himmel und ich gab nach. Ich hatte mein Herz an ihn verloren und glaubte ihm alles, was er mir in den gestohlenen Stunden in romantischen Hotelzimmern erzählte, während er mich vögelte. Er war so fantastisch im Bett, dass ich irgendwie schon abhängig von ihm war. Natürlich sah ich die Wahrheit, doch ich verdrängte sie, wollte sie nicht zulassen. Das ging fast ein ganzes Jahr so, bis ich es irgendwann nicht mehr ausgehalten habe«, beendet Fibi ihre Geschichte und ich bin baff. Meine Kinnlade hängt fast am Boden und ich glaube, meine eigene Vergangenheit zu hören. Na, zumindest fast. Auch ich hoffe noch immer, dass Alex sich von Emma trennt und mich als seine wahre Liebe erkennt. Vielleicht verstehen Fibi und ich uns deswegen so gut? Kann es sein, dass unsere Herzen ähnliche Narben tragen? Dieser Abend verläuft bisher so völlig anders als geplant. Scheinbar stehen die Sterne heute auf 'Wahrheit' oder 'Beichte'. Normalerweise lese ich keine Horoskope, aber irgendetwas oder irgendjemandem muss ich die Schuld schließlich geben.

»Und dann?«, fordere ich sie auf, weiterzusprechen. Gebannt hänge ich an ihren Lippen.

»Dann habe ich ihn vor die Wahl gestellt. Sie oder ich. Seitdem bin ich Single und wohne mehrere hundert Kilometer von meinem damaligen zu Hause entfernt. Ich habe nie wieder etwas von Klaus gehört. Ob er noch immer mit seiner Frau zusammen ist, oder ob er sich mittlerweile eine Jüngere gesucht hat, weiß ich nicht.« In der Zwischenzeit hat uns der Kellner noch zwei weitere Gläser des fantastischen Cocktails gebracht. Jetzt greift Fibi nach ihrem und prostet mir erneut zu. »Du siehst also«, sagt sie, nachdem sie einen ordentlichen Schluck genommen hat, »ich war auch mal so dämlich wie du es jetzt bist. Daher kann ich dich verstehen.«

»Warum sind Menschen nur so? Wir wissen doch, wie es ist, betrogen zu werden und machen es selber? Ist doch wirklich bescheuert, oder?«, frage ich und sie zuckt mit den Schultern.

»Ich bin keine Psychologin, Anja. Ich habe auch nur ein Herz und Gefühle. Vielleicht sollten wir zu den 'Anonymen Betrügerinnen' gehen und einen Stuhlkreis bilden, um darüber zu diskutieren, wie dämlich man sein kann.« Sie unterstreicht ihre Worte mit ausholenden, theatralischen Bewegungen und versucht, dem ganzen Drama eine lustige Note zu geben. Recht hat sie. Besser als heulen. Diese Mischung aus Beichte, leichtem Wahnsinn und Alkohol wirkt auch auf mich besonders enthemmend, sodass ich in ihr Kichern einstimme. Die Bloody Mary scheint ihre Wirkung zu entfalten und ich habe bereits einen Schwips, der sich nicht mehr leugnen lässt. Fühlt sich echt gut an.

»Dann lass uns auf alle Alexxxxe und Kläuschens dieser Welt trinken«, kommentier ich belustigt und falle ihr in die Arme. Wir verstehen uns blendend!

Nach einer weiteren halben Stunde, in der wir uns über Männer im Allgemeinen und über Liebhaber im Besonderen unterhalten und dabei das 'Knusperbrot', das nichts weiter als selbstgemachte Kartoffelchips sind, allerdings mit einem fantastischen Dip dazu, vernichtet haben, schlägt Fibi plötzlich vor, dass wir Tanzen gehen sollten.

»Jetzt noch? Ist doch gerade so gemütlich hier«, seufze ich und lümmle mich tiefer in meinen Sessel.

»Ja, jetzt. Ich weiß auch schon genau wohin. Ich glaube, wir müssen uns einfach den Frust von der Seele zappeln und vielleicht«, sie zwinkert mir verschwörerisch zu, »finden wir auch einen heißen Mann, der uns mal wieder so richtig ...« Sie stockt und giggelt. »Also ich meine, der uns mal wieder etwas körperliche Befriedigung verschafft.« Ich pruste los.

»Ich weiß genau, was du eigentlich sagen wolltest. Doch eine gestandene Dame von Welt nimmt das böse Wort mit f schließlich nicht in den Mund. Höchstens dann, wenn sie eben jenem Mann Befriedigung verschafft. Dann nimmt sie noch viel mehr in den Mund.« Ich muss so lachen, dass mir die Tränen in die Augen schießen. Ob es nun am Alkohol oder an meiner wundervollen Gesellschaft liegt, dass ich mich in diesem Moment so frei

und stark fühle, kann ich nicht sagen. Will ich auch gar nicht. Ich genieße es.
»Du bist mir so ein Huhn«, grölt Fibi und ich imitiere eine gackernde Henne.
»Bagbaaaaag«, krähe ich und bewege dabei meine angewinkelten Arme wie zwei Flügel. Fibi kann sich kaum noch halten vor Lachen und auch mir ergeht es nicht besser. Die bösen Blicke der anderen Gäste interessieren mich dabei nicht im Geringsten.
»Sie möchten zahlen?« Der Kellner taucht in genau diesem Moment vor uns auf und blickt uns flehend an. Nur mühsam beherrscht greife ich nach meiner Tasche und ziehe einen Schein hervor.
»Stimmt so, werter Herr. Der Rest ist für Sie. Schmerzensgeld oder Trinkgeld oder ...«, quietsche ich mit hoher Stimme, ein Lachen mühsam unterdrückend. Wenige Minuten später verlassen Fibi und ich Arm in Arm die Cocktailbar. Wahrscheinlich können wir uns hier nie wieder blicken lassen. Egal.

Kapitel 5 - Das erste Mal

»Und nun? Wo gehen wir hin?« Fibi und ich schlendern die beleuchtete Straße der Innenstadt hinunter. Überall stehen Tische vor den Lokalen, auf denen bunte Kerzen brennen. Die Menschen genießen den lauen Abend, sitzen gemütlich beisammen, trinken, essen und unterhalten sich. Noch ist es angenehm warm, sodass ich meine Jacke, die ich natürlich vergessen habe, nicht vermisse. Auch Fibi ist sehr sommerlich gekleidet mit ihrem flippigen Fransenshirt und den legeren Jeans.
»Oh!«, quietscht Fibi plötzlich und bleibt abrupt stehen. »Da gehen wir zwei Hübschen jetzt rein! Und keine Widerrede!« Sie sagt das so bestimmt, dass ich mich nicht traue, etwas Gegenteiliges zu sagen. Nur einen kurzen Blick kann ich auf das Eingangsschild und die Ankündigung für den heutigen Samstagabend werfen. 'Menstrip' lese ich flüchtig und mir läuft es kalt den

Rücken hinunter. So etwas habe ich noch nie erlebt. Bisher hatte ich auch wahrlich kein Interesse daran, fremden Männern beim Ausziehen zuzuschauen. Was soll daran denn so besonders sein? Ob ich Fibi was sagen soll? Aber ... bin ich dann nicht vollkommen uncool und hinterwäldlerisch? Besser nichts sagen und die Situation weglächeln. Kann ja nicht allzu schwer sein, oder? Na, dann mal los – auf in die Höhle des Löwen.
Direkt hinter dem Eingang befindet sich die Garderobe, an der wir unsere Jacken abgeben könnten, wenn wir welche hätten. Noch ist die Kleiderstange hinter der Theke leer. Kein Wunder. Wer trägt schon eine Jacke bei knapp zwanzig Grad Außentemperatur? Der Wettervogel von heute Morgen hat wirklich nicht übertrieben.
»Ich bin total gespannt wie der Typ aussieht, der gleich auftreten wird«, flüstert Fibi mir aufgedreht zu und ich kann sie gut verstehen. Neugierig bin ich auch. Und außerdem habe ich die leise Hoffnung, dass der Mann auf der Bühne den Mann in meinen Gedanken vertreibt. Noch immer dreht sich alles in meinem Kopf um Alex. Ich kämpfe jede Sekunde gegen das starke Verlangen an, ihn endlich wieder zu sehen, zu berühren, zu riechen, einfach bei ihm zu sein. Ich vermisse ihn, ganz egal, wie sehr ich mich auch versuche abzulenken.
»Willkommen Ladies«, sagt ein breitschultriger, braungebrannter Typ und grinst uns freundlich an. Er steht vor einem dicken, bordeauxfarbenen Samtvorhang, den er in diesem Moment zur Seite schiebt. »Ich gehe davon aus, dass ihr hier rein wollt?«
»Ja, schon«, antworte ich, da meine neue Freundin scheinbar kein Wort herausbringt und den sexy Körper des Hünen nur dümmlich grinsend mustert. Sie benimmt sich nicht wie die taffe Geschäftsfrau, die ich im Büro kennengelernt habe, sondern eher wie ein Teenie. Echt niedlich. Muss auch mal sein.
»Ja schon?«, echot der Türsteher und schaut mich fragend an.
»Ähm, ich meine ... sicher wollen wir uns die Show anschauen. Deswegen sind wir hier. Gäbe es denn eine Alternative?« Ich schlucke schwer. Ob er meine Unsicherheit bemerkt?

»Klar gibt es die. Wenn ihr erst einmal selber tanzen wollt, dann müsst ihr da rüber. Dort ist der Eingang zur Diskothek. Heute legt 'DJ Tobias' auf. Ich glaube, der macht 'nen ganz guten Sound. Allerdings ...«, er stockt in seiner Erklärung und wirft mir einen süffisanten Blick zu, bevor er fortfährt, »hier wird es viel interessanter. Glaubt mir. Marcel, der Stripper, der heute Abend seinen Auftritt hat, ist wirklich heiß. Eine echte Sahneschnitte. Der Körper! Einfach ein Traum! Wenn ich nicht hier rumstehen müsste, dann würde ich selber zusehen.« Sein Blick ist in die Ferne gerichtet und seine Zunge fährt unbewusst über die leicht geöffneten Lippen. Ach schau mal einer an. Was soll ich jetzt davon halten? Wow. Ob der Typ schwul ist? Ich glaube, das frage ich ihn jetzt lieber nicht.

»Bist du schw...?« Ich ramme Fibi noch rechtzeitig meinen Ellenbogen in die Seite, um sie zum Schweigen zu bringen. Das KANN sie jetzt einfach nicht machen.

»Wie bitte?« Der Schrank richtet seinen Blick auf Fibi. Alles Schwärmerische ist daraus verschwunden und in seinen Augen funkelt plötzlich etwas Böses. Zeit zu verschwinden!

»Ähm, nichts. Danke. Wir lassen uns dann mal überraschen«, lenke ich ab und ziehe Fibi, die immer noch kichert, hinter mir her. Wummernde Bässe, Nebelschwaden und fast völlige Dunkelheit empfangen uns und kleine Lichter an den Fußleisten weisen uns den kurzen Flur entlang.

»Warum hast du mich unterbrochen?«, mault Fibi. »Die Frage war doch berechtigt, oder? Sah der nicht wirklich aus wie vom anderen Ufer? Und sein Blick, als er von Marcel geschwärmt hat. Zu niedlich.« Ich seufze schwer und beschließe, Fibi meine Beweggründe nicht hier und jetzt zu erläutern, denn genau in diesem Moment überqueren wir die Türschwelle und betreten die eigentliche Höhle des Löwen. Eine Mischung aus Schweiß, kaltem Zigarettenrauch und Parfum empfängt uns und ich bleibe staunend stehen. Langsam lasse ich meinen Blick schweifen und erkenne, auf der Seite, dem Eingang gegenüber, eine kleine Bühne mit einer silbernen Stange in der Mitte. Das wird wohl Marcels

Wirkungsstätte sein. Groß ist echt was anderes. Wobei ich das nicht einmal beurteilen kann, denn ich habe schließlich keine Vergleichsmöglichkeiten. Links von uns gibt es eine Bar, an der bereits einige Damen mit ihren Gläsern stehen und sich angeregt unterhalten. Ob die sich alle kennen? Jedenfalls wirken sie sehr aufgeregt und zwischen ihnen herrscht eine heitere Stimmung. Bowlingclub vielleicht? Ich muss schmunzeln und lasse meinen Blick weiter schweifen. Das Licht, das aus versteckten Lampen den Raum in eine mystische Höhle verwandelt, wechselt von Rot über Grün bis hin zu Lila und Blau. Irgendwie erinnert es mich an die Edelsteingrotte, die ich neulich in einem Film gesehen habe. Nur die basslastige Musik, die aus riesigen Lautsprechern rechts und links des DJ Pultes dringt, passt nicht so richtig zu diesem Eindruck. Dieser Ort fasziniert mich und so merke ich nicht, dass ich bereits eine Weile den Eingang blockiere.

»Geh weiter und steh hier nicht so rum«, schimpft eine Frau mit quäkender Stimme, während sie mich unsanft zur Seite schiebt.

»Oh, sorry«, entschuldige ich mich rasch und ziehe Fibi, die ebenso beeindruckt scheint, hinter mir her zur Bar. Noch sind einige Hocker frei und ich schwinge mich auf den nächstbesten. Nicht leicht mit meinem Kleid, aber es geht.

»Magst du auch was Pinkfarbenes?«, fragt Fibi und winkt dem Barkeeper hinter dem Tresen zu. Ich nicke und zucke gleichzeitig mit den Schultern, was so viel wie 'mach du mal' bedeutet. Kurze Zeit später steht ein stilvolles Glas vor mir, dessen Inhalt irgendwie pink schimmert und am Rand ist eine seltsame Frucht drapiert. Eine Bloody Mary ist das jedenfalls nicht.

»Prost Freundin«, brüllt Fibi mir zu. »Weißt du, ich freue mich echt, dass wir uns so gut verstehen.«

»Ich mich auch«, bestätige ich lächelnd und wir stoßen an. »Was hast du da bestellt?«, frage ich nun doch, denn der Inhalt schmeckt fantastisch.

»Keine Ahnung. Getränk des Hauses. Steht als Empfehlung auf dem Schild da hinten. Ist gut, gell? Und

außerdem ist es pink. Ich liebe pink.« Ach? Echt? Mit hochgezogenen Augenbrauen blicke ich sie an.
»Warum ich pink mag?«, deutet sie meinen Blick richtig. »Weil ich immer versuche die pinkfarbene Seite des Lebens zu sehen. Also die bunte, glitzernde Welt. Das Lachen, den Spaß und das Licht.« Sie kichert, als sie meinen immer noch fragenden Ausdruck im Gesicht sieht. »Ist doch ganz einfach, Anja. Seit damals, also seit dem Drama mit Klaus, habe ich mir vorgenommen, mich nie wieder von einem Mann abhängig zu machen. Also eigentlich von keinem Menschen. Warum sollte ich meine Stimmung, egal ob gut oder schlecht, an einem Typen festmachen? Soll ich, egal wem, so viel Macht über mich geben? Bestimmt nicht. Daher versuche ich alles irgendwie durch die rosarote Brille zu sehen.« Ich beginne sie zu verstehen.
»Und das klappt?«
»Nö. Nicht immer. Aber ich kann es doch versuchen, oder? Was habe ich denn zu verlieren? Besser lachen als weinen, Herzchen. Findest du nicht?« Ich nicke und auch meine innere Stimme brummelt zustimmend. Da ist sie wieder.
»Sag mal, Fibi«, schießt mir die Frage heraus, bevor ich darüber nachdenken kann, »hast du auch eine innere Stimme?« Jetzt zieht meine Freundin die Augenbrauen hoch und blickt mich verwundert an, während sie erneut am Strohhalm in ihrem pinkfarbenen Cocktail saugt. Dann beugt sie sich zu mir vor.
»Ein heißer Typ, der immer wieder kluge Ratschläge gibt? Meinst du den?« Hä? Wie? Ich habe doch gerade ...Fibi bricht in schallendes Gelächter aus. »Klar habe ich eine innere Stimme. Mein Unterbewusstsein. Ich glaube, das hat jeder. Also zumindest jede Frau, die ich kenne. Bei mir ist das eben ein schnuckeliger Typ.« Okay?! Fibi ist echt durchgeknallt. »Nun schau nicht so schockiert. Du hast doch mit dem Thema angefangen, Anja. Was genau wolltest du denn wissen? Wie ist es denn bei dir?«
»Ähm, also ab und zu habe ich ... ich weiß nicht«, beginne ich stotternd, hole tief Luft und lasse meine Gedanken fließen. Wenn ich Fibi jetzt nicht frage, dann mache ich es nie. Und ich will es schließlich wissen.

»Also immer, wenn ich abends im Bett liege«, fahre ich fort, »dann unterhalte ich mich mit dieser Stimme über den Tag. So kurz vor dem Einschlafen. Was gut war und was ich falsch gemacht habe. Und, ab und zu, ist sie auch da, wenn ich vor einer Entscheidung stehe und nicht genau weiß, was ich machen soll. Oder wenn ich etwas mache und genau weiß, dass es nicht gut geht. Dann kichert diese Stimme oder seufzt oder ...«, platzt es verwirrend aus mir heraus.
»Jepp, verstehe. Ich kenn das. So hatte ich das auch mal. Da war es eine weibliche Stimme. So eine nervige Tussi, mit Lockenwickler im Haar und Nudelholz in der Hand.« Fibi kichert erneut. »Die habe ich aber ganz schnell wieder abgeschafft. Seitdem ist es der süße Typ. Der kichert wenigstens nicht.« Liegt das nun am Alkohol, dass wir uns über so ein Thema unterhalten? Nimmt Fibi mich nicht für voll?
»Willst du mich verarschen?«, frage ich nun doch und sie schüttelt erschrocken den Kopf.
»Nein, Anja. Ich meine das ganz ernst. Die Stimme, die du da im Kopf hast, ist dein Unterbewusstsein. Dein Bauchgefühl oder wie auch immer du es nennen magst. Du hörst schließlich keine echte Stimme, oder?« Ich schüttle vehement den Kopf.
»Nein. Wirklich nicht. Sonst wäre ich schon längst beim Arzt.«
»Na siehst du. Dann ist alles normal, soweit ich das beurteilen kann. Hör doch einfach mal auf diese Stimme. Sie meint es nur gut mit dir. Sie, oder er, ist praktisch so etwas wie dein Herz, deine Gefühle, deine Seele. Verstehst du? Ich unterhalte mich gerne mit mir selber, wenn sonst kein intelligenter Mensch mit mir spricht.« Wieder lacht Fibi. »Nimm das alles nicht so ernst, Anja. Du bist nicht bekloppter als andere Menschen. Aber ... versuch doch wirklich mal, deiner Stimme einen knackigen Körper zu geben und ihn, oder sie, dir bildlich vorzustellen. Du wirst merken, dass es auch lustig sein kann, sich mit sich selber zu unterhalten. Mir kamen dabei schon einige gute Einfälle.«
»Okay«, sage ich gedehnt und beschließe, das Gespräch über die innere Stimme hier zu beenden. Ich muss erst

darüber nachdenken. Vielleicht sogar mit IHR darüber diskutieren. Das Bild eines Stuhlkreises schießt mir in den Kopf und ich muss grinsen.
»Irgendwie haben wir doch alle einen an der Klatsche, Fibi«, bemerke ich und sie lacht zustimmend.
»Oh ja, Anja. Und das ist gut so. Die Welt ist schon traurig genug. Da kann Lachen wirklich nicht schaden, oder?«

Eine knappe halbe Stunde und zwei Cocktails später hat sich der Raum gefüllt und der DJ betritt seinen Platz hinter dem Pult. Mit wenigen Worten begrüßt er die Anwesenden und weist darauf hin, dass Marcel bereits hinter der Bühne auf seinen Auftritt wartet. Na, jetzt bin ich aber wirklich sehr gespannt, wie der Typ wohl aussieht.
»Komm Anja!« Fibi zerrt an meinem Kleid. »Lass uns ganz nach vorne gehen. Ich will nichts verpassen. Dort sind eindeutig die besten Plätze, du wirst sehen. Und für dein erstes Mal soll es schließlich etwas Besonderes sein, gell?« Verdammt! Sie hat mich durchschaut. Ich zucke nur mit den Schultern und lächle sie schief an.
»Erwischt!« Sie lacht herzhaft. »Aber mach dir nichts draus. Man sieht es dir nicht an«, raunt sie mir zu und knufft mich in die Seite. Sehr witzig. Leuchtbuchstaben auf der Stirn stehen mir auch nicht.
Kurz nachdem wir uns mühsam durch die kreischende weibliche Menge gedrängt haben und direkt vor der kleinen Bühne stehen, ändert sich die Musik. Aus dem basslastigen Hintergrundsound wird eine Mischung aus dunklem Soul und heißen Elektrobeats. Ein Spotlight erhellt das Podium und die aufgeregte Meute um mich herum dreht noch mehr auf. Marcel hat seinen großen Auftritt.
Ein junger Mann mit schwarzem Hut und bodenlangem Mantel betritt die Bühne. Meine Anspannung steigt. Was dieser Typ wohl zu bieten hat und wie er die mittlerweile ekstatische Frauenschar befriedigen will? Verstohlen wende ich meinen Kopf nach links und rechts und lasse meinen Blick über die Ladies schweifen. Die Meisten sind so um die dreißig, schätze ich. Allerdings erkenne ich

auch einige jüngere und wesentlich ältere Mädels, die kurz vor der Explosion stehen. Ehrlich gesagt kann ich den Hype nicht wirklich nachvollziehen.
»Nu schau hin!«, fordert mich Fibi auf und stupst mich in die Rippen.
»Jahaaa...«, raune ich zurück und sehe den Typen, wie er seinen Hut vom Kopf reißt, den Mantel lasziv fallen lässt und stolz in die Menge blickt. Jepp, der Typ ist heiß! Sogar sehr heiß. Sein Body ist wohl geformt, Sixpack, und seine Muskeln sind sauber definiert. Kein typischer Muskelprotz und doch ein Mann, der leicht zwei Träger Wasserflaschen - pro Finger! - in den zehnten Stock eines Hochhauses schleppen könnte. Ohne Atemnot. Die Menge grölt noch lauter, sofern das überhaupt möglich ist, und die Musik ändert sich erneut. Der Tackt wird schneller und der Kerl auf der Bühne beginnt sich zu bewegen. Er geht in die Hocke, schlängelt sich dann wie ein junger Gott über den Boden, um danach wieder aufzuspringen! Die Bewegungen sind fast magisch, fließend und so leicht, dass es spielerisch wirkt. Er greift nach der Stange, zieht sich hinauf, vollführt eine Drehung und hängt wie eine Flagge horizontal mit gespreizten Beinen. Wahnsinn. Ich bin unheimlich beeindruckt und klatsche vor Begeisterung über meinem Kopf in die Hände. Langsam lässt er sich wieder nach unten gleiten, bewegt seine Hüfte und streicht mit beiden Händen über seinen Körper. Geil! Ich glaube, ich bin nicht die Einzige, die jetzt gerne mit seinen Händen tauschen würde. Jetzt hat er mich und ich stehe in seinem Bann.
»Du weißt schon, dass dein Mund offen steht, oder?«, grinst Fibi breit. Schnell schließe ich meine Kinnlade und grinse zurück.
»Frau wird doch wohl noch etwas sabbern dürfen, oder?«, verteidige ich mich.
»Das ist der Sinn des Ganzen.« Marcel setzt seine Tanzeinlage fort und lässt seinen Blick immer wieder über die Menge der Frauen schweifen. Er genießt die Bewunderung sichtlich. Ob er eine Freundin hat? Kann man das in diesem Beruf eigentlich? Warum meine Gedanken nun in diese Richtung abdriften, ist mir

unklar, aber viel weiter kommen sie auch nicht. In genau diesem Moment steht Marcel, der König der Polstange, mit breiten Beinen in der Mitte der Tanzfläche und zerreißt gekonnt sein hautenges Shirt. Dann wirbelt er es um seinen Kopf und schleudert es in die Menge ... genau in mein Gesicht. Die Ladies kreischen auf und eine Frau neben mir wirft mir einen finsteren Blick zu. Ich bin kurz versucht es ihr zu geben, wenn sie es doch so unbedingt will, doch in dem Augenblick merke ich, dass noch weitere Blicke auf mir ruhen. Spontan drücke ich es Fibi in die Hand. Soll sie zusehen, was sie damit macht. Meine Nackenhaare sträuben sich und ich bemerke, dass Marcels strahlend blaue Augen, die unter ein paar Haarsträhnen beinahe zu leuchten scheinen, mich fixieren. Als er erkennt, dass ich seinen Blick erwidere, zwinkert er mir zu und öffnet seine Lippen einen Spalt. Wow! Mein Herz beginnt zu hämmern und ich strahle zurück.

»Hast du ein Glück, Herzchen«. Fibi hat ihren Arm um mich gelegt und drückt mich eng an sich. Ab sofort habe ich das Gefühl, als würde der heiße Mann auf dem Podest nur für mich tanzen. Immer wieder wirft er mir verschwörerische Blicke zu, während er über den Boden rollt oder sich an der Stange bewegt. Ich erwidere sie nur zu gerne. Mein Mund hat sich erneut geöffnet, doch es ist mir sowas von egal. Sabbern kann ich nicht, denn meine Schleimhäute sind vollkommen ausgetrocknet. Was für ein Mann! Ob Alex das wohl auch könnte? Die Oberarme haben eine gewisse Ähnlichkeit und auch der Bauch ...Verdammt. Schon wieder geistert dieser Typ durch meine Gedanken. Kann ich nicht wenigstens diese Situation genießen, ohne an Alex zu denken? »*Nö*«, flüstert die Stimme in meinem Kopf und ich stöhne auf. Halt die Klappe!

Mittlerweile trägt Marcel nur noch ein blaues, fast durchsichtiges Tuch um seine Hüften und ich ahne, dass es bald zum Finale kommen wird. Vielleicht sollte ich mich schon mal an die Bar begeben? Irgendwie ist mir die Lust nun doch vergangen. Gerade als ich mich von der Bühne abwende, ändert sich die Musik zum dritten Mal und das Spotlight schwenkt in Richtung der

Zuschauerinnen. Suchend schwebt es über die kreischende Menge und mein Schädel ist kurz vorm platzen. Wieso Frauen nur immer so schreien müssen, wenn sie sich in Ekstase befinden. Ob die beim Sex auch so schreien? Die Antwort werde ich wohl nie erhalten. Muss ich auch nicht. Doch etwas anderes wird mir schlagartig bewusst ... ICH stehe im Spotlight. Marcel kommt mit wiegenden Schritten auf mich zu und reicht mir die Hand. Gelähmt, wie ein Häschen vor der Schlange, starre ich ihn mit großen Augen an. Was, zum Teufel, soll das? Ein Potpourri an Gefühlen macht sich in meinem Inneren breit und ich weiß nicht, ob ich lachen oder weinen soll.

»Nun geh schon«, schimpft Fibi und schiebt mich in Marcels Richtung. Was bleibt mir anderes übrig? Also lasse ich mich auf das Spiel ein. Galant zieht er mich zu sich auf die Bühne, auf der mittlerweile ein Stuhl steht, und bittet mich, mit einer einladenden Handbewegung, darauf Platz zu nehmen. Jede der anderen Frauen hätte liebend gerne mit mir getauscht. Warum muss er ausgerechnet mich nehmen?

»Alles klar bei dir?« Marcels Stimme ist nahe an meinem Ohr und mein Körper springt sofort auf ihn an. Verräter! Die Gänsehaut lässt jedes einzelne Härchen strammstehen und ein Kribbeln macht sich in meinem Magen breit. Wenn ich mir jetzt vorstelle, dass das vor mir Alex ist, dann ... das Pochen zwischen meinen Beinen signalisiert mir, dass meine Vorstellung funktioniert. Irgendwie ist es zwar unfair, aber Gedanken sind frei. Er muss es ja nicht wissen. Ich lächle ihm charmant zu und nicke, um seine Frage nach meinem Befinden zu beantworten. Gekonnt tanzt er um mich herum, legt dabei meine Hände auf seine Hüften und ich fühle jeden einzelnen Muskel. Auch er lässt seine Hände über meinen Körper wandern und drückt mir dabei vorsichtig die Beine auseinander. Jetzt steht er, nur mit dem Tuch bekleidet vor mir und mein Gesicht befindet sich genau auf der Höhe seines besten Stücks. Zufall? Eher nicht, wie mir unweigerlich bewusst wird. Jetzt wäre der richtige Moment, um schreiend wegzulaufen. Doch ich bin wie erstarrt. Eigentlich sollte ich mich geehrt fühlen, oder? Doch ich kann einfach nichts Gutes daran finden, seine mächtige, erigierte Männlichkeit direkt vor meinen Augen zu sehen. Und nicht nur vor meinen Augen! In diesem Moment versucht er ihn mir zwischen die Lippen zu schieben. Ist das normal? Ich schwanke zwischen Ekel und Erregung. Wäre das vor mir wirklich Alex, wären wir allein und hätte er für mich getanzt, hätte ich nichts lieber getan, als ihm seinen Wunsch zu erfüllen. Doch eben nicht Marcel! Das blaue Tuch hüllt meinen Kopf mitsamt seiner Körpermitte ein und ich fasse einen Entschluss. Ganz langsam hebe ich meine Arme, umfasse IHN mit beiden Händen und blicke in das erwartungsvolle Gesicht des Tänzers. Doch ich lasse mich nicht so leicht unterkriegen. Mit einer kräftigen Bewegung drücke ich zu, grabe meine Fingernägel in das Fleisch und zwinge ihn damit in die Knie. Sein Gesichtsausdruck ändert sich schlagartig. Von ungläubig bis hin zu schmerzerfüllt ist alles dabei. Dann raune ich ihm mit tiefer Stimme ins Ohr: »Das kannst du mit jeder anderen versuchen, aber nicht mit mir. Verstanden? Und nun lass mich gehen. Ich glaube die Vorstellung ist vorbei.« Als ich sein angedeutetes Nicken sehe, entferne ich meine Faust und lächle ihm charmant zu. Professionell, wie er wirken möchte, bindet er sich das Tuch komplett um die Hüften, tritt mehrere Schritte zurück, dreht sich der jubelnden Frauenschar zu und verbeugt sich. Dann reicht er mir seine Hand und führt mich zu Fibi. Sein Blick ist noch immer schmerzerfüllt und ich ahne, dass er Probleme beim Gehen hat. Selbst schuld!

Kapitel 6 - Zufall oder Schicksal?

»Nun komm schon! Ich will hier weg!« Schnellen Schrittes überquere ich die Fläche vor dem Podest und zerre Fibi hinter mir her.
»Was ist denn passiert?«, japst sie und versteht die Welt nicht mehr. Nachdem wir uns durch die Menschenmenge

gepresst und danach den kleinen Gang passiert haben, bleibt sie in dem Vorraum, in dem der sexy Türsteher von vorhin noch immer seiner Arbeit nachgeht, abrupt stehen und dreht mich zu sich herum. Ich komme mir vor wie in einem Taubenschlag. Männer und Frauen wechseln munter die Musikareas und ich fühle mich komplett überfordert. Musikfetzen wummern, es riecht nach Alkohol und Schweiß und ehrlich gesagt will ich nur noch weg. Flucht! Doch das kann und will ich Fibi so nicht sagen. Nicht hier und jetzt. Ich kann die Fragezeichen förmlich in ihren Augen erkennen und atme einige Male tief ein und aus, bevor ich zu einer Antwort ansetze.

»So ein Arschloch! Dieser Marcel. Der hat mir doch tatsächlich ...«, ich stoppe, als ich von hinten unsanft angerempelt werde. »Komm, lass uns noch was Trinken gehen und ich erzähle dir alles, okay? Hier ist nicht der richtige Ort.« Fibi nickt verwundert, tippelt aber hinter mir her.

Den 'Tanzpalast', der sich gegenüber der 'Lusthölle', wie ich insgeheim Marcels Wirkungsstätte nenne, befindet und in dem DJ Tobias seine Musik auflegt, erreichen wir mit wenigen Schritten. Der Sound, der uns empfängt ist schon eher nach meinem Geschmack. Bekannte Rockklänge dröhnen mir ebenso entgegen wie lautes Stimmengewirr. Die typischen Gerüche einer Discothek, stickige Hitze, Schweiß, Deo und Alkoholdunst, erschlagen mich beinahe, doch ich versuche sie zu ignorieren. Auch hier ist es brechend voll, allerdings sind an der langen Theke, die an einer Seite der Tanzfläche auszumachen ist, gerade zwei Hocker frei geworden. Glück muss Frau haben. Zielsicher steuere ich darauf zu, schwinge mich galant, soweit das mit meinem kurzen Kleid möglich ist, auf einen Barhocker, hebe die Hand und winke dem jungen Mann hinterm Tresen zu.

»Jetzt aber«, fordert mich Fibi auf, nachdem auch sie sich niedergelassen hat.

»Was willst du trinken?«

»Anja!« Fibis Stimme klingt genervt und sie funkelt mich böse an. »Wenn du nicht gleich mit der Sprache

rausrückst, dann stehe ich auf und geh. Was ist denn passiert? Ich dachte, ich tue dir einen Gefallen, wenn ...«
»Was darf ich den beiden Ladies bringen?« Die dunkle Stimme des jungen Mannes unterbricht Fibis Standpauke und ich bin wirklich froh darüber. Ich glaube, sie ist echt sauer.
»Zwei 'Sex on the Beach', bitte«, flöte ich dem Barmann zu, während ich in zwei himmelblaue Augen blicke, die mich interessiert mustern. Gefalle ich ihm? Oder gehört das nur zu seiner Verkaufstaktik. Je netter er zu den Gästen ist, desto mehr Trinkgeld bekommt er. Logisch. Steht bestimmt so im Vertrag. Und doch, irgendwie beschleicht mich das Gefühl, als ginge sein Blick über das Geschäftliche hinaus. Einbildung? Egal. Es poliert zumindest mein Selbstvertrauen. Doch noch bevor ich weiter Überlegungen anstellen kann, ist der cocktailshakende Adonis auch schon wieder verschwunden und Fibis Stimme dringt in meine Gedanken.
»Anja?!?«
»Jaha ...« Entschlossen, Fibi nun alles zu erzählen, drehe ich mich schwungvoll auf dem Hocker zu ihr herum und ... erstarre. NEIN! Das kann doch nicht...
»A N J A! Rede! Ich will dir doch nur helfen!« Fibi hat sich zu mir gebeugt, meine Schultern ergriffen und zwingt mich sie anzusehen. »Mensch Mädchen. Du bist plötzlich weiß wie die sprichwörtliche Wand!« Meine Freundin legt eine ihrer schlanken Hände auf meine Stirn und schüttelt dann den Kopf. »Nein, Fieber hast du nicht. Ist dir schlecht? Sollen wir vor die Tür?« Ich kann ihren Worten nicht wirklich folgen, denn ich habe das Gefühl, als hätte mir jemand mit voller Wucht in den Magen geschlagen. Erst die dämliche Aktion des Strippers und jetzt? Ist das wirklich Alex dahinten? Aber das kann doch gar nicht sein? Oder doch? Eine Gruppe junger, gutaussehender Männer drängt sich soeben an die Bar, an der Fibi und ich uns aufhalten und bestellen lautstark eine Runde Bier. Einige kommen mir wage bekannt vor, ganz besonders der braune Männerschopf. Ich muss sein Gesicht nicht sehen, um zu wissen, dass es Alex ist. Sämtliche Härchen auf meinem Körper richten sich auf und mein Puls rast. Verdammt!

Genau in diesem Moment dreht er sich in meine Richtung und die Welt scheint still zu stehen. Die harten, rockigen Klänge werden zu sanftem Hintergrundgedudel, die Menschen um mich herum verschwimmen schemenhaft und auch der Geruch, den ich vorhin noch bewusst ignorieren musste, stört mich nicht mehr. Ähnlich, als blicke ich durch einen Tunnel, hängt mein Fokus auf dem Menschen, den mein Herz sofort als Alex identifiziert. Braune Haare, leuchtend blaue Augen, gestählter Körper in Jeans und weißem Hemd. Die Sekunden der Starre verfliegen und die Welt beginnt sich wieder mit erhöhter Geschwindigkeit zu drehen. Mir ist mit einem Schlag so übel, dass ich aufgeregt nach Luft schnappe. Was zum Teufel macht dieser Mann hier?

»Anja, Herzchen. Ich glaube, wir sollten wirklich an die frische Luft ...«, beginnt Fibi erneut und in ihrer Stimme schwingt eine Mischung aus Verständnislosigkeit und Panik. Das Kichern von vorhin ist ihr ebenso vergangen wie mir. Nur aus anderen Gründen. Natürlich versteht sie mich nicht. Wie sollte sie auch?

»Hey Anja. Was für eine nette Überraschung. Du hier? Wenn das mal kein Wink des Schicksals ist.« Alex hat mich entdeckt und steht nun breitbeinig, die Daumen in die Schlaufen seiner Jeans gehängt, vor mir. Was für ein Mann! Natürlich reagiert sofort jede Faser meines Körpers, besonders die empfindliche Stelle zwischen meinen Beinen, auf ihn. Mein Herz pumpt eine Mischung aus Adrenalin, Endorphinen und Blut durch meine Adern und ich merke, wie ich rot anlaufe.

»Hi Alex«, presse ich mühsam hervor und grinse ihn dümmlich an. Jetzt fällt auch bei Fibi der Groschen und sie schlägt sich erkennend mit der Hand an die Stirn. Da Alex mit dem Rücken zu ihr steht, sehe nur ich es und hoffe inständig, dass sie nichts Falsches sagt.

»Hi, Alex. Ich bin Fibi. Eine Arbeitskollegin und Freundin deiner ... ähm ... von Anja. Ich habe schon viel von dir gehört. Schön dich mal live zu sehen.« Ich stöhne innerlich auf. Ach Fibi ...

»Hi Fibi.« Alex dreht sich herum, lächelt Fibi charmant zu, während er sie von oben bis unten mustert, und reicht ihr die Hand. »Ich hoffe doch nur Gutes, oder?« »Klar. Nur!« Fibi kichert und wird rot. Na ganz toll. Ich muss weg hier! Dringend! In meinem Kopf schreit alles nach Flucht. Einfach aufstehen und gehen. Jetzt! Doch mein Körper weigert sich, den Befehlen auch nur einen Millimeter zu gehorchen. Verräter! Alles Verräter! *Und was machen wir nun?* Meine innere Stimme ist zurück. Ganz leise und doch mit einem hämischen Unterton stellt sie mir diese Frage, auf die ich wirklich keine Antwort habe. »*Bleib einfach sitzen und schau was passiert*«, flüstert sie weiter. Der Zwiespalt meiner Gefühle macht mich fast wahnsinnig.
»Was machst du denn hier, Anja? Oh, Entschuldigung. Ich meine natürlich: Was hat die beiden hübschen, jungen Damen hierher geführt? Auf Beutezug?« Alex grinst, wie das sprichwörtliche Honigkuchenpferd und ich merke, dass er bereits zu viel getrunken hat.
»Mädelsabend«, verkündet Fibi an meiner Stelle und ich stimme ihr brummelnd zu. Sobald ich meine Stimme wiedergefunden und meinen Pulsschlag etwas beruhigt habe, werde ich diesem aufgeblasenen Arschloch, das sich seit Monaten nicht bei mir gemeldet hat, die Meinung sagen. Ich werde ihn zur Rede stellen und ihm sagen, was ich von seiner Aktion, Emma nun doch zu heiraten, halte. Ich werde …Ganz bestimmt werde ich …
»Na, dann will ich die Damen nicht weiter stören. Wir Jungs feiern nämlich meinen Junggesellenabschied und haben noch viel vor.« Sein Grinsen wird noch eine Spur breiter, wenn das überhaupt möglich ist und der Schalk blitzt in seinen Augen.
»Viel Spaß euch«, erwidert Fibi und greift nach ihrem Cocktailglas, das soeben vom Barkeeper serviert wird. »Auf dich, Alex. Mal sehen, was Anja und ich noch anstellen. Der Stripper, den wir eben gesehen haben, war schon mal ein guter Anfang, stimmt's Anja?« Sie zwinkert mir zu und ich dämliche Kuh bringe noch immer kein Wort heraus. Wie erbärmlich. »Also, dann mach's gut, Alex. Schönen Abend euch noch und vielleicht sieht man sich irgendwann mal wieder.«

»Freut mich, wenn ihr Ladies Spaß habt. Hoffentlich war er gut«. Der sarkastische Unterton ist nicht zu überhören. Ist er eifersüchtig? Ich fasse es nicht! »Also 'tschau Fibi, bis bald, Anja«, flötet mein ehemaliger Geliebter, zwinkert mir verschwörerisch zu und ist wenig später verschwunden. Erst jetzt bemerke ich, dass ich vor Anspannung die Luft angehalten habe und atme tief ein und aus. Meine Nerven! Ich bin zu alt für den Scheiß!
»Hier. Trink das«, muntert Fibi mich auf und hält mir mein Glas unter die Nase. Fast wie in Trance ergreife ich es und schütte seinen Inhalt in einem Zug hinunter.
»Wow! Hey! Warte ...«, ereifert sich Fibi, doch es ist bereits zu spät. Mein Glas ist leer und mir ist schlecht. Ob noch immer oder schon wieder, kann ich wirklich nicht beurteilen. Ich weiß gar nichts mehr. Mein Gehirn ist leer wie die Sahara zur Mittagszeit. War das jetzt eine Fata Morgana? Zufall? Schicksal? Jedenfalls war es scheiße. Oder doch nicht? Seit Monaten warte ich auf so eine Begebenheit, hoffe innständig, dass Alex sich meldet, mir zufällig über den Weg läuft, vom Himmel fällt ... was weiß ich ... und nun ist es passiert und ich sitze hier wie ein Kaninchen vor der Schlange und bringe keinen Ton heraus. Was ist nur mit mir los? Wo, zum Teufel, ist die starke, kluge, witzige junge Frau, die ich noch vor ein paar Monaten war?
»Das war er. Nun ist er weg«, nuschle ich und merke, wie mir die Tränen in die Augen schießen.
»Ja, das war er wohl«, bestätigt Fibi, trinkt einen winzigen Schluck ihres Cocktails und legt mir eine Hand auf den Oberschenkel. »Lass mich nur eben bezahlen, dann gehen wir nach Hause, einverstanden? Ich glaube, der Abend ist ohnehin gelaufen.« Sie winkt nach dem Barkeeper. »Und auf dem Heimweg erzählst du mir bitte endlich die Geschichte mit dem Stripper, okay?«, fügt sie zwinkernd hinzu und ich nicke nur. Wie ein Häufchen Elend hänge ich auf meinem Hocker und hoffe wirklich, dass wir bald verschwinden können. Aus dieser Stadt, diesem Land, von dieser Erde.

»Ich muss noch mal eben auf's Klo«, nuschle ich in Fibis Richtung und stemme mich hoch. Der letzte Schluck war

eindeutig zu viel. Der ganze Abend war zu viel. Ich werde nie wieder Alkohol trinken, nie wieder ausgehen, nie wieder ... egal. Ich werde diesen Abend aus meinem Gedächtnis streichen und morgen, oder spätestens übermorgen, wieder die coole Geschäftsfrau sein. Punkt. Ich werde nicht zu der Hochzeit fahren, Alex nicht mehr hinterherlaufen, sondern brav Zuhause sitzen.
»*Na klar.*« Die sarkastische Stimme in meinem Kopf meldet sich erneut zu Wort. Wie ich sie hasse.
»Halt die Klappe, du! Man wird doch wohl noch Ziele haben dürfen, oder?«, lalle ich halblaut vor mich hin und spüre förmlich, wie sie mich auslacht. Zum Glück ist die Musik so laut, das mich niemand beachtet.
Klar kannst du es dir vornehmen. Aber funktionieren wird es nicht. Ich kenne uns doch. Wir werden heulend am Küchentisch sitzen und uns fragen, warum wir ihm nicht hinterhergelaufen sind. Dann werden wir noch mehr heulen und die Flasche Rotwein öffnen, die wir als Reserve im Küchenschrank haben. Und dann werden wir noch mehr heulen und ...
»Halt die Klappe, habe ich gesagt!«, zische ich wütend. Natürlich hat mein Unterbewusstsein recht. Wie immer. Trotzdem ist es erschreckend. Werde ich bekloppt, weil ich Selbstgespräche führe? Fibi sagte vorhin: »Nö, das haben schon viele andere vor uns gemacht. Wir sind vollkommen normal.« Also glaube ich ihr. Trotzdem soll die Stimme verschwinden. Ich will meine Ruhe haben! Sofort! Erstaunlicherweise hört sie dieses Mal auf mich und ist still. Endlich. Passt auch zum 'stillen Örtchen', das ich in diesem Moment betrete. Wobei hier das Wort 'still' eindeutig fehl am Platz ist. Die Musikmischung aus Jazz, Techno und Rock raubt mir beinahe den letzten Nerv. Die Toilette befindet sich im Keller, genau zwischen den verschiedenen Areas. Sie ist schmutzig, überfüllt und das grelle Licht schmerzt in meinen Augen. Und doch bin ich froh, als ich mir meinen Cocktail noch einmal rückwärts durch den Kopf gehen lasse. Nachdem die 'blutige Marie', die 'pinkfarbene Hausmischung' und der 'Sex am Strand' sich mit meiner Galle und einigen Brocken des 'Knusperbrotes' vereint auf den Weg in die Kanalisation gemacht haben, geht es mir schon entschieden besser.

»Siehst du scheiße aus«, murmle ich meinem Spiegelbild zu, das mir aus dem schmutzigen, fast blinden, Gebilde über den Waschbecken entgegenblickt. Selbst das kalte Wasser, mit dem ich versuche meine Lebensgeister zurückzuholen, versagt kläglich. Waschbär auf Droge. Genau so fühle ich mich im Moment. Da hilft nicht mal mehr der rote Lippenstift, mit dem ich meine blutleeren Lippen nachziehe. Aber was soll's. Bald werde ich ohnehin zu Hause sein und meinem Bett ist es egal wie ich aussehe. Das liebt mich so wie ich bin. Wenigstens einer.
»Darf ich mal?« Eine ältere Frau – war sie nicht auch bei Marcels Auftritt? - schiebt mich unsanft beiseite und funkelt mich wütend an. »Erst das Shirt klauen und sich dann auch noch so unverschämt breit machen. Das kann ich echt leiden. Arrogantes Miststück!« Meint die mich? Ernsthaft? Gerade als ich überlege, was ich schlagfertig erwidern kann, dreht sie sich herum, wirft mir noch einen tödlichen Blick zu und verlässt das 'stille Örtchen'. Was für ein Abend. Ich will hier weg! Sofort.
Wütend reiße ich die Tür auf, stürme hindurch und pralle gegen eine starke Männerbrust.
»Ups, 'tschuldigung«, stammele ich erschrocken. Wie peinlich. Ein bekannter Duftmix aus Whisky, Aftershave und ihm steigt mir in die Nase und ich erstarre.
»Macht doch nichts, Herzchen. Du musst dich bei mir nicht entschuldigen. Ist doch schön, wenn du mir in die Arme läufst.« Alex blickt mir tief in die Augen und meine Beine geben nach. Das ist zu viel! Alles um mich herum beginnt sich zu drehen und das Letzte, was ich höre, bevor mich die Ohnmacht empfängt, ist das gehässige Lachen meiner inneren Stimme.

Ich stehe am Strand und blicke aufs Meer hinaus. Die Möwen kreischen und eine sanfte Brise streichelt meine Wangen. Es ist so wunderschön hier. Ich kenne diesen Ort sehr genau. Und ich liebe ihn. Hier bin ich zu Hause. Hier sind meine Seele und mein Herz im Einklang. Ich weiß, dass ich träume und ich will nicht aufwachen. Mein Unterbewusstsein steht neben mir, hält meine Hand und ich liebe es dafür.

»*Du weißt, dass du gleich wieder zurück musst?*«, *fragt es mich und ich nicke. Ich weiß. Aber ich will noch nicht. Hier bin ich sicher, geborgen und behütet. In diesem Teil meiner Traumwelt gibt es keine Angst, keine Schuldgefühle und kein Verlangen. Es ist herrlich.*
»*Kann ich nicht für immer hier bleiben?*«, *frage ich trotzig, obwohl ich die Antwort kenne. Meine innere Stimme schüttelt den Kopf – ich kann es spüren – und meine Schultern sacken nach vorne weg.*
»*Nein. Du musst zurück und dich deinem Leben stellen. Sie warten auf dich. Du willst sie doch nicht enttäuschen, oder?*«
»*Wer wartet?*« *Ich weiß nicht genau, von wem die Stimme spricht und ich fühle plötzlich, wie der Wind auffrischt und schwarze Wolken über das Meer treibt. Die Angst kehrt zurück. Tief in meinem Inneren beginnt es zu brodeln und auch die Übelkeit gräbt sich erneut durch meine Eingeweide. Mein Kopf schmerzt und alles um mich herum wird grau ... grausam...*

»... kommt zu sich. Na endlich!« Die Stimme, die wie durch Watte in mein Ohr dringt, erkenne ich sofort. Ich spüre etwas Hartes unter meinem Rücken, doch mein Kopf liegt weich und sicher. Eine Hand streichelt über meine Stirn und der Geruch ... Alex! Schlagartig öffne ich die Lider und will mich aufrichten. Fehler! Mein Magen rebelliert und stöhnend sinke ich zurück. Das war nichts. Nur ganz langsam lichtet sich der milchige Schleier und ich erkenne meinen ehemaligen Geliebten. Mein Kopf ruht wirklich auf seinem Schoß und meine Beine liegen auf Fibi, die zu meinen Füßen sitzt. Stück für Stück kehren die Erinnerung zurück und ich stöhne erneut auf.
»Willkommen zurück, Darling«, raunt Alex mir zu und streicht behutsam über meine Lippen. »Du hast uns einen großen Schrecken eingejagt. Geht es dir wieder besser?« Ich versuche zu nicken. »Irgendwie schon ein Kompliment, wenn du in meinen Armen zusammenbrichst und das, obwohl ich noch nicht mal was getan habe.« Er grinst mich von oben herab an. Oh shit! Erneut versuche ich mich aufzurichten und dieses Mal gelingt es mir besser.

»Was ...?«, presse ich mühsam hervor. Fibi streckt mir ihre Hand entgegen und als ich sitze, reicht sie mir eine Flasche.

»Hier, trink das, wird dir helfen«, lächelt sie mir zu und dankbar nippe ich an der Cola. Auch sie erscheint wieder nüchtern. »Was passiert ist? Das musst du doch besser wissen. Ich kann dir nur so viel sagen, dass ich dich gesucht habe, nachdem du so lange verschwunden warst und dann finde ich dich hier draußen mit dem Mann deiner ... ähm, ich meine, mit Alex.« Fibi kichert. Also doch nicht so nüchtern, wie ich dachte.

»Hmm.« Mehr kann ich nicht sagen.

»Du bist in meine Arme gelaufen, zusammengebrochen und ich habe dich hier draußen auf die Bank gelegt. Lass mich raten: Du hast heute noch nicht viel gegessen, zu wenig getrunken, beziehungsweise zu viel und dein Kreislauf hat sich verabschiedet. Stimmt's?« Alex hat es nahezu auf den Punkt gebracht. Also nicke ich und zucke gleichzeitig mit den Schultern. »Sei froh, dass ich dich aufgefangen habe, sonst wärst du voll auf dem Boden gelandet.« Haha. Sehr lustig. Schließlich ist er doch Schuld daran, dass meine Beine überhaupt nachgegeben haben. Wäre er nicht gewesen, dann hätte ich den 'Sex on the Beach' nicht so schnell getrunken und mich folglich nicht übergeben.

Sein sonores Lachen macht mich wahnsinnig. Kann er nicht einfach aufstehen und gehen? Warum sitzt er hier bei mir?

»Ich dachte«, krächze ich und merke, wie sehr mein Hals schmerzt, »du bist mit deinen Jungs unterwegs. Vermissen sie dich nicht? Was tust du noch hier?« Herausfordernd starre ich ihn an und er lacht nur wieder.

»Ach was. Die Jungs. Die können auch ohne mich feiern. Tom hat nun das Kommando übernommen. Wobei ich fast glaube, dass er für heute auch eine andere Übernachtungsmöglichkeit gefunden hat, als das Hotelzimmer, in dem wir eigentlich pennen wollten. Jedenfalls deutete er vorhin so etwas an. Und auch die anderen wissen, wo sich das Hotel befindet. Also keine Panik. Ich weiß schon, was ich hier mache.« Wieder lacht

er und eine warme Welle durchflutet meinen Körper. Er ist hier. Hier bei mir. Passt auf mich auf. Auf MICH!
»Was ist mit Emma?« Die Frage schießt so schnell hervor, dass ich sie nicht mehr bremsen kann. Wie kann man nur so dämlich sein? Gerade jetzt, während ich so nahe bei ihm bin, er sich um MICH kümmert, nicht um sie!
»Die ist mit ihren Ladys unterwegs. Weißt schon. Mia, Chrissy und noch ein paar mehr. Die feiern auch gemeinsam. Wo genau, haben sie mir natürlich nicht verraten. Aber das ist auch egal, oder? Du bist hier. Endlich!« Die letzten drei Worte flüstert er und schaut mir dabei so tief in die Augen, dass die Schmetterlinge, die ich schon lange begraben geglaubt hatte, wieder zum Leben erwachen. Sie haben wirklich nichts verlernt von ihrem rhythmischen Flug. Uff.
»So, ihr Lieben«, beginnt Fibi und ich reiße mich mühsam von Alex' Augen los. Verdammt. Fibi habe ich total vergessen. Die Röte schießt mir in die Wangen und ich blicke sie entschuldigend an. »Alles gut, Darling«, grinst sie. »Ich wollte euch nur mitteilen, dass ich jetzt gehe. Das Taxi wartet bestimmt schon. Bis Montag, Anja.« Sie zieht mich spontan in ihre Arme und drückt mich herzlich. »Hab Spaß, Baby. Denk daran, es ist dein Leben. Dann genieße es auch, okay? Und die Sache mit dem Stripper, die verschieben wir auf Montag. Ich will alles ganz genau wissen. Verstanden?«, flüstert sie mir ins Ohr und ich bin erleichtert.
»Klar. Bis Montag. Und danke. Danke für alles.«

Kapitel 7 - (M)ein letztes Mal

»Also langsam wird mir kalt. Dir nicht?« Noch immer sitzen wir auf der Holzbank vor dem Hinterausgang des Clubs und Alex hat seinen Arm um mich gelegt. Einige Raucher stehen lachend und schwatzend in unserer Nähe, doch ich bemerke sie fast nicht. Meine ganze Aufmerksamkeit ist auf Alex gerichtet. Nein, mir ist nicht kalt. Ganz und gar nicht. Trotz meines kurzen Kleidchens und den dünnen Strumpfhosen. Seine Anwesenheit wirkt magisch auf mich, fast wie ein knisterndes Kaminfeuer. Er strahlt Körperwärme, Sicherheit und Wohlbefinden aus, wie ich es schon lange nicht mehr spüren durfte. Zwischen uns funkt es gewaltig, das fühle ich einfach. Wie sehr ich ihn in meinem Leben vermisst habe, wird mir erst jetzt so richtig bewusst. Ich habe mir wirklich etwas vorgemacht, als ich versuchte, ihn daraus zu streichen. Ich kann und will nicht ohne ihn sein. Von mir aus könnte dieser Moment ewig dauern. Einfach die Welt um uns herum ausblenden, in den dunklen Nachthimmel schauen und die Zeit anhalten. Stundenlang. Tagelang. Jahrelang. Bis wir alt und grau sind. Meine Hand auf seinem Bein, sein Arm um meine Schultern. Wie in Stein gemeißelt.

»Ja. Langsam wird mir auch kalt«, antworte ich dennoch. »Aber ich will nicht wieder reingehen. Mir ist die Lust aufs Tanzen vergangen. Vielleicht sollte ich mir auch ein Taxi rufen.« Ich verabscheue meine eigenen Worte, die so schrecklich vernünftig klingen. Eigentlich hätte ich lieber etwas ganz anderes gesagt. Aber ... Emma...

»Ach? Ehrlich? So so. Du willst also heim? Und was genau willst du da? In dein eigenes, kaltes Bett? In ein leeres Haus, in dem niemand auf dich wartet? Sehnsuchtsvoll? Verzehrend nach mir?« Seine Stimme ist so sanft und verführerisch, dass mir ein Schauer der Erregung über meinen Rücken läuft. Er hat mich zweifellos durchschaut, hält mein Herz in seiner Hand und weiß es auch noch. Verdammt. So war das nicht geplant.

»Ach was. Ich liebe mein Bett. Und mein Bett liebt mich. Das sagt es mir jeden Morgen, wenn ich aufstehen muss.« Ich versuche witzig zu sein, um mir bloß nicht einzugestehen, wie recht er hat.

»Ah ja«, raunt er ganz dicht an meinem Ohr, legt eine Hand in meinen Nacken und berührt mit den Lippen mein Ohrläppchen. Alarm! Schnappatmung! »Und was ist, wenn ich eine Alternative habe? Ein warmes, weiches, kuscheliges Bett in einem Hotelzimmer. Nur du und ich. Die ganze Nacht. Wie wäre das?« Ja! Ja! Ja!

»Ähm«, ziere ich mich und meine innere Stimme lacht hämisch. »Und was ist mit Emma? Hatten wir uns nicht auf eine Freundschaft ...?« Ich komme nicht mehr dazu den Satz zu beenden, denn seine sinnlichen Lippen pressen sich auf meine. Okay, so kann man jemanden auch zum Schweigen bringen. Und wie ich schweige. Ich schmecke den Whisky in seinem Mund, spüre seine Hände in meinen Haaren, auf meinem Körper, überall. Ich rieche seinen männlichen Duft, den ich so sehr vermisst habe. Alle Vernunft ist wie weggeblasen. In diesem Moment zählt nichts mehr. Keine Vergangenheit, keine Zukunft. Nur Alex und ich. Die ganze Nacht.
Genieße den Moment, flüstert meine innere Stimme.
»Komm, lass uns gehen. Hier ist es zu ungemütlich«, flüstert Alex dicht an meinen Lippen, ergreift meine Hand und zieht mich von der Bank. Abenteuer, wir kommen!

»Warte hier. Ich gehe eben vor, checke die Lage und du kommst gleich nach, okay?« Alex hat die gläserne Eingangstür des feinen Hotels mit seiner Chipkarte geöffnet und wir stehen eng umschlungen in der Eingangshalle hinter einer Säule. »Zimmer Nummer 201. Warte zehn Minuten und dann fahr mit dem Aufzug in den zweiten Stock. Den Gang ganz hinter und die letzte Tür rechts.«
»Alles klar.« Meine Knie sind weich und ich hoffe, dass alles gut geht. Das Spiel mit dem Feuer ist heiß und gefährlich, dennoch liebe ich es. Liebe ihn. Ich will ihn! Jetzt!
»Bis gleich«, flüstert Alex in mein Ohr. »Ich freu mich auf dich und unsere Nacht.« Wieder kann ich nur nicken. Mein Mund ist trocken und mein Herz schlägt bis zum Hals. Aber ich strahle über das ganze Gesicht. Noch einmal drückt er kurz meine Hand, bevor er schnellen Schrittes die Halle durchquert und zu den Aufzügen geht. Der Nachtportier, der hinter dem Tresen sitzt und seine Unterlagen studiert, blickt nur kurz auf. Genau hinter ihm hängt eine große Uhr, die ich von meinem Standort aus gut im Blick habe. Um Punkt Mitternacht werde ich mich auf den Weg machen. Noch habe ich

genug Zeit. Zu viel Zeit? Erneut überkommen mich Gewissensbisse. Immerhin war die Sache doch beendet. Oder nicht? Natürlich musste ich ständig an Alex denken, besonders in den vergangenen Tagen. So sehr habe ich mir gewünscht, dass wir noch eine letzte Nacht gemeinsam erleben. Noch ein letztes Mal küssen, kuscheln und seine warme Haut unter meinen Fingern spüren. Noch ein Mal seine Blicke auf meinem Körper, seine Fingerspitzen auf meinen Brüsten und seine Männlichkeit in mir. Tief und innig. Jetzt ist es gleich soweit. Soll ich wirklich? Wäre es nicht klüger sofort zu verschwinden? Er wird heiraten! In genau einer Woche wird er mit Emma die Nacht der Nächte erleben. Kann ich das alles verdrängen? Bin ich so kalt und berechnend? Aber er will es doch auch. Er braucht mich doch. Emma ist so prüde. Zumindest war das mein letzter Kenntnisstand. Hat sich etwas geändert? Warum heiratet er sie dann? Liebe? Natürlich lieben sie sich. Das habe ich schon früher gemerkt. Bei jedem Wort, jeder kleinen Geste, jeder Berührung. Die Liebe zwischen den beiden geht tiefer. Es ist nicht nur der reine Sex, der bei ihnen zählt. Aber Sex ist doch 'die schönste Nebensache der Welt'? Was ist, wenn die Erotik nicht funktioniert? Ist ihnen das nicht wichtig? Weiß Emma vielleicht sogar, was ihr Verlobter so treibt und akzeptiert es stillschweigend? Mir schwirrt der Kopf und meine Gedanken drehen sich immer schneller. Nur noch zwei Minuten, dann werde ich meine Position hinter der Säule verlassen. Entweder durch die Glastür wieder ins Freie, zu einem Taxi und nach Hause oder in die entgegengesetzte Richtung. Mensch, Anja! Entscheide dich! Meine Hände sind schweißnass und ich wische sie an meinem Kleid ab. Du bist eine starke, unabhängige Frau, die ihren Spaß haben will! Jawohl! Wie viele Frauen oder auch Männer machen genau das täglich und haben kein schlechtes Gewissen? Dann sollte ich auch keines haben. Meine innere Stimme kichert vor sich hin.
Ja ne, ist klar, kleine Anja. Sicher hast du Angst, Zweifel, Selbstvorwürfe. Aber auch ein Verlangen, das du stillen musst. Also hör auf zu jammern, drücke deinen Rücken durch und geh endlich zu ihm. Genieße diese Nacht. Jede Nacht, die noch

folgen wird. Es kommt ohnehin alles so, wie es kommen soll. Wenn du es jetzt nicht tust, dann wirst du weinend in deinem Bett liegen und ich muss dann alles ausbaden. Also reiß dich gefälligst zusammen und geh! Ich strecke meiner inneren Stimme die Zunge heraus und blicke vorsichtig um die Ecke. Der Nachportier ist nicht mehr an seinem Platz und so marschiere ich hoch erhobenen Hauptes den Fahrstühlen entgegen.

Mein Herz trommelt wie wild unter meinen Rippen und die Schmetterlinge in meinem Bauch flattern aufgeregt durcheinander, während ich mit weichen Knien den Gang entlang gehe. Zweiter Stock, Zimmer 201. Er muss meine Anwesenheit gespürt haben, denn noch bevor ich klopfen kann, reißt der die Tür auf, zieht mich in seine Arme und presst seine Lippen fest auf meine. All meine Gedanken, Selbstzweifel und guten Vorsätze lösen sich binnen einem Sekundenbruchteil in Luft auf. Ich kann nur noch fühlen, spüren wie sehr ich ihn vermisst habe. Und er mich. Noch ein letztes Mal. Ganz bestimmt. Nur noch diese eine Nacht...

Er drückt mich gegen die Wand, hält meine Hände über meinem Kopf fest und küsst mich tief und leidenschaftlich. Seine Zunge erkundet fordernd meine Mundhöhle und ich spüre deutlich, wie sehr er mich will. Langsam zieht er sich ein Stück zurück, lässt seine Lippen sacht zu meinem Hals wandern und ein zartes Knabbern an der empfindlichen Haut jagt mir wohlige Schauer über den ganzen Körper. Meine Perle pocht vor Verlangen. Ich seufze leise auf und mein Körper übernimmt die Regie. Alex' rechte Hand wandert in streichelnden Bewegungen über meinen Rücken, dann vor zu meinen Brüsten, die er behutsam knetet und meine Knospen beginnen zu brennen. Steif recken sie sich ihm durch den Stoff entgegen. Das Zusammenspiel seiner weichen Lippen und festen Fingerspitzen macht mich ganz wuschig. Plötzlich gibt er meine Hände frei, schiebt in Windeseile das störende Kleid nach oben, streift es über meinen Kopf und öffnet gekonnt, mit einer Hand, die Schließen meines BHs, der mitsamt dem kleinen Schwarzen auf dem Boden landet. Mit nacktem

Oberkörper stehe ich vor ihm und er betrachtet mich einige Sekunden so intensiv, als wolle er den Anblick für immer in sein Gedächtnis brennen. Die sonst so strahlend blauen Augen sind nahezu schwarz vor Leidenschaft und Verlangen. Ich erwidere seinen Blick, bis mir erneut ein wohliges Stöhnen entkommt. Weiter machen! Nur nicht aufhören! Kraftvoll schiebe ich meine Hände in seine braunen Haare, lasse sie bis zum Nacken und weiter bis zum ersten Knopf seines Hemdes wandern.

»Gleiches Recht für alle«, presse ich mit rauer Stimme hervor, während ich seinen Körper von allen störenden Stoffen befreie. Nackt und mit aufgerichteter Männlichkeit steht er vor mir, während auch ich mich eilig entkleide.

»Ich will dich. Jetzt«, raunt Alex mit tiefer Stimme und reißt mich erneut an sich. Ich spüre seinen schnellen Atem auf meiner Haut, rieche seinen männlichen Moschusduft und fühle seine Fingerspitzen, die fordernd tiefer wandern, um mich langsam bis zum Wahnsinn zu reizen. Nur noch mühsam kann ich mich auf meinen wackligen Beinen halten und drücke mich an ihn. Alex stöhnt vor unbändiger Lust, hebt mein rechtes Bein an, legt es um seine Hüfte und küsst mich stürmisch, während seine Finger tief in mich gleiten. Helle Lichtpunkte blitzen vor meinen Augen und ich hauche seinen Namen.

»Alex ... Nimm mich. Bitte«, flehe ich, während sich meine Hand um seine Härte schließt und langsam auf und ab gleitet. Als er es nicht mehr aushält, hebt er mich hoch, presst mich gegen die Wand, legt meine beiden Beine um seine Hüfte und dringt mit einem harten Stoß in mich ein. Seine Hände kneten meinen Po, ich kralle mich in seine Schultern und versuche nicht vor Lust das ganze Hotel zusammenzubrüllen. Ganz fest klammere ich mich an Alex, um ihn so tief wie möglich in mir zu spüren. Noch zwei, drei kräftige Stöße und ich bin kurz vor dem Höhepunkt. Ich fühle das Zittern und wie sich die Spannung in mir aufbaut, wie meine Scheide sich zusammen zieht. Alex' Penis zuckt in mir, und ich weiß, dass er auch soweit ist. Ein Beben geht durch meinen Körper und meine Lust explodiert mit einem lauten

Schrei. Genau wie seine. Ein letzter atemloser Kuss, dann stellt er mich behutsam zurück auf meine Füße. Meine Knie zittern und er hält mich fest, damit ich nicht umfalle.
»Oh, wie habe ich das vermisst. Wie habe ich dich vermisst, meine Schöne«, murmelt er ein wenig kleinlaut und blickt mir tief in die Augen. Sie glänzen noch immer so schwarz, wie das Meer bei Nacht. »Ich hab es einfach nicht mehr ausgehalten. Hoffentlich verzeihst du mir meinen Überfall«, schiebt er grinsend nach und ich lächle befriedigt zurück. Mir erging es doch genauso. Ohne ein weiteres Wort ergreife ich seine Hand und ziehe ihn hinter mir her. Dann lasse ich mich auf das weiche, weiße Bett fallen und schaue ihn herausfordernd an.
»Noch eine Runde? Wir haben viel nachzuholen.« Das lässt sich Alex kein zweites Mal sagen. An seinem harten Lustdolch erkenne ich, dass auch er noch nicht genug hat und ein breites Grinsen erscheint auf seinen Lippen.

Eine knappe Stunde später stehe ich unter der Dusche und lasse das warme Wasser auf meinen Körper prasseln. Was für ein Tag. Was für eine Nacht! Im Geiste spule ich die vergangenen Tage, Stunden und Minuten noch einmal ab und ein dümmliches Grinsen schleicht sich auf meine Lippen und erhellt meine Augen. Wow! Vielleicht ist diese Art der Verbundenheit doch nicht so schlecht. Keine Verpflichtungen, keine Erklärungen, keine Liebe. Würde mir einige Tränen ersparen und das schlechte Gewissen verringern. Freundschaft mit dem 'gewissen Extra' hat auch was für sich. Ich gebe ihm das, was er braucht. Was ich brauche. Vielleicht sollte ich einfach meine romantischen Träumereien über Bord werfen und nur den Moment genießen. Früher habe ich meine Freundinnen immer belächelt, wenn sie mir von ihren Abenteuern erzählten, während ich schon Hochzeitspläne mit Florian schmiedete. Oh, was war ich für ein Trottel. Hätte ich mal früher auf sie gehört. So ist es doch viel angenehmer. Jeder kann machen, was er will und alle sind glücklich. Zumindest will ich das gerade so sehen. Aber kann ich das? Bin ich der Typ dazu? Ich greife nach dem Shampoo, das in einer Halterung an der

Innenwand der Duschkabine befestigt ist, und schäume meine Haare ein.
Wem machst du hier eigentlich etwas vor? Meine innere Stimme ist wieder da und ich stöhne auf. Nur gut, dass sie vorhin die Klappe gehalten hat.
Wie? Wem mache ich was vor? Was meinst du damit? Irgendwie komme ich mir affig vor. Wer führt schon freiwillig Selbstgespräche?
Du willst eine Beziehung, liebste Anja. Du willst die Ehe, Kinder und ein Haus im Grünen. Belüge dich doch nicht selbst. Alex ist als Zeitvertreib ganz nett. Er hat einen guten Körper und er weiß, wie man Frauen zum Höhepunkt bringt. Und wenn ich Frauen sage, dann meine ich das auch so. Du bist schließlich nicht die Einzige. Er ist charmant, witzig und fürsorglich. Genau das, was du dir wünschst. Und doch wirst du ihn nie haben können. Er wird in einer Woche mit deiner Freundin Emma verheiratet sein und daran wird sich auch nichts ändern, nur weil du diese Nacht mit ihm verbringst. Du brichst Emmas Herz, sollte sie es je erfahren. Und, was noch wichtiger ist, du brichst dein eigenes. Also sieh zu, dass du von hier verschwindest und die Verbindung endlich beendest, bevor du irgendwann daran zugrunde gehst. Ich hasse mein Bauchgefühl, diese Stimme in meinem Inneren. Immer will sie mit mir diskutieren und ist dabei so vernünftig! Aber, was ist, wenn ich unvernünftig sein will? Was ist, wenn es mir genau so Spaß macht? Warum sollte die Affäre beendet sein, nur weil er bald den Bund der Ehe eingeht? Legt er dann alle fleischlichen Gelüste ab und wird mit dem Sex, den Emma ihm im dunklen Schlafzimmer gibt, zufrieden sein? Genau das glaube ich nämlich nicht.
Mach doch was du willst. Aber sage nicht, ich hätte dich nicht gewarnt. Mache ich sowieso! Schließlich ist das mein Leben. Pah!

In einen hoteleigenen, flauschigen Mantel gehüllt, den ich zusammengefaltet im Bad gefunden habe, trete ich auf Alex zu. Er liegt breitbeinig, und noch immer nackt, auf dem zerwühlten Bett und ... starrt in den Fernseher. Im ersten Moment kann ich nicht richtig glauben, was ich

da sehe. Es ist kurz vor ein Uhr nachts und der Mann meiner schlaflosen Träume schaut ... Boxen?!?
»Hey Süße. Fertig? Du duftest so gut. Komm her und leg dich zu mir. Ich habe gerade entdeckt, dass der Kampf, den ich unbedingt sehen wollte, noch nicht vorbei ist. Ich freu mich voll. Dachte schon, ich verpasse den.« Boxen? Das ist nicht sein ernst, oder? Heute? Jetzt? Irgendwie weiß ich nicht recht, wie ich nun reagieren soll. Ich habe mir das Ganze wahrlich anders vorgestellt. Wie genau, kann ich gar nicht sagen, aber der Anblick schockiert mich nun doch. Vielleicht hatte ich gehofft, dass er zu mir unter die Dusche kommt, wir uns die ganze Nacht lieben und gemeinsam einschlafen. Zumindest so oder ähnlich. Ich will nicht mit ihm in die Glotze starren. Dazu hat er seine Verlobte. Ich will meinen Spaß, ohne Alltag. Verdammt! Irgendetwas in meinem Herzen zerbricht. Ich fühle einen schmerzhaften Stich in meiner Brust. Doch ich kann und will darauf jetzt nicht achten, denn Alex klopft auf das Laken neben sich und bittet mich damit erneut, zu ihm zu kommen.
»Und, weil du gerade stehst, könntest du mir ein Bier mitbringen? Dort in dem kleinen Kühlschrank müssten welche sein. Ich brauch das jetzt. Kannst dir aber auch gerne eines nehmen, wenn du magst.« Ähm, ja. Noch immer stehe ich mit leicht feuchtem Haar, in meinen Mantel gehüllt in der Mitte des Raumes und kann nicht glauben, was gerade geschieht. Wenn ich es richtig sehe, dann gibt es genau zwei Möglichkeiten zu reagieren. Entweder ich folge seiner Bitte, trinke das Bier mit ihm und schaue Boxen oder ich ziehe mich auf der Stelle an und verschwinde nach Hause. Was soll ich nur machen? Bauchgefühl? Wo bist du? Wenn man die Stimme mal braucht, dann schweigt sie.
»Hast du das gesehen? Der hat den Typen voll umgehauen. Wahnsinn!« Alex' Begeisterung reißt mich aus meiner Starre und meine Entscheidung ist gefallen. Ich bücke mich nach meinen Klamotten. Kleid, Dessous, Schuhe, ziehe mich an, schlendere danach zum Kühlschrank, reiche Alex sein Bier und drehe mich zum Gehen herum.

»Was machst du? Warum gehst du?«, fragt Alex verblüfft und glotzt mich an, wie eine Mondkuh. Wie gut, dass gerade Werbung läuft, sonst hätte er meinen Abgang vielleicht gar nicht bemerkt.
»Ich gehe jetzt, Alex. Es ist besser so, glaub mir.« Ob er die Enttäuschung in meiner leisen Stimme hört?
»Oh. Okay. Aber zu meiner Hochzeit nächsten Samstag kommst du, oder?« Ich schlucke den Kloß in meinem Hals hinunter.
»Klar. Hab ich Emma doch versprochen. Gute Nacht, Alex.« Keine zehn Minuten später sitze ich im Taxi und Tränen rinnen über meine Wangen. War mein Entschluss richtig?

Kapitel 8 - Der Abend vor der Hochzeit

»Wie war's? Wie geht es dir? Erzähl«, überfällt mich meine Freundin.
»Guten Morgen Fibi. Ich wünsche dir auch einen schönen Tag.« Ich habe gerade das Büro betreten und mich auf meinen Stuhl fallen lassen, als Fibi bereits mit zwei Tassen heißem Kaffee vor mir erscheint.
»Ja, ja. Guten Morgen. Nun rede«, grinst sie mich an und reicht mir einen Pott.
»Was soll ich sagen? Passt schon.« Ein schiefes Grinsen begleitet meine Worte. Ich weiß wirklich nicht genau, was ich meiner neuen Freundin erzählen soll. Irgendwie hat uns das vergangene Wochenende zu Verbündeten gemacht und dennoch habe ich Hemmungen, ihr von dem Abend mit Alex zu erzählen. Es war noch nicht einmal eine richtige Nacht. Also jedenfalls keine ganze. Den kompletten Sonntag verbrachte ich abwechselnd in meinem Bett oder auf der Couch. Gut, ein Abstecher in die Badewanne war auch dabei. Ich las, hörte Musik und versuchte, meine wirren Gedanken auszublenden. Mit mäßigem Erfolg. Was war das nur für ein Abend? Habe ich mich wirklich richtig verhalten, als ich aus dem Hotelzimmer geflüchtet bin? Genau diese Frage stelle ich

auch Fibi, nachdem ich mich doch dazu durchgerungen habe, ihr alles zu berichten.
»Hmm«, ist alles, was sie anfänglich zu sagen hat.
»Hmm? Mehr fällt dir nicht ein? Na du bist mir eine schöne Hilfe. Da hätte ich mein Abenteuer auch für mich behalten können.« Genervt streiche ich durch meine kurzen, blonden Haare und schiebe die Unterlagen auf meinem Schreibtisch zurecht.
»'Hmm' bedeutet nur, dass ich überlege, Herzchen. Ich weiß nicht so genau, was ich darauf antworten soll. Irgendwie finde ich deine Reaktion richtig. Sein Verhalten setzt großes Vertrauen und Innigkeit voraus. Er wollte mit dir kuscheln? Das passt nicht zu einer Affäre. Ihr habt euch zufällig getroffen und miteinander geschlafen. Ihr wart heiß aufeinander. Bis hier her alles verständlich. Aber das gemeinsame Fernsehschauen hat, meiner Meinung nach, nichts dabei verloren. Das ist zu intim.«
»Zu ... was?« Ich schaue sie erschrocken an. »Was, bitte, kann denn noch intimer sein, als miteinander zu vögeln?« Fibi lacht, setzt sich mir gegenüber an ihren Platz und holt tief Luft.
»Also pass auf. Ich meine nur, dass du alles richtig gemacht hast. Du hast dir geholt, was du brauchtest und bist dann gegangen. Zum Fernsehschauen hat er seine Frau. Zum Kuscheln hat er auch sie. Sie werden in einer Woche Mann und Frau sein. Du bist nur die Geliebte. Ohne Verpflichtungen, ohne Kuscheln, ohne ...Na, du weißt schon, was ich meine, oder?« Ich nicke gedankenverloren. Irgendwie hat sie recht und jetzt bin ich froh, das Zimmer verlassen zu haben.
»Eigentlich schon. Aber ich wäre doch so gerne die Frau an seiner Seite, die ...«
»Du spinnst! Das wirst du nie sein und das weißt du genau. Er spielt nur mit dir. Das ist doch ganz offensichtlich. Er will dich, um seine Lust zu befriedigen. Mehr nicht. Also hör auf dir Luftschlösser zu bauen, wie es sein könnte. So ist es nicht. Das wirst du spätestens auf der Hochzeit merken. Er liebt sie, sie liebt ihn und damit hat sich die Sache. Ganz einfach. Such dir einen anderen Mann, mit dem du dir eine Zukunft aufbauen kannst.

Alex ist es definitiv nicht!« Ich schlucke schwer. So deutlich hat mir das noch niemand gesagt.

»Aber ...«, beginne ich mich zu verteidigen, doch Fibi unterbricht mich mit einer herrischen Geste. »Mach was du meinst, Herzchen. Ich will dir nichts vorschreiben. Allerdings lehrt mich meine eigene Erfahrung, dass er seine Frau niemals für dich verlassen wird. Weder jetzt noch irgendwann in der Zukunft. Du wirst immer die zweite Geige spielen. Wenn überhaupt. Weißt du, ob er nicht noch mehr Affären laufen hat? Bist du dir sicher, dass du die einzige Geliebte bist? Solche Männer denken nur mit dem Schwanz. Ganz ehrlich. Vergiss den Typen. Es gibt so viele nette Männer auf der Welt. Warum muss es ausgerechnet dieser sein?« Erneut schlucke ich schwer und greife nach meiner Kaffeetasse. Über ihre Worte muss ich nachdenken. Was ist, wenn sie wirklich recht hat? Mir wird schlecht und ich atme tief ein und aus.

»Frau Leger, könnten Sie mal eben zu mir kommen?« Die Stimme unseres Chefs dringt an mein Ohr und unterbricht Fibis Tirade. Die schwarzen Gewitterwolken, die sich über mir zusammenbrauten, lösen sich langsam wieder auf. Zum Glück. Noch länger hätte ich ihrem Sturm an Argumenten nicht standgehalten. Sie hat ja recht und doch muss ich das Gehörte erst einmal sacken lassen. Eine eiserne Regel in diesen heiligen Hallen besagt, dass man den Chef nicht warten lässt. Also mache ich mich, noch immer mit den Gedanken bei Alex, auf den Weg in sein Büro.

»Viel Glück, Anja und Kopf hoch! Lass dich nicht ärgern«, raunt Fibi mir zu, als ich mit hängenden Schultern das Büro verlasse. Ich nicke nur. Noch mehr Stress kann ich jetzt wirklich nicht gebrauchen.

»Frau Leger. Schön, dass Sie so schnell Zeit für mich gefunden haben. Das Wochenende war erholsam für Sie?« Ich stehe meinem Chef gegenüber und blicke ihn erstaunt an. Entspannt lümmelt er in seinem ledernen Drehstuhl und blickt mich freundlich an. Irgendwas

stimmt hier nicht. Unser Chef ist selten so guter Laune und er lümmelt nie! Was ist passiert?
»Danke. Alles bestens«, antworte ich oberflächlich und lasse mich, seiner Aufforderung folgend, auf dem Holzstuhl vor dem wuchtigen Schreibtisch nieder.
»Wunderbar, Frau Leger. Dann will ich gleich zum Punkt kommen. Sie sind nun bereits drei Monate meine Mitarbeiterin und ich bin sehr zufrieden mit Ihnen.«
Wow! Ich bin sprachlos. Ein Lob vom Chef ist so selten, dass ich diesen Tag irgendwo im Kalender anstreichen muss. Rot. Mit dickem Marker. Doch noch bevor ich mich bedanken kann, fährt er bereits fort. »Ich habe hier einige Unterlagen, die Sie schnellstmöglich bearbeiten müssen. Das hat oberste Priorität. Lassen Sie alles andere liegen und kümmern Sie sich ausschließlich darum. Wie Sie vielleicht wissen, fällt Herr Müller, der bisher unser bester Vertreter für die Objekte an der Ostsee war, für einige Monate aus. Diesen Bereich werden Sie ab sofort übernehmen, Frau Leger.« Mein Chef wirft mir einen aufmunternden Blick zu, als er meine aufgerissenen Augen bemerkt. Ich? Wow! In diesem Bereich zu arbeiten, war von Anfang an mein Traum. Ich liebe das Meer und die Immobilien, die wir dort anbieten. Ferienwohnungen, Wohnhäuser und Appartements. Alle in bester Lage und - im Verhältnis - unheimlich teuer. Die Provisionen, die mir bei erfolgreichem Abschluss zustehen, sind wirklich nicht zu verachten. Stolz, diese Aufgabe übernehmen zu dürfen, macht sich in mir breit und ich wachse innerlich ein paar Zentimeter. Strahlend sitze ich meinem Chef gegenüber, der noch immer sehr zufrieden aussieht.
»Wie ich an Ihrem Verhalten erkennen kann, freuen Sie sich darüber?« Diese rhetorische Frage beantworte ich mit einem heftigen Nicken.
»Natürlich, Herr Meier. Danke, Herr Meier. Sehr gerne, Herr Meier«, stammle ich und erhebe mich wieder von meinem Stuhl.
»Wunderbar, Frau Leger. Ich habe nichts anderes von Ihnen erwartet. Den Rest, den Sie brauchen, finden sie online.«

»Natürlich. Ich weiß. Aber ...«, beginne ich und ein Funken Wehmut macht sich in mir breit. »Darf ich fragen, wann Herr Müller beabsichtigt zurückzukehren?« Hoffentlich ist ihm nichts Schlimmes passiert. Mein Chef winkt ab und sein Gesicht verzieht sich dabei, als hätte er in eine sehr saure Zitrone gebissen.
»Da machen Sie sich mal keine Gedanken, Frau Leger. Herr Müller ist zäh, der packt das schon. Ob er allerdings überhaupt wieder bei uns arbeiten wird, steht in den Sternen.« Oha. Das klingt wirklich nicht gut. Zu gerne hätte ich mehr erfahren, doch ich traue mich nicht nachzufragen. Vielleicht wissen meine Kolleginnen mehr. Ich werde versuchen, sie bei Gelegenheit zu befragen. Doch im Moment freue ich mich einfach nur über diese Chance. Beim Hinausgehen reicht mein Chef mir die Unterlagen und berührt dabei meine Hand länger als nötig. Absicht? Oder bilde ich mir das nur ein?
»Viel Erfolg, Frau Leger. Ich weiß, dass Sie mich nicht enttäuschen. Denken Sie bitte daran, dass nächste Woche der erste Termin ansteht. Herr Dr. Helfsberg, ein Freund meiner Familie, hat großes Interesse am 'Schwalbennest' bekundet. Kennen Sie das Objekt? Direkt an der Ostsee mit Blick aufs Meer. Unsere beste Immobilie. Wäre gut, wenn er ...Na, Sie wissen schon.« Er zwinkert mir zu.
»Ich vertraue Ihnen da voll und ganz, Frau Leger. Halten Sie mich bitte auf dem Laufenden.« Ich nicke und grinse noch immer so breit, dass ich Gefahr laufe, meine Ohren zu verschlucken. Natürlich verstehe ich ihn und werde mein Bestes geben. Die Waffen einer Frau sind nicht zu unterschätzen.
»Du strahlst wie ein ganzes Atomkraftwerk«, empfängt mich Fibi, als ich mit dem Stapel Unterlagen in meiner Hand zurück an unseren Schreibtisch kehre und in wenigen Worten schildere ich ihr, was passiert ist.
»Genial! Super Anja. Ich freue mich für dich«, nickt Fibi anerkennend und ich spüre, dass sie es ehrlich meint. Meine Gedanken an Alex schiebe ich in die hinterste Ecke meines Bewusstseins und stürze mich auf meine neue Aufgabe. Besser kann es nicht laufen.

Den Rest der Woche bin ich mehr als beschäftigt. Das Haus, das ich nächste Woche an Dr. Helfsberg vermitteln soll, ist ein absoluter Traum. In genau so einem würde auch ich auch zu gerne leben. Mit dem richtigen Mann an meiner Seite, mit zwei spielenden Kindern und einem glücklichen Hund. Direkt hinter dem kleinen Deich gelegen und dennoch mit Panoramameerblick aus dem oberen Stockwerk, ist das frisch renovierte Gebäude wirklich beeindruckend. Der große, gepflegte Garten ist von einem kleinen, weißen Zaun umgeben und mit einer Schaukel und einem Klettergerüst, sowie einigen knorrigen Obstbäumen, bestückt. Ich kenne die vielen Bilder, die Herr Müller vor einiger Zeit geschossen hat, irgendwann sehr genau und erlaube mir ab und zu, wenn ich mich unbeobachtet fühle, in Tagträumen zu versinken. In meinen Fantasien schreite ich über den Rasen, öffne die neu gestrichene, weiße Eingangstür und erfreue mich an den lichtdurchfluteten Räumen. Auch meinen Lieblingsplatz im oberen Stockwerk direkt am Panoramafenster, mit Blick auf das weite, blaue Meer, habe ich bereits gefunden. Diese Gedanken lenken mich hervorragend von Alex ab, der darin nicht einmal eine Rolle spielt. Sehr erstaunlich. Noch zu Beginn der Woche hätte er an meiner Seite gestanden und mit mir gemeinsam aufs Meer geblickt. Doch nun ist dieser Platz leer.

»Feierabend, Herzchen. Mach Schluss und komm mit. Lass uns mit den anderen noch etwas Trinken gehen. Die Woche war anstrengend genug. Weißt du nun endlich, was du morgen anziehst?« Es ist Freitagabend und Fibi steht wieder einmal mit einer Tasse Kaffee neben meinem Schreibtisch. Ich klappe die letzte Mappe für heute zu und schiebe sie ein Stück von mir weg.
»Ja. Ich glaube, es wird das rosafarbene Kleid werden, das ich mir neulich gekauft habe. Ich finde, das passt ganz gut. Auch wenn es nicht für diesen Anlass gedacht war.«
»Zeigen!« Fibi nippt an ihrem letzten Kaffee des Tages und schaut mich auffordernd an.
»Jetzt? Ich dachte, du willst ...«

»Ja. Jetzt. Lass uns zu dir gehen und du zeigst mir dein Outfit. Schließlich muss es Alex aus den Socken hauen. Er soll genau sehen, was er verpasst, wenn er seiner unscheinbaren Trulla das Ja-Wort gibt.« Meine Freundin grinst gehässig. »Außerdem muss ich dir auch noch etwas erzählen.« Ich blicke sie abwartend an. »Nein, nicht hier. Dazu brauche ich eine Flasche Wein und eine entspannte Atmosphäre.« Mit großen Augen blicke ich sie an, doch sie schüttelt den Kopf.

»Na, dann lass uns gehen«, sage ich nun doch neugierig und fahre meinen PC herunter. Fibi räumt ihre leeren Kaffeetassen, wie immer sind es mehrere, in die Spülküche und wir verabschieden uns winkend von Sabine und Claudia, die noch immer schwatzend an ihren Plätzen im Büro nebenan sitzen. Unser Chef, Herr Meier, ist schon lange gegangen und die beiden Damen sind, wie so oft, die letzten.

»Ich gehe mit zu Anja«, ruft Fibi ihnen zu und beide nicken unisono. Normalerweise wären sie heute, wie jeden Freitag, zu dritt auf einen 'Feierabend Drink' in ihre Stammkneipe gegangen.

»Viel Spaß euch, Ladies«, ruft Claudia lächelnd. »Vielleicht dann wieder nächste Woche, oder? Kannst gerne mal mitkommen, Anja«, fügt Sabine hinzu und ich nicke. Irgendwann gehen wir bestimmt mal zu viert. Doch nicht heute. Morgen ist so ein wichtiger Tag für mich, dass ich jetzt wirklich keine Lust auf Kneipe habe. Außerdem will Fibi mir etwas erzählen, auf das ich sehr neugierig bin. Wenn sie schon bis zum Feierabend wartet und nicht bereits untertags damit rausrückt, muss es richtig wichtig sein. Gemeinsam verlassen wir das Büro, fahren mit dem Fahrstuhl nach unten und treten ins Freie. Es ist ein wundervoller, warmer Abend und selbst die Luft hier in der Stadt ist erfüllt von Blütenduft. Die Bäume auf der gegenüberliegenden Straßenseite im Park stehen in üppigem Grün, die Vögel singen ihre fröhlichen Lieder und die Glückshormone sprießen. An diesem Freitagabend scheint die ganze Welt draußen unterwegs zu sein. Pärchen flanieren Hand in Hand auf den Wegen, die durch die städtische Grünanlage führen, Kinder spielen, rennen lachend über die Wiesen und sogar eine

Frau, die auf einer hölzernen Bank sitzt und in ihr Buch vertieft ist, kann ich erblicken. Ich liebe diese Jahreszeit, in der es noch so lange hell ist und das Leben draußen stattfindet. Ich sollte auch mehr Zeit an der frischen Luft verbringen als in diesem Bürogebäude. Doch noch immer habe ich so viel Arbeit, dass mir dieser Vorsatz in nächster Zeit fast aussichtslos erscheint. Dafür werde ich den Abend mit Fibi genießen, beschließe ich in diesem Moment und lächle sie auffordernd an.
»Dann fahren wir mal zu mir, okay?«
»Klar. Auf geht's. Allerdings hoffe ich, dass du etwas Anständiges zu trinken daheim hast, wenn ich schon auf meinen wöchentlichen Absacker verzichte«, antwortet Fibi in gespielt strengem Ton und blickt mich herausfordernd an.
»Och du Arme«, grinse ich, da ich ihr Mienenspiel durchschaue. »Denke schon, dass er dir schmecken wird. Irgendwo habe ich noch eine Flasche Wein deponiert, glaube ich. Allerdings werde ich heute nicht viel trinken. Schließlich muss ich morgen fit sein. Dunkle Ringe unter den Augen machen sich da nicht so gut und passen nicht unbedingt zur Farbe meines Kleides.« Bei diesen Worten hake ich mich bei ihr unter und wir schlendern gemeinsam zu meinem Auto. Fibi ist wie immer mit dem Fahrrad gekommen, da sie nur wenige Minuten vom Bürogebäude entfernt in einem kleinen Appartement lebt.
»Zurück nehme ich mir einfach ein Taxi«, erklärt meine dunkelhaarige Freundin, als hätte sie meine Gedanken erraten. »Dann können wir beide was Trinken und du musst mich nicht mehr fahren.« Wieder ein Problem weniger.

Kaum hat Fibi die Autotür hinter sich geschlossen, beugt sie sich auch schon zu mir herüber und drückt auf den Knöpfen der Musikanlage herum.
»Was hast du denn an cooler Musik? Lass mich mal schauen. Oh! 80-iger Jahre. Klasse.« Ich starte den Motor, fädle mich in den fließenden Verkehr ein und die Musik dröhnt in voller Lautstärke aus den Boxen. Ich muss lachen, als sich Fibi zu den flotten Songs im Sitz bewegt,

die Fensterscheibe herunterfährt und auch noch lauthals mitsingt. Diese Frau hat so viel Power, dass ich ein wenig neidisch bin. Doch ich lasse mich gerne anstecken und als wir auf der Schnellstraße dahin brausen, singen wir gemeinsam, lachen schallend und freuen uns des Lebens. In diesen knapp zwanzig Minuten vergesse ich alle meine Sorgen. Das letzte Wochenende, die stressige Arbeitswoche und meine Angst vor dem morgigen Tag. In diesem Moment durchflutet mich das Glück und ich strahle wie die Sonne an einem heißen Sommertag. Ich liebe es. Warum habe ich das nicht schon öfter getan? Warum fahre ich nicht mit lauter Musik und geöffnetem Fenster? Ich nehme mir fest vor, das zu wiederholen. Auch, wenn ich demnächst alleine im Auto sein werde. Danke Fibi.

»Wir sind da«, erkläre ich meiner durchgeknallten Freundin, während ich die Musik wieder leiser drehe und meinen Wagen vor dem Haus abstelle. »Ich werde schnell unter die Dusche verschwinden, okay? Du kannst schon mal die Weinflasche öffnen. Ich bin gleich zurück«, füge ich hinzu, während ich die Haustür aufsperre und sie mit einer einladenden Handbewegung hereinbitte. Von Frau Rehnig ist weit und breit nichts zu sehen.
»Alles klar. Lass dir Zeit«, nickt Fibi, schlendert ausgelassen in die Küche und blickt sich suchend um. »Schön hast du es hier. Gefällt mir. Ich such mal die Flasche. Bis gleich, Herzchen.« Ich muss noch immer grinsen. Fibi ist ein wahrer Glücksfall. Sie ist unkompliziert, lustig und hat meistens ein Lächeln auf den Lippen. Irgendwie erinnert sie mich an einen lebhaften Schmetterling.

»Also, ich bin der Meinung, dass du gar keinen Wein mehr hast. Ich finde die Flasche jedenfalls nicht. Aber mir schwebt schon eine andere Lösung vor.« Gerade habe ich die Dusche betreten und das warme Wasser läuft beruhigend über meinen Körper, als ich Fibis Stimme durch die geschlossene Tür höre. Sie ist so laut, dass ich jedes Wort verstehen kann. Oder steht sie gar in meinem Badezimmer? Ich drehe den Hahn etwas herunter und

strecke meinen Kopf hinter dem Duschvorhang hervor. Tatsächlich steht sie mitten im Badezimmer und betrachtet meine Schminkutensilien auf dem Waschbeckenrand.
»Habe ich dich etwa bei irgendwas gestört? Das sollte mir jetzt leidtun, stimmt's? Tut es aber nicht.« Ihr Lachen ist so ansteckend, dass ich ihr nicht böse sein kann.
»Nein, hast du nicht. Ich dusche nur. Was du wieder denkst«, grinse ich zurück. »Aber ich verstehe es nicht, die Flasche müsste doch ...«, überlege ich laut, doch Fibi schüttelt den Kopf.
»Da ist keine. Was hältst du davon, wenn ich uns eine Pizza bestelle? Da gibt's doch am Freitagabend eine Flasche Wein gratis dazu.« Das wäre die Lösung.
»Jo, mach mal. Die Partypizza? Was isst du drauf? Mir ist es egal. Nur nicht scharf.«
»Also einmal belegtes Wagenrad ohne Schaf? Määähhh«, lacht Fibi ausgelassen und ich stimme mit ein. »Wird gemacht, Herzchen. Bis gleich«, flötet sie und hat bereits die Badezimmertür hinter sich ins Schloss gezogen. Was habe ich mir da nur angetan? Lächelnd shampooniere ich meine Haare und knappe zehn Minuten später stehe ich im Jogginganzug in der Küche.

»Willst du noch einen Kaffee bevor die Pizza kommt?« Fibi nickt. Etwas anderes hätte ich von ihr auch nicht erwartet. Ich bin schon süchtig nach der braunen Flüssigkeit, aber sie übertrifft sogar meinen enormen Konsum. Ich glaube, sie könnte sich davon ernähren. Wenn sie es nicht sogar bereits tut.
»Aber dann zeigst du mir dein Kleid, okay? Ich bin doch so neugierig. Und mit fettigen Pizzafingern willst du es schließlich auch nicht anprobieren, oder?« Ich stimme ihr grinsend zu. Während die Kaffeemaschine fröhlich vor sich hinblubbert, stelle ich zwei Tassen auf den Küchentisch und setze mich ihr gegenüber.
»So!«, beginne ich und schaue sie auffordernd an. »Du wolltest mir doch auch etwas erzählen, oder?«
»Jetzt?«
»Ja, jetzt.«

»Aber der Wein, den ich dazu brauche ...«, versucht sie sich herauszureden doch ich winke ab.
»Nichts da. Mach nicht so ein Drama daraus. Das geht auch ohne Alkohol. Los jetzt.« Fibi fährt sich mit beiden Händen verlegen durch die Haare und stützt sich dann auf dem Küchentisch ab.
»Also«, beginnt sie und ihre Stimme klingt nervös. »Ich habe dir doch erzählt, dass ich damals viel im Internet unterwegs war. Singlebörsen und so.« Ich nicke.
»Und weiter?«
»Na ja, also ich habe letztens mein Konto, das ich einige Zeit vernachlässigt habe, wieder reaktiviert.« Sie stockt erneut.
»Muss ich dir wirklich alles aus der Nase ziehen, Fibi?« Mittlerweile ist der Kaffee fertig und ich schiebe ihr die Tasse mit dem dampfenden Gebräu über den Tisch. Nachdem sie einen Schluck getrunken hat, stellt sie die Tasse wieder ab und blickt mich an.
»Nichts weiter. Ich habe mich angemeldet und schreibe nun mit einigen Männern Nachrichten hin und her.«
»Mit mehreren?« Vor Überraschung hätte ich mich beinahe verschluckt.
»Es sind drei um genau zu sein. Marc, ein Typ in meinem Alter, Andreas, etwas älter und Fabian. Sein Alter weiß ich nicht genau. Sie haben mich angeschrieben und bald werde ich mich mit Marc treffen.«
»Was? Jetzt schon? Habt ihr bereits miteinander telefoniert? Wie lange geht das schon?« Ich bin ehrlich erstaunt.
»Telefoniert haben wir noch nicht«, gibt sie zu, »aber jede Menge Sextalk betrieben.« Nun bleibt mir der Kaffee endgültig im Halse stecken. Hustend würge ich ein »Was?!?« hervor. Das kann doch nicht ihr Ernst sein. Nach der Erfahrung, die sie mit Klaus gemacht hat. Warum tut sie das?
»Was meinst du mit 'Was?!?'«, äfft sie mich nach. »Warum ich das mache? Weil ich Spaß daran habe. Ganz einfach. In den letzten Monaten war ich so brav und nur mit meiner Arbeit beschäftigt. Ich brauche wirklich mal Abwechslung. Ich bin jetzt knapp über dreißig und sollte

mich ernsthaft mit der Partnersuche beschäftigen. Nicht, dass ich irgendwann als alte Jungfer sterbe.«
»Dass du noch Jungfrau bist, glaube ich dir aufs Wort«, antworte ich ihr und meine Worte triefen vor Sarkasmus.
»Und du glaubst wirklich, dass du im Internet den Mann des Lebens kennenlernst? Nicht dein Ernst, oder?«
»Nö. Aber zumindest kann ich Spaß haben. Vielleicht ist dieser Marc der Mann meiner Träume, vielleicht aber auch nicht. Wenn ich mich nicht mit ihm treffe, dann werde ich das nie herausfinden.« Bestechende Logik.
»Und wann soll das sein?«
»Irgendwann nächste Woche will er mich zu Hause besuchen. Mal sehen, was dann passiert. Irgendwie freue ich mich darauf.« Sie grinst sehnsüchtig.
»Willst du mit ihm schlafen? Gleich beim ersten Mal? Und die anderen Männer? Was ist mit denen?«
»Keine Ahnung. Abwarten«, antwortet Fibi achselzuckend und leert ihre Kaffeetasse in einem Zug.
»Wenn du meinst, dass du das richtige tust«, zweifle ich noch immer an ihrer Vorgehensweise, doch sie winkt nur ab.
»Woher soll ich das wissen, wenn ich es noch nicht versucht habe. Nächstes Wochenende bin ich vermutlich schlauer. Aber nun lass uns das Thema beenden und zeig mir dein Kleid. Der Pizzamann wird bald kommen und dann ist es zu spät.« Sie steht von ihrem Stuhl auf und blickt mich auffordernd an. Ich gebe mich geschlagen. Ich kenne Fibi zwar noch nicht sehr lange, doch ich weiß bereits schon jetzt, dass sie genau das macht, was sie will. Und wenn ich versuchen würde es ihr auszureden, dann gäbe es entweder Streit oder sie würde mir einfach nicht zuhören. Also belasse ich es für den Moment dabei.
»Na, dann komm mal mit in mein Schlafzimmer, Schätzchen. Dort zeige ich es dir.« Fibi lacht schallend.
»Das mit dem Sextalk müssen wir aber noch üben, Anja. So wird das nichts. Lass dir das von mir gesagt sein. Marc ist jedes Mal ganz heiß auf meine Nachrichten. Ich könnte dir da Geschichten erzählen ...«
»Nein! Um Himmels Willen, lass mal. Ich muss wirklich nicht alles wissen«, winke ich mit einer theatralisch

wirkenden Geste ab und wackle mit laszivem Hüftschwung die Treppe hinauf.
»Ahh! Zu viele Modelsendungen gesehen, was?«, stichelt sie und gibt mir einen Klaps auf den Po. Okay, war wohl doch nicht so gekonnt, wie ich dachte.
»Ja sicher. Frau tut, was Frau kann. Oder so. Aber nun schau. Hier ist das Kleid, das ich morgen tragen möchte.« Stolz zeige ich auf den rosafarbenen Traum, der auf einem Bügel an meinem Schlafzimmerschrank hängt und blicke Fibi erwartungsvoll an. »Na, was sagst du?«
»Ähm, also«, stottert Fibi und meine Mundwinkel sinken nach unten.
»So schlimm?«
»Ich weiß nicht so recht. Was hast du denn sonst noch so? Warte, ich schau mal.« Flink öffnet sie die Türen meines hellbraunen Schrankes. Scheinbar erfüllt nichts ihre Erwartung, denn sie schiebt die Kleider nur eine Zeit lang hin und her, bevor sie sich zu mir herumdreht.
»Du hast wirklich ausschließlich Kleider, oder? Keine Hose? Kein Shirt? Nichts?« Ich schüttle den Kopf.
»Ich trage seit gut einem Jahr nur noch Beinfrei. Ist das so schlimm?«
»Nö, schlimm ist es nicht, aber damit habe ich nicht gerechnet. Wer macht denn sowas? Warum?« Ich lasse mich auf mein Bett sinken.
»Also«, beginne ich. »Ich hatte dir doch von Flo erzählt. Weißt du das noch? Der Typ, der mich verlassen hat, um in Boston sein Glück zu finden.«
»Ja sicher weiß ich das noch. Aber warum trägst du nur noch Kleider? Was hat das damit zu tun?« Ich zucke mit den Schultern.
»Ich wollte mich damals verändern. Alles. Von der grauen Maus zur taffen Geschäftsfrau. Und in meinen Augen gehören dazu nun mal kurze Röcke und stilvolle Kleider. Meine alten Hosen und Shirts lagern in Kartons im Keller. Vielleicht hole ich sie irgendwann wieder hervor, wenn ich soweit bin. Alex haben die Sachen immer gefallen.«
»Na dann. Wenn sie Alex gefallen.« Fibi verdreht die Augen und ich seufze schwer.

»Du kennst noch nicht die ganze Geschichte, Fibi. Alex war nicht nur mein Liebhaber, sondern auch mein Held. Er hat mich damals gerettet.« Als sie mich mit großen Augen anblickt, erzähle ich ihr die Geschichte, die sich dieses Jahr auf beziehungsweise nach dem Maskenball ereignet hatte.
»Wow. Was soll man dazu sagen? Und Alex hat dich echt gerettet?« Ich nicke. »Na, dann verstehe ich irgendwie auch, warum du so an dem Kerl hängst. Er ist dein Held.« Erneut nicke ich. »Aber ganz im Ernst«, Fibi setzt sich neben mich und ich muss schlucken. »Nur, weil er damals ein ernstes Wörtchen mit Flo geredet hat, darf er dich nicht so behandeln.«
»Wieso? Wie behandelt er mich denn?«
»Du bist seine Geliebte, sein Betthase, seine Nutte.«
»FIBI!« Ich schlage erschrocken die Hand vor den Mund. »Das kannst du doch so nicht sagen.«
»Ach? Kann ich nicht? Was ist es denn dann? Die große Liebe? Deswegen heiratet er morgen eine andere? Und das ist dann die wahre, einzige Liebe? Dass ich nicht lache.« Sie grunzt höhnisch auf und schüttelt den Kopf. »Nein, Anja, das kann nicht dein Ernst sein. Ich habe deinen Traummann kennenlernen dürfen. Klar sieht er nett aus. Aber das war's dann auch schon. Meiner Meinung nach hat er keine Eier in der Hose.«
»Oh doch, das hat er.« Den kleinen Einwand kann ich mir nicht verkneifen und Fibi grinst.
»Gut, okay. Das will ich jetzt hier mal nicht bestreiten. Dafür kennst du ihn besser als ich. Aber trotzdem. Er ist ein Weichei und ein Schwätzer.« Ich widerspreche ihr nicht. Wie könnte ich auch. »Jetzt stell dir doch mal vor, er würde dich morgen heiraten. Du wärst seine Braut.« Fibi hält inne und ich schließe für einen Moment meine Augen. Wie wäre es für mich, stünde ich neben ihm vor dem Traualtar? Ein dümmliches Grinsen schiebt sich auf mein Gesicht. Fibi stöhnt auf.
»Okay, ich merke schon, so kommen wir nicht weiter.«
»Was denn? Ich weiß gar nicht, worauf du hinaus willst. Sprich doch Klartext.« Mein Grinsen wird noch eine Spur breiter.

»Ich meine doch nur, dass ihr keine Zukunft habt. Er wird seine Frau niemals wegen dir verlassen. Das habe ich dir schon mal gesagt. Also lass die Finger von dem Typen und such dir einen, mit dem du eine Zukunft haben könntest. Es gibt so viele hübsche, junge Männer im heiratsfähigen Alter.«
»Du meinst im Internet? So wie du? Nein. Ganz bestimmt nicht. Das ist nichts für mich. Ich muss die Männer live erleben. Und außerdem will ich doch gar nicht heiraten! Ich will nicht mal eine Beziehung. Ich finde es gut, so wie es ist. Keine Verpflichtungen, keinen Stress und keine Vorwürfe.«
»Ach?« Fibi dreht sich ruckartig zu mir herum, nimmt meine Schultern in ihre Hände und schüttelt mich leicht. »Du glaubst doch selbst nicht, was du da redest. Du sehnst dich nach einem Mann, an dessen Brust du dich anlehnen kannst. Du träumst von einem starken Helden, einem Prinzen auf einem Schimmel, von ... ach, was weiß denn ich?« Ich schlucke. Kann Fibi meine Gedanken lesen?
»Natürlich träume ich von so einem Mann. Aber was sind schon Träume? Du siehst doch, wie die Realität ist. Die Männer verarschen uns Frauen und wir spielen mit.« Ich reiße mich aus ihrer Umklammerung und stehe auf. »Ich will einfach nicht wieder verletzt werden, verstehst du? Ich will mein Herz nicht an jemanden verschenken, der es ohnehin bricht.«
»Was für ein Quatsch! Er bricht es doch. Nur langsamer. Du bist verknallt und liebst den Sex mit ihm. So einfach ist das. Und nebenbei brichst du auch noch das Herz von seiner zukünftigen Frau. Ist es das, was du willst? Wirklich? Für den Rest deines Lebens?« Zwischen uns knistert die Luft. Ich weiß doch, dass Fibi recht hat. Aber ich werde einen Teufel tun und es zugeben.
»Genau das will ich. Ich will ihn, aber ...«
»Aber? Aber was? Er will dich nicht! Hör doch auf Anja und werde endlich erwachsen. Das Leben ist kein Märchen. Und du bist keine Prinzessin. Auch wenn dein Kleid noch so rosarot ist.« Über den letzten Satz muss ich schmunzeln und die Stimmung, die eben noch so explosiv war, entspannt sich etwas.

»Fällt dir auf, dass wir uns ziemlich ähnlich sind?«, frage ich leise nach einigen Augenblicken des Schweigens, in denen jede von uns ihren Gedanken nachhängt. »Wir beide sehnen uns nach diesem Held, der uns rettet und an den wir uns lehnen können. Deiner soll Marc sein und bei mir ist es eben Alex.« Fibi blickt noch immer stur geradeaus, bevor sie verhalten nickt.
»Kann schon sein. Wir Frauen sind echt komisch, finde ich. Warum ist die Liebe nur so kompliziert? Einfach wäre doch viel schöner, oder? Er liebt sie, sie liebt ihn und alles ist gut. So ganz ohne Drama und Tränen.«
»Weil es dann keine Romane mehr gäbe und die Autoren nichts hätten, worüber sie schreiben könnten. In fast jedem Buch findet sich irgendwo eine Liebesgeschichte.«
»Doch. Über Morde,« erwidert Fibi etwas trotzig.
»Soll jetzt jeder Autor zum Mörder werden, nur weil es mit den Liebesromanen zu langweilig wäre? Wen sollten sie denn ermorden, wenn Neid, Hass und Eifersucht, also die Tücken der Liebe, nicht mehr existierten? Außerdem gäbe es dann zu viele Tote und keiner würde die Romane mehr lesen, die auf den Markt kämen.« Fibi schaut mich leicht verwirrt an und wir brechen beide in schallendes Gelächter aus. Das Gewitter, das eben noch zwischen uns hing, hat sich damit vollends verzogen und die Sonne ist zurück.
»Jetzt bring ich erst mal den morgigen Tag über die Bühne und dann werde ich schon sehen, was passiert. Vielleicht ergibt es sich von alleine. Vielleicht werde ich die beiden morgen das letzte Mal sehen und dann nie wieder etwas von ihnen hören.« Fibi schüttelt unmerklich den Kopf. Sie glaubt mir kein Wort. Kunststück. Ich glaube mir selbst nicht. Aber auch sie scheint zu wissen, dass sie mir nicht helfen kann. Da muss ich alleine durch.

In diesem Moment klingelt es an der Haustür und ich bin erleichtert.
»Ich mach mal eben auf und nehme die Pizza entgegen. Kommst du dann runter?«
»Jo, komme gleich. Muss nur mal eben Marc antworten. Der wartet sehnsüchtig auf eine Nachricht«, antwortet

Fibi schmunzelnd, während ich kopfschüttelnd die Treppe nach unten eile.

»Hallo? Wer da?«, frage ich wie gewohnt und will soeben die Türklinke herunterdrücken, als ich einer inneren Eingebung folgend durch den Türspion schaue. Da steht kein Pizzafahrer davor.

»Hallo? Wer sind Sie?«, frage ich noch einmal. Dieses Mal aber mit mehr Nachdruck. Die beiden Frauen, die ich durch das kleine, runde Fenster erblicke, unterhalten sich einige Sekunden flüsternd und die ältere der beiden antwortet, nachdem sie sich geräuspert hat.

»Hallo. Wir tun Ihnen nichts. Wir wollen uns nur mit Ihnen unterhalten.«

»Ach ja?«, sage ich, ohne nachzudenken. »Unterhalten? Das sagen die Psychopathen in den Amifilmen auch immer. Und dann wird das nette, kleine Mädchen brutal ermordet.« Erschrocken über meine eigenen Worte schlage ich die Hand vor den Mund. Das eben mit Fibi geführte Gespräch über Morde hat scheinbar doch Eindruck hinterlassen. Die Gesichter der beiden Frauen entgleisen synchron und sie wirken geschockt. Dann drehen sich beide, ohne ein weiteres Wort, auf dem Absatz herum und ich sehe, wie eine der beiden etwas in meinen Briefkasten wirft. Böse Anja! Was hast du nur wieder getan? Ich glaube, die werden nicht mehr bei mir klingeln. Sollen sie es doch bei Frau Rehnig versuchen. Allein bei dem Gedanken huscht ein Lächeln über meine Gesichtszüge.

»Pizza da?«, höre ich Fibi die Treppe runter poltern und drehe mich langsam zu ihr herum.

»Fibi! Bete für mich! Ich komme bestimmt in die Hölle!« In meine Stimme lege ich so viel Verzweiflung, wie ich nur kann.

»Warum? Was ist passiert?« Fibi hält inne und starrt mich entgeistert an. Als ich das sehe, kann ich nicht mehr ernst bleiben und erzähle ihr kichernd, was gerade passiert ist.

»Böse Anja. Wie kannst du nur? Die armen Frauen. Dann muss ich eben morgen in der Kirche für dich beten.« Jetzt bin ich es, die sie mit aufgerissenen Augen mustert.

»Du? Morgen? Aber ...«

»Klar. Glaubst du wirklich, dass ich dich da alleine hingehen lasse? Natürlich komme ich mit. Hast du nicht gesagt, dass es langweilig ist ohne Partner und dass jeder eine Begleitperson mitbringen darf?« Sie blickt mich ernst an und ich muss grinsen.
»Ach? Habe ich? Na wenn das so ist ...« Ich freue mich ehrlich darüber und ziehe sie spontan in meine Arme. Fibi lässt mich nicht alleine. Sie steht tapfer an meiner Seite und macht das Drama mit mir zusammen durch. Das ist wahre Freundschaft und ich liebe sie dafür. Erneut klingelt es an der Tür und dieses Mal ist es wirklich der Pizzabote, wie ich an einem schnellen Blick durch den Spion erkennen kann. Sicher ist sicher.

Kapitel 9 - Ein Gefallen für die Braut

»Schön, dass du mitkommst.«
»Klar. Das Event kann ich mir doch nicht entgehen lassen, wenn du mich schon mitnimmst«, lächelt sie mir zu und ich bin ihr wirklich dankbar. Natürlich trage ich das rosafarbene Kleid und bin froh darüber, auch wenn es Fibi nicht ganz so gut gefällt. Es liegt eng am Oberkörper an und weitet sich dann in einen schwingenden, kurzen Rock. Der tiefe Ausschnitt betont meinen Brustansatz ebenso wie der große, rosafarbene Anhänger, den ich als Kette um meinen Hals trage. Ein paar passende High Heels habe ich mir auch schon herausgesucht, nur die große, rote Ledertasche, die ich sonst zu jeder Gelegenheit trage, wird zum Problem. Natürlich sehe ich ein, dass ich sie zu diesem Outfit nicht tragen kann.
»Dann nimmst du eben die kleine Weiße dort«, sagt Fibi lapidar und zieht aus der hintersten Ecke meines Schrankes genau die Tasche hervor, die ich auch beim ersten Treffen mit Alex bei mir trug. Damals, kurz vor Weihnachten. Ich stöhne auf, doch sie lässt sich nicht beirren.

»Warum denn nicht? Das passt doch perfekt! Nach diesem Abend wirfst du sie endlich weg und kaufst dir eine neue. Wenn das kein Grund ist, mal wieder shoppen zu gehen? Ich begleite dich auch«, liefert sie mir die passenden Argumente und ich gebe mich geschlagen.

Meine mittlerweile fast kinnlangen, blonden Haare hat sie mir am Hinterkopf gekonnt hochgesteckt und einige rosafarbene Perlen, die sie dort zusätzlich als Highlight befestigt, runden das Bild ab. Ich finde mich wirklich schön.

»Nimmst du mich so mit?«, frage ich Fibi gegen vierzehn Uhr, als wir uns auf den Weg machen und sie nickt heftig.

»Natürlich! Alex werden die Augen aus dem Kopf fallen, wenn er dich so sieht.«

»Ach was. Gegen ihr Brautkleid komme ich nicht an«, bemerke ich mit einer wegwerfenden Handbewegung, doch Fibi widerspricht.

»Es kommt immer noch darauf an, wer in den Kleidern steckt, meine Liebe.« Dann grinst sie frech, steigt auf der Beifahrerseite in meinen Wagen und drückt mal wieder an meiner Musikanlage herum, während wir wenig später auf der Autobahn dahin brausen. Ich habe ihren Worten nichts entgegenzusetzen.

»I wanna be freeeee ...«, singt Fibi passenderweise in genau dem Moment aus vollem Hals, als wir auf den Parkplatz der kleinen Kirche einfahren. Sie trägt einen schlichten, braunen Hosenanzug, der ihren Typ wunderbar unterstreicht. Ihre langen, braunen Haare, die sie zu einem kunstvollen Zopf geflochten hat und die pendelnden Perlenohrhänger, sowie die dazu passende, dezente Kette, runden ihr Erscheinungsbild ab. Fibi hat wirklich Geschmack. Ihre Augen funkeln vor Unternehmungslust und ich fühle mich wirklich wohl in ihrer Begleitung. Wahrscheinlich hätte ich, wäre ich alleine hierher gefahren, kurz vorher einen Rückzieher gemacht. Doch so bleibt mir gar nichts anderes übrig, als den Motor abzustellen und einige Sekunden innezuhalten. Die barocke Dorfkirche, die im hellen Licht der Nachmittagssonne erstrahlt, kenne ich aus einem

Leben vor langer, langer Zeit. Damals, vor gut einem Jahr, war noch alles neu und aufregend. Ich hatte gerade Emma kennengelernt, meinen neuen Job begonnen und es mir in meinem Appartement gemütlich gemacht. Zu dem Zeitpunkt gab es Alex noch nicht in meinem Leben. Da war die Welt noch, beziehungsweise wieder, in Ordnung. Die Trennung von Florian glaubte ich überwunden und mein Leben im Griff zu haben. Es ist schon erstaunlich, was in einem Jahr alles passieren kann.
»Komm, steig aus«, fordert mich Fibi auf. Um uns herum eilen Männer in schicken, schwarzen oder auch grauen Anzügen über den Kirchenvorplatz, gefolgt von ihren Frauen in stilvollen Kleidern. Da die Temperatur heute erneut bei weit über zwanzig Grad liegt, kann ich mir gut vorstellen, wie sehr sie schwitzen. Zum Glück ist mein Kleid eher eines von der sommerlichen Variante.
»Du zuerst. Schließlich bist du eingeladen und ich nur Begleitperson«, zwinkert Fibi mir zu und ich stöhne auf.
»Was glaubst du, wie froh ich bin, wenn dieser Tag vorbei ist und ich wieder in meinem Bett liege.«
»Jepp. Das glaube ich dir gerne, Herzchen. Und nun komm. Es wird bestimmt nicht so schlimm werden«, versucht Fibi mich aufzumuntern. »Du kennst doch meine Devise. 'Think pink'! Glaube an das Gute und es wird geschehen. Habe ich mal irgendwo gelesen.« Sie zwinkert mir zu und ich muss schmunzeln. Dieser Satz ist seit Neuestem auch mein Motto. Also genauer gesagt, seit dem Tag, an dem wir unsere Freundschaft besiegelten. Ist das wirklich erst eine Woche her? Wenn ich jetzt so darüber nachdenke, kommt es mir so vor, als würde ich Fibi schon mein ganzes Leben lang kennen.
»Na dann, 'Think pink'«, sage ich euphorisch, öffne die Autotür und Fibi folgt meinem Beispiel. Gerade als wir die Kirche betreten wollen, um uns einen Platz in der hintersten Bankreihe zu sichern, erhebt sich lautes Gemurmel um uns herum. Hufgetrappel dringt an mein Ohr und ich blicke mich erstaunt um. Tatsächlich sehe ich eine beeindruckend geschmückte Pferdekutsche die kurze Auffahrt auf uns zukommen. Respektvoll bilden die Anwesenden einen Halbkreis und als der Kutscher seinen Wagen anhält, ertönt Beifall. Ein großer,

schwitzender Mann im schwarzen Anzug öffnet lächelnd die mit weißen Rosen geschmückte Tür und Emma setzt erst einen, dann den andern Fuß auf den Boden. Wow! Mir bleibt der Mund offen stehen, als ich die traumhaft schöne Braut erblicke. Sie trägt einen Spitzen besetzen Schleier, der ihr Gesicht verdeckt. Glitzernde Perlen und weiße Rosen schmücken ihr langes, lockiges Haar und die weißen High Heels sind ein Traum. Doch das Brautkleid ist der absolute Wahnsinn. Ihre ganze Erscheinung erinnert mich an Kaiserin Elisabeth, Sissi, aus den gleichnamigen Filmen, die ich so sehr liebe. Genau so eines hätte ich mir auch ausgesucht, wenn ich an ihrer Stelle gewesen wäre. Vor gut drei Monaten, als ich noch mit Emma eng befreundet war und mit ihr und ihren Freundinnen in der edlen Boutique saß, um das Kleid auszusuchen, habe ich es bereits sehen dürfen, doch in dieser Umgebung erscheint es mir noch märchenhafter als damals. Dieser Traum in Weiß und Creme, ist über und über mit Perlen bestickt und bodenlang. Der weite Rock schwingt bei jedem Schritt, mit dem Emma sich dem Kircheneingang nähert und ich muss schlucken.

»Wahnsinn!«, raunt Fibi mir zu und ich nicke. »Hast du nicht gesagt, dass sie ein unscheinbares Mäuschen ist, das froh sein kann, wenn Alex sie zur Frau nimmt?« Wieder muss ich nicken. Mir fehlen die Worte. Das ist wirklich Emma? Wie sehr sie sich verändert hat, ist erstaunlich. Neidlos muss ich anerkennen, dass Alex froh sein kann, mit dieser Schönheit vor den Traualtar treten zu dürfen. Okay, ich wäre in diesem Kleid auch wunderschön, aber um mich geht es hier nicht. Kurz bevor Emma die Kirchentür erreicht, stoppt sie, stellt sich an die Seite und blickt sich suchend um. Nach Alex? Wo ist er?

»Schau mal. Da hinten steht er und telefoniert, oder? Man, sieht der Typ heiß aus in seinem schwarzen Anzug. Die beiden sind wirklich eine Augenweide.« Fibi zeigt verstohlen auf einen Mann, der in einigen Schritten Entfernung aufgeregt hin und her tigert und in sein Telefon brüllt. Ob etwas passiert ist?

»Ja. Das ist Alex. Aber was ...?« Genau in diesem Augenblick hat auch Emma ihren Gatten entdeckt und eilt mit ausgreifenden Schritten und wehendem Schleier auf ihn zu. Vermählt sind sie schon. Gestern war der Termin im Standesamt und heute soll der Bund vor Gott geschlossen werden. Wenn das überhaupt wahr wird. Im Moment sieht das Brautpaar ziemlich frustriert aus.
»Geh doch mal rüber, Anja. Ich will auch wissen was los ist«, fordert mich meine neugierige Freundin auf und ich schüttle energisch den Kopf.
»Aber ganz bestimmt nicht. Ich muss mich schließlich nicht in alles einmischen, oder? Die haben alleine geheiratet, also bekommen sie das hier auch alleine hin. Ich bin doch nicht der Babysitter, nur, weil ich mit Alex gevögelt habe.« Den letzten Satz sage ich so leise, dass nur Fibi ihn hören kann. Sie kichert ungeniert.
Zwischenzeitlich hat sich um das Brautpaar eine größere Menschentraube gebildet und einige reden, wild gestikulierend, auf die Braut ein. Was ist nur los? Irgendwie will ich es ja schon wissen, doch ich zügle meine Neugier, hake mich bei Fibi unter und wir zwei schlendern Richtung Kircheneingang. Die Messe hätte bereits vor zehn Minuten beginnen sollen. Wenn die kirchliche Trauung ausfällt, wäre es zwar schade für die beiden, doch würde es an der Gültigkeit ihrer Ehe nichts ändern. Rechtlich sind sie bereits Mann und Frau.
»Anja!« Emmas Stimme reißt mich aus meinen Gedanken und ich drehe mich auf dem Absatz zu ihr herum. Die Braut eilt, so schnell es das lange Kleid und die hochhackigen Schuhe auf dem gepflasterten Boden zulassen, auf mich zu. Ihren Schleier hat sie zurückgeschlagen und als sie schwer atmend vor mir zum Stehen kommt, kann ich, trotz des perfekten Make-ups, hektische rote Flecken auf ihrem Gesicht und Tränen in ihren Augen erkennen. Um Himmels Willen! Was ist passiert? Hat sie gerade von der letzten Nacht mit Alex erfahren? Doch wer hat es ihr erzählt? Vielleicht hat sich ein Freund von Alex verplappert. Will sie mir hier, vor allen Gästen, eine Szene liefern? Mein Herz beginnt zu rasen, meine Hände fühlen sich schweißnass an und Übelkeit macht sich breit. Der Gedanke an Flucht ergreift

von mir Besitz. Ich hab doch gewusst, dass es irgendwann herauskommt, dass ich einen Fehler mache, wenn ich mich noch einmal auf Alex einlasse. Verdammt! Stumm schicke ich ein Stoßgebet zum Himmel und bereue in dieser Sekunde alles, was ich getan habe. Ich flehe förmlich darum, dass sie es doch nicht erfahren hat, niemals erfährt, und ich noch einmal heil aus dieser Sache heraus komme, in die mich mein tierisches Verlangen nach Alex gebracht hat. Ich schwöre mir selbst, meiner inneren Stimme und dem Universum, dass ich alles tun werde, wenn nur dieser Kelch an mir vorüber zieht. Mit großen Augen und vollkommen bewegungsunfähig starre ich Emma an. Für einen Abgang, der nicht nach Flucht aussieht, ist es nun eindeutig zu spät. Auch Fibi, die dicht neben mir steht, wirkt angespannt.
»Emma, ich ...«, stottere ich leise. »Emma, ich ... ich habe das nicht gewollt. Ich ...« Meine Stimme versagt und mir bleiben die Worte der Verteidigung und der Rechtfertigung, die ich mir in Windeseile zurechtgelegt habe, im Hals stecken.
»Anja! Da bist du ja. Dem Himmel sei Dank. Ich brauche dich, dringend«, stößt Emma keuchend, so, als habe sie eben einen Marathon und nicht nur fünfzig Meter zurück gelegt, hervor und ich glaube sie nicht richtig verstanden zu haben.
»Hä? Wie bitte? Was? Ich verstehe nicht ...«
»Gut, dass du hier bist. Ich brauche dich, Herzchen. Du musst mein Leben retten. Bitte, bitte!« Emma ist so aufgelöst, dass ich nur die Hälfte verstehe. Oder eigentlich gar nichts.
»Was ist denn passiert?«, frage ich nun doch und blicke Fibi hilfesuchend an. Doch auch sie schüttelt nur den Kopf und zuckt mit den Schultern. Plötzlich steht Alex vor mir, lächelt mich an, ergreift meine Hand und blickt mir tief in die Augen. Mein Herz macht einen Sprung und der Gedanke an Flucht ist wie weggeblasen, meine eben noch inbrünstigen Gebete vergessen. Die Welt hält für einen Sekundenbruchteil den Atem an. Wie paralysiert starre ich in diese blauen Augen, die mich hilfesuchend anflehen, bis Fibi mir einen Knuff in die

Seite verpasst und ich zurück in die Realität kehre. Was zum Teufel passiert hier? Bin ich im falschen Film? Was ist denn los?
»Anja, meine liebe Freundin«, beginnt Alex mit seiner weichen, einfühlsamen Stimme, die mir so vertraut ist. »Du musst uns helfen. Hast du deinen Ausweis dabei?« Automatisch nicke ich. Sicher habe ich. Habe ich immer. In meinem Portemonnaie, in meiner Handtasche, unter meinem Arm. »Wunderbar«, sagt Alex erleichtert und lässt meine Hand wieder los. Der Zauber des Augenblicks zerplatzt wie eine Seifenblase. »Dann kann sie auch deine Trauzeugin sein, mein Schatz«. Die letzten Worte hat er zu Emma gesagt, die noch immer zitternd vor mir steht. Ich soll bitte was? Kommt gar nicht infrage. Ganz bestimmt nicht. Ich kann doch nicht vorne beim Pfarrer stehen und den beiden meinen Segen geben. Na gut, Segen ist vielleicht etwas übertrieben, aber ich kann doch nicht, ich will nicht. Verdammt!
»Oh bitte, Anja. Würdest du? Mia, also Mia, du kennst Mia? Also sie wollte eigentlich, aber sie hat gerade abgesagt. Und ...«, fleht Emma und Tränen schimmern in ihren Augen. Ich muss schlucken. Bin ich es ihr nicht irgendwie schuldig? Irgendwo in meinem Hinterkopf flüstert mir eine schwache Stimme das zu. *Ja, das bist du. Hilf ihr. Du hast ihren Mann verführt, dir genommen, was du brauchst und nun lass ihn endlich gehen. Verhilf den beiden zu ihrem Glück. Du hast es versprochen. Deine Gebete wurden erhört und nun zieh die Konsequenzen. Sie sind deine Freunde und du kannst ihnen helfen. Also tu es!*
»Okay«, stöhne ich ergeben auf und nicke. »Was muss ich machen?« Das Strahlen kehrt auf Emmas Gesicht zurück und sie nimmt mich überschwänglich in den Arm.
»Ich danke dir so sehr, meine Liebe. Alex bringt dich zum Pfarrer und der macht dann alles Weitere. Ich freue mich! Dann wird der Tag doch noch der schönste unseres Lebens. Ich liebe dich, Anja.« Sie drückt mir ein Küsschen auf die Wange und Alex grinst mich schief an. Auch in seinen Augen spiegelt sich ehrliche Dankbarkeit. Jetzt bin ich doch peinlich berührt. Soviel Liebe und Herzenswärme habe ich nicht verdient. Bin ich nun gut oder böse? Mein schlechtes Gewissen nagt heftig an mir,

doch ich schüttle es ab, so gut es geht. Ich kann ihnen helfen, also tue ich es. Es ist das Mindeste, auch wenn ich weiß, dass es mir schwer fallen wird, neben Alex am Traualtar zu stehen. Da muss ich jetzt durch. Fibi nickt mir lächelnd zu und ich spüre, dass sie mich versteht.

Eine knappe Stunde später ist es fast vorbei. Ich stehe rechts neben Emma vor dem Pfarrer und sehe zu, wie die beiden die Ringe tauschen. Und? Was fühle ich? Ich weiß es nicht. Mein Kopf ist leer wie ein Luftballon. Keine Emotionen, keine Gefühle, kein Empfinden. Ich stehe einfach nur da und mache, was von mir verlangt wird. Vor einem halben Jahr hätte ich das hier nicht ausgehalten. Ich wäre schreiend davongelaufen, hätte Emma von Alex weggezerrt oder mich in seine Arme geworfen. Damals hätte ich die Frau an seiner Seite sein wollen. Gut, ich muss gestehen, dass ich genau so auch noch vor einer Woche reagiert hätte. Was ist passiert? Warum haben sich meine Gefühle für ihn so geändert? Ich will nicht mehr die Frau in seinem Leben sein. Weder als Freundin, noch als Geliebte. Und schon gar nicht als Ehefrau. Sollte ich Emma warnen? Vor was? Davor, dass er es mit mir treibt? Getrieben hat? Dass ich sein bestes Stück in all meinen Körperöffnungen hatte? Allein bei dem Gedanken schüttelt es mich. Wie könnte ich ihr das antun? Jetzt? Ganz bestimmt nicht. Ich beobachte die zwei und nehme mir noch einmal ganz fest vor, aus ihrem Leben zu verschwinden. Ich habe nun mein eigenes Leben, eine neue Vertraute, Fibi, und irgendwann wird bestimmt auch wieder ein Mann eine Rolle spielen. Doch so wie es jetzt ist, kann ich nicht weitermachen. Ich blicke auf das riesige Kreuz, das über dem Altar hängt, und gebe mir selber das Versprechen. Mir und dem Universum. Ab heute wird alles anders!
» ... die Braut jetzt küssen«, sagt der Pfarrer gerade und ich muss lächeln. Vielleicht schaffen es die beiden in ein glückliches, harmonisches Leben. Ich weiß, dass sie sich lieben. Irgendwo, jenseits der erotischen Linie. Wie wichtig ist Sex an ausgefallenen Plätzen für eine Beziehung? Ist nicht die Liebe wichtiger? Die Zeit, die man miteinander verbringt? Die Momente des Glücks,

der Harmonie und des stummen Verstehens? Sex ist wichtig, klar, aber geht es im Leben nicht darum, einen Partner an seiner Seite zu haben, der einem beisteht und unterstützt? Genau diese Verbindung spüre ich zwischen Emma und Alex. Sie war schon immer da und wird auch seine Affäre mit mir überdauern. Er wird immer der Mann an ihrer Seite sein. Ganz egal, ob er mit anderen Frauen Sex hat oder nicht.
All diese Gedanken schwirren durch meinen Kopf wie bunte Schmetterlinge, während ich auf das glückliche Paar blicke, das nun Hand in Hand den Kirchengang in Richtung Ausgang schreitet. Ich folge in einigem Abstand und Fibi gesellt sich zu mir.
»Das hast du gut gemacht. Schau nur, wie glücklich sie sind. Ich denke, dass deine Arbeit getan ist. Lass ihn ziehen.« Ich nicke und erzähle ihr flüsternd, dass ich genau diese Gedanken eben auch hatte. Sie drückt mir ein Küsschen auf die Wange und grinst mich an.
»Wunderbar. Dann können wir bald wieder gemeinsam auf Männerfang gehen. Irgendwo in der grauen Welt der Einsamkeit wartet auch dein Mann fürs Leben, Anja.«
»'Think pink', was?«
»Genau so, Herzchen«, nickt Fibi. »Immer die helle, positive Seite des Lebens sehen. Alles wird gut. Am Ende. Und wenn es noch nicht gut ist ...Tja, dann ist es noch nicht das Ende. Dann müssen wir noch ein wenig weitermachen.« Schön, dass wir uns so einig sind.

Als wir aus der dunklen Kirche ins helle Sommerlicht treten, reibe ich mir meine Augen. Es ist, als mache ich den ersten Schritt in eine andere, schönere Welt. In diesem Moment bin ich mir sicher, dass auch ich eines Tages einen Ring am Finger und einen Ehemann an meiner Seite haben werde. Ich spüre es einfach. Als sich meine Augen an die Helligkeit gewöhnt haben, sehe ich die vielen Gäste, die dem frisch vermählten Paar ihre Glückwünsche überbringen. Nicht alle, die sich hier tummeln, waren auch in der Kirche anwesend oder werden beim Essen dabei sein. Fast das ganze Dorf ist erschienen und der Kirchenvorplatz ist nahezu überfüllt. Lachende Kinder rennen zwischen gestylten Damen und einfachen Hausfrauen hin und her, ein Shanty Chor schmettert, in maritime Tracht gekleidet, ein romantisches Hochzeitslied und am Rande des Platzes wird soeben ein langer, mit weißen und roten Rosen geschmückter Tisch für den Sektempfang hergerichtet. Das Brautpaar genießt diesen Moment sichtlich, denn beide strahlen mit der Sonne um die Wette. Romantik pur. Ich atme die herrliche Luft ein, sauge die Glückshormone in mich auf und freue mich auf mein neues Leben. Ab heute wird alles anders.

»Fährst du bei uns im Wagen mit oder hast du eine Fahrgelegenheit? Kennst du den Weg zum Schloss?« Alex steht total verschwitzt vor mir und lächelt mich leicht gestresst an. Fibi und ich sitzen, jede mit einem Glas Sekt in der Hand, auf der alten Kirchenmauer und betrachten das bunte Treiben. Der Sektumtrunk für die Dorfbewohner ist beendet und langsam machen sich alle geladenen Gäste auf den Weg zum Essen.

»Klar habe ich ein Auto. Meinst du, wir sind geflogen?« Ich grinse zurück.

»Ganz die alte, freche Anja, was?« Es setzt sich neben mich auf die Mauer und wendet sich mir zu. »Danke, dass du Emma diesen Gefallen erwiesen hast. Ich vermute, dass es für dich nicht so ganz einfach war, oder?« Alex blickt mir direkt in die Augen und ich sehe kleine Zweifel, Verunsicherung und irgendwas, das nach Entschuldigung aussieht. Er grinst schief und wartet auf eine Antwort. Ich lasse ihn ein wenig zappeln, während ich meine Augen senke und mir eine Strähne, die sich aus meiner Hochsteckfrisur gelöst hat, hinter die Ohren streife.

»Stimmt. Du hast Recht«, beginne ich und atme tief durch. Die Vögel zwitschern, die Luft streift angenehm meine nackten Arme und ich rieche den Duft seines Aftershaves. So vertraut und doch nicht mehr mein Alex.

»Ja. Es war irgendwie seltsam. Und doch nicht so schlimm, wie du vielleicht vermutest. Alles ist gut, Alex. Genieße deine Ehe und mach Emma glücklich. Das ist alles, was zählt.« Er nickt und ihm fällt sichtbar ein Stein vom Herzen.

»Danke. Schön, dass es dich als Freundin in meinem Leben gibt. Bis gleich« Er steht schwungvoll von der Mauer auf, klopft sich einige nicht vorhandene Steinchen vom Hintern und wendet sich zum Gehen. Gerade als auch ich mich von den Steinen erhebe und mit Fibi zum Parkplatz gehen will, dreht er sich noch einmal herum und hält mich an meinem Arm fest. »Und Anja ...Ich freue mich schon auf unser nächstes Treffen«, flüstert er nahe an meinem Ohr und ich weiche erschrocken zurück. Bitte was? Hat er gar nichts kapiert? Ich entziehe ihm meinen Arm und schüttle leicht den Kopf.
»Vergiss es, Alex. Emma ist deine Frau und ich ...«, nun beuge ich mich doch wieder etwas näher zu ihm, »bin nicht mehr dein Spielzeug.« Wutentbrannt drehe ich mich gänzlich herum und eile hinter Fibi her Richtung Parkplatz. Der spinnt doch!

»Willst du wirklich noch zur Feier fahren?« Meine Freundin steht, ihre Jacke über dem Arm, lässig ans Auto gelehnt und wartet auf mich.
»Ich habe es Emma doch versprochen. Wie sähe denn das aus, wenn die Trauzeugin ...«
»Also ja. Das wollte ich nur wissen.« Fibi grinst schelmisch. »Dann lass uns fahren.«
»Würdest du nicht?« Ich öffne die Tür meines Wagens, steige ein und starte den Motor. »Was würdest du machen?« Hilfesuchend blicke ich sie an.
»Es ist egal, was ich machen würde. Tu was du willst. Du hast es begonnen, also bring es zu Ende. Ich bin an deiner Seite und unterstütze dich. Aber machen musst du es selber. Es ist deine Entscheidung, Herzchen.« Ich stöhne auf.

»Anja! Komm hier her, meine Liebe. Möchtest du ein Glas Champagner haben?« Emma steht mit rotem Kopf und zwei Gläsern des Prickelwassers inmitten einer Menschentraube und winkt mir eifrig zu, als ich mit Fibi die Orangerie betrete. Auch ihr rinnt der Schweiß aus allen Poren und die mühevoll drapierte Frisur löst sich nach und nach in Wohlgefallen auf. Ihr Prinzessinnenoutfit hat sie gegen ein schlichtes, weißes

Sommerkleid getauscht, in dem sie aber nicht minder hübsch aussieht. Ich bleibe kurz am Eingang stehen und lasse meinen Blick über die anwesenden Menschen und das gewählte Etablissement schweifen. Ein langer Tisch, an dem mittig das Brautpaar sitzen wird, steht mit weißen und roten Rosen geschmückt für die Gäste bereit. Auch einige weitere, kleinere Tische und sogar ein paar chillige Ledersessel sind im Wintergarten und davor kunstvoll drapiert. Sehr gemütlich. Der Boden ist gefliest und an den Wänden hängen Fotografien mit Sprüchen darauf, die ich mir später noch genauer anschauen will. Unter der Decke schweben rote Luftballons in Herzform mit langen Schnüren daran. Ich schätze die Anzahl der anwesenden Gäste auf ungefähr fünfzig Erwachsene. Und einige Kinder, die sich im Moment im Vorraum, an dessen Schwelle ich mich befinde, aufhalten und den Kickerkasten traktieren. Ich bin schwer erstaunt. Stand auf der Karte nicht, dass wir in einem Schloss feiern? Sollten es nicht wesentlich mehr Gäste sein? Innerlich zucke ich mit den Schultern. Sie wird schon wissen, wie sie ihre Traumhochzeit feiern will. Langsam setze ich mich nun doch in Bewegung, schlängle mich durch die schwatzenden Gäste auf Emma zu und erblicke das Schloss. Es steht majestätisch auf einer kleinen Anhöhe, einige hundert Meter entfernt, und ist durch einen wunderschönen Park, in dem die Bäume in voller Blüte stehen, mit der Orangerie verbunden. Der Anblick ist atemberaubend und mein Herz schlägt spontan einige Takte schneller. Welch traumhafte Location.
»Alles Liebe und viel Glück für euch, Emma. Möge eure Verbindung ein Leben lang halten und viele schöne Kinder hervorbringen«, sage ich in bewusst schwülstigem Tonfall und sie zieht mich lachend in eine innige Umarmung. Ich rieche ihren Duft, eine Mischung aus einem fruchtigen Parfum, etwas Schweiß und ganz vielen Glückshormonen und spüre, dass dieser Moment echte und wahre Freundschaft ausdrückt. Als wir uns wieder voneinander trennen, hält sie mich noch einen Augenblick länger als nötig fest, schaut mir tief in die Augen und lächelt schief. Tief in mir spüre ich eine einzigartige Verbindung, die ich nicht näher benennen

kann. Es ist, als würden unsere Herzen im Gleichklang schlagen. Täusche ich mich oder sehe ich Kummer in ihren strahlenden Augen? In dieser Sekunde habe ich das Gefühl, als würde sie mir etwas sagen wollen. Doch der Augenblick verfliegt so schnell, wie er gekommen ist. Sehr komisch.
»Lass uns was trinken«, lenkt Emma ab, greift nach den beiden Gläsern, die sie vor unserer Umarmung auf einem Tischchen abgestellt hat und überreicht mir meines. Voller Entzücken sehe ich eine Erdbeere am Boden des Glases. Was für eine nette Idee. »Auf dich, Anja. Du hast meinen Tag gerettet.« Es ist ein teurer, sehr prickelnder Champagner, der sich auf meiner Zunge breit macht und meine trockene Kehle hinunterläuft. Es schmeckt fantastisch. Besonders mit der dezenten Erdbeernote.
»Darf ich dir meine Freundin Fibi vorstellen? Ihr habt euch vorhin schon mal kurz gesehen«, beginne ich, als ich meine Freundin neben mir spüre. Die beiden Frauen reichen sich kurz die Hand und Fibi beglückwünscht sie zur Hochzeit.
»Danke sehr. Dann wünsche ich euch beiden viel Spaß hier. Lasst euch das Essen schmecken. Nachher wird auch noch getanzt. Ich muss mich mal wieder um die anderen Gäste kümmern«, erklärt Emma, nickt uns kurz zu und ist gleich darauf verschwunden.
»Kommst du mit? Ich such schon mal unsere Plätze«, fordert Fibi mich auf, während ich, mit dem halbvollen Glas in der Hand, meinen Blick erneut durch den Raum schweifen lasse. Die meisten weiblichen Gäste haben tatsächlich das 'kleine Schwarze' aus ihren Schränken gekramt. Okay, das geht eigentlich immer, aber doch bitte nicht auf einer Hochzeit. Schließlich ist das keine Trauerfeier. Da zieht man nichts Schwarzes an. Und auch nichts Weißes. Jedenfalls war ich bisher der Meinung. Vielleicht liege ich auch falsch. Trotzdem bin ich froh, dass mein Kleid rosa ist. Hat auch etwas von 'Think pink'. Ich muss innerlich lächeln.
»Schau mal, Anja. Sogar eine Karte für mich. Gut, mein Nachname ist nicht 'Anjas Begleitung', aber immerhin.« Sie lacht fröhlich und ich stimme mit ein.

»Ist doch egal. Hauptsache wir sitzen nebeneinander. Ich kenn zwar einige der Gäste, aber ich habe echt keine Lust auf sinnlosen Smalltalk.«

Kaum haben wir uns niedergelassen, suchen auch die anderen ihre Kärtchen und wenige Minuten später sind die Tische belegt. Das Stimmengewirr, um mich herum, erinnert mich an das sonore Brummen eines Bienenschwarms. Es wird gelacht, diskutiert und die Stimmung ist ausgelassen. Emma und Alex, das glückliche Paar, sitzt in der Mitte der Tafel und ich ... ich sitze neben Alex. Keine Ahnung wer für die Aufteilung verantwortlich ist, doch ich fühle mich an diesem Platz nicht richtig. Wenn schon, dann hätte ich neben Emma sitzen müssen.

»Auf einen schönen Abend«, raunt Alex mir in diesem Moment ins Ohr und mir läuft ein kalter Schauer über den Rücken. Zufall? Absicht? Egal, die Show geht also weiter. Werde ich schon überstehen. Doch sobald es irgendwie möglich ist, werde ich mich umsetzen. Lange will ich ohnehin nicht bleiben. Ganz sicher.

Das Essen vom Büfett ist fantastisch. Die beiden haben sich wirklich nicht lumpen lassen. Von Austern und Schrimps, über frisch gebratenes Rindersteak und exzellentes Gemüse bis hin zu Kuchen, Eiskreationen und frischen Früchten zum Dessert ist nahezu für jeden Geschmack etwas dabei. Sogar eine Auswahl an Käse gibt es zu späterer Stunde. Die lustigen, unverfänglichen Gespräche mit Fibi zu meiner rechten, und Emmas Eltern mir gegenüber, die ausgesprochen nett und unkompliziert wirken, sind sehr unterhaltsam. Die Zeit verfliegt und die Stimmung wird immer ausgelassener. Der teure Champagner fließt in Strömen und ich werde von Minute zu Minute lockerer. Irgendwann macht mir Alex' Anwesenheit direkt neben mir auch nichts mehr aus. Das unangenehme Gefühl, das ich noch vor einiger Zeit hatte, habe ich komplett verdrängt. Ist gar nicht so schlimm, wie ich dachte. Doch es gibt auch diese Momente, in denen es mich eiskalt erwischt. Wenn sein Aftershave unvermittelt zu mir herüberweht oder ich seine Stimme aus allen anderen heraushöre, dann setzt mein Herz einige Takte aus, um danach umso schneller weiterzuschlagen. So ganz scheine ich wirklich noch nicht über ihn hinweg zu sein, auch wenn ich mir das einzureden versuche. Natürlich lasse ich mir nichts anmerken und halte mein Pokerface gekonnt aufrecht, allerdings wankt mein Entschluss ihn zu ignorieren mit fortschreitender Stunde. Ob das nun am steigenden Alkoholpegel oder meinem schwachen Willen liegt, kann ich nicht beurteilen. Es ist kurz vor einundzwanzig Uhr, wie ein verstohlener Blick auf meine Armbanduhr beweist, das fantastische Büfett ist leergefuttert und dezente Musik, ich tippe auf Soul, kann es aber nicht richtig zuordnen, läuft im Hintergrund, als Alex sich erhebt, mit einem Messer an sein Glas klopft und so die gesamte Aufmerksamkeit binnen Sekunden auf sich zieht. Um Himmels Willen, eine Rede. Das hat gerade noch gefehlt. Ich dachte wirklich, sie würden es sich sparen. Hoffentlich fällt ihnen nicht noch ein, dass sie Spiele machen wollen. Allerdings wäre für mich dann der perfekte Zeitpunkt gekommen, um zu verschwinden. Hatte ich ohnehin vor. Doch irgendwie gab es dafür bisher noch keinen triftigen Grund. Nur mit halbem Ohr lausche ich Alex' Worten. Er erzählt irgendwas von Liebe und Verbundenheit, von Freundschaft und Familie und darüber, dass er froh ist, dass die Anwesenden – eben anwesend sind. Ich muss kichern. Offenbar hat Alex bereits zu viel von dem leckeren Champagner erwischt, denn er stockt immer wieder und die 'ähms' und 'ja alsos' nehmen zu. Kurz bevor ich mich nicht mehr beherrschen kann, beendet er sein Gestotter und schließt mit den Worten: »Das Parkett ist eröffnet. Darf ich dich, meine liebe Ehefrau, zum Hochzeitswalzer entführen?« Emma nickt und strahlt und nickt und strahlt noch ein wenig mehr. Mir wird ganz schlecht von ihrem Genicke und ich merke, dass auch ich eindeutig zu tief ins Glas geschaut habe. Betrunken bin ich zwar nicht, aber dezent angeheitert. Anders ist dieser Abend auch wirklich nicht zu ertragen. Den Walzer lasse ich mir allerdings nicht entgehen. Das will ich sehen. Kann Alex so gut tanzen, wie ich vermute? Und Emma? Ich bin gespannt.

Und wie sie es können. Das hölzerne, erhöhte Podest, auf dem bis eben noch das Büfett stand, wurde zur Tanzfläche umgebaut und nicht nur mir stockt der Atem, als die beiden über das Parkett wirbeln. Das sie tanzen können, wusste ich ja bereits, aber das es so gut ist, war mir neu. Haben sie extra für diesen Tag einen Profikurs belegt oder machen sie heimlich bei der Weltmeisterschaft mit? Ich bin schwer beeindruckt.
»Klasse, was?«, raune ich Fibi zu, die neben mir steht und am Ende der Vorführung ebenso begeistert applaudiert wie ich.
»Absolut! Schade, dass ich keinen Partner habe. Ich könnte das bestimmt auch.«
»Ja, wenn der Mann führen kann, dann schon.«
»Anja«, Fibi grinst breit. »Ich lass mich nicht führen. Ich führe selber.«
»Ah ja. Und das geht? Ist das nicht doof?«
»Nein, das ist nicht doof, Herzchen. Das ist Emanzipation. So ähnlich wie beim Sex.« Ich muss lachen. Fibi nimmt mich auf den Arm.
»Na, wenn das so ist. Ich lasse mich gerne führen. Beim Tanzen und auch beim Sex, wenn ...« Ich komme nicht mehr dazu den Satz zu beenden, denn plötzlich steht Alex hinter mir, dreht mich zu sich herum und ergreift meine Hand. Hat er das eben gehört? Blut schießt in meine Wangen und ich werde rot.
»Dann lass dich führen, liebe Freundin«, fordert er mich auf und ich habe gar keine andere Wahl, als mit ihm auf die Tanzfläche zu schreiten, wenn ich mich nicht blamieren will. Walzer! Ich! Oh shit! Mein Tanzkurs, den ich im zarten Alter von sechzehn Jahren absolviert habe, kommt mir in den Sinn. Das ist verdammt lange her. Ob ich zumindest den Grundschritt noch beherrsche? Auf dem Maskenball vor ein paar Monaten klappte es schließlich auch. Doch da wurde ich geführt. So richtig kann ich mich allerdings nicht mehr erinnern. Will ich auch nicht, denn damals war es Florian, mein Ex, den ich viel zu spät erkannte. Ich verdränge die schwarzen Wolken aus meiner Vergangenheit und besinne mich auf den Moment. Gleich werden wir es sehen. Oder fühlen. Je nachdem. Auch Fibi und Emma entdecke ich auf dem

Parkett. Beide stehen mit ihren Tanzpartnern inmitten einiger anderer Pärchen und ich bin froh, dass ich so nicht auffallen werde. Hoffe ich zumindest.
»Du kannst wundervoll tanzen«, schmeichle ich Alex, der mich gekonnt führt. Eins, zwei, drei – Konzentration, bitte. Ich zähle in Gedanken mit. Klappt doch soweit. Füße noch heil.
»Hast du etwa daran gezweifelt?«, fragt er mit spöttisch funkelnden Augen. Seine rechte Hand liegt ganz züchtig auf meinem unteren Rücken, knapp oberhalb des Pos, in der anderen liegen meine Finger, weit vom Körper gestreckt, so wie es sich gehört. Sehr vorbildlich.
»Ja«, beginne ich und muss kichern. Durch die schnellen Drehungen ist mir ganz schwindelig.
»Ach, echt? Du weißt doch, dass man am Tanzen beurteilen kann, wie ein Mensch im Bett ist, oder?« Ich starre ihn wortlos an und muss schlucken. Hat er es also doch gehört. Dann müsste auch Emma eine Granate im Bett sein.
»Siehst du, meine süße, kleine Anja. Das Tanzen liegt mir im Blut. Und nicht nur das« Zwischenzeitlich hat sich der Musikstil geändert. Rumba? Foxtrott? Ich bin vollkommen planlos, bewege mich in seinem Rhythmus, passe mich ihm an und drehe mich, wenn er es andeutet.
»Ich wusste gar nicht, dass ich das so gut kann«, schnaufe ich ihm ins Ohr, als sich die Musik erneut ändert, langsamer wird und er mich dicht an sich zieht. Slowfox?
»Das habe ich gleich geahnt. Wenn du dich mir hingibst, dann sind wir in perfekter Harmonie.« Ich schlucke schon wieder. Hat er das jetzt nur aufs Tanzen bezogen? Sein dunkles, sonores Lachen beweist, dass der letzte Satz eindeutig zweideutig war.
Wir bewegen uns bereits einige Zeit zu den unterschiedlichen Rhythmen und meine Beine beginnen zu schmerzen. Ich bin diese Art des Sports einfach nicht gewohnt. Ohnehin erstaunlich, dass er mir so viel Zeit widmet. Was Emma wohl dazu sagen wird? Wo ist sie überhaupt? Aus dem Augenwinkel heraus sehe ich Fibi, wie sie freudestrahlend mit einem wirklich sehr attraktiven Mann über den Tanzboden fegt. Sie hat

wirklich Pfeffer im Hintern. Der junge Mann schwitzt und Fibi lacht in einer Tour. Sie ist glücklich. Und ich? Bin ich es auch? Ich glaube schon. Ich liege in Alex' Armen, genieße die vertraute Nähe und habe meine Umgebung nahezu ausgeblendet. Nur der Augenblick zählt. Meine guten Vorsätze habe ich allesamt verdrängt. *Wie lange geht das gut? Morgen jammerst du wieder und heulst dir die Augen aus dem Kopf.* Meine innere Stimme meldet sich leise zu Wort, doch ich überhöre sie geflissentlich. Nicht jetzt!
»Sag mal, hast du Emma irgendwo gesehen?« Alex' Worte reißen mich aus meinem Traum und meine Stimmung rast in den Keller. Sturzflug.
»Ähm, nein. Ich weiß nicht, wo ...«
»Verdammt! Also haben sie es doch getan. Ich hatte es ihnen doch verboten!« Alex lässt abrupt meine Hand los und ich kann mich gerade noch fangen, bevor ich stolpere. Toller Tanzpartner. Was war das? Coitus Interruptus?
»Was ...?«
»Brautentführung. Was sonst?« Alex ist wirklich aufgebracht. »Nun muss ich sie suchen und auslösen. Aber darauf können sie lange warten. Sollen sie sich doch besaufen, wenn sie meinen. Ich habe ihnen gesagt, dass ich diese Art von Spielen hasse. Nun sollen sie sehen, was sie mit Emma machen. Ich hole sie jedenfalls nicht zurück.« Okay ...? Wow. So wütend habe ich Alex noch nie erlebt. Aber, ich muss zugeben, er wirkt ungeheuer faszinierend und anziehend auf mich. Wie ein Vulkan kurz vor der Eruption.
»Ich muss vor die Tür. Brauche frische Luft. Kommst du mit?« Noch bevor ich antworten kann, hat er sich herumgedreht und durchquert schnellen Schrittes den Raum. Kurz weiß ich nicht was ich machen soll. Hinterher? Alleine lassen? Offenbar will er jedoch, dass ich mit ihm gehe. Sonst hätte er nicht gefragt, oder?

»Seit wann rauchst du denn?« Ich bin Alex gefolgt und sehe, wie er sich einen Glimmstängel anzündet.
»Wenn ich genervt bin. Und ich bin gerade tierisch geladen«, schleudert er mir entgegen und ich schweige.

Ist schließlich seine Gesundheit. Mein Blick fällt in diesem Moment auf das Schloss, das in einiger Entfernung von Strahlern indirekt beleuchtet wird. Ein fantastischer Anblick.
»Gehen wir 'ne Runde?« Ich nicke. Die blühenden Gewächse des Gartens, der zwischen der Orangerie und dem Schloss angelegt ist, verströmen trotz der späten Stunde noch immer einen betörenden Duft. Der schmale Weg, auf dem wir uns Richtung Schloss bewegen, wird nur durch einzelne, versteckte Lichtquellen am Fuße einiger Bäume erhellt. Die Sonne ist bereits hinter dem Horizont verschwunden und eine mystische Stimmung beherrscht die Szene. Diese laue Nacht hätte perfekt sein können, wäre der Mann an meiner Seite nicht Alex.
Schweigend schlendern wir nebeneinander her und Alex scheint sich langsam wieder zu beruhigen. Ich betrachte die unendliche Anzahl blinkender Sterne, die hier mitten auf dem Land trotz des blauen Zwielichtes, deutlich zu sehen sind. Ich fühle mich richtig gut und ein romantisches Kribbeln macht sich in meinem Magen breit. Vielleicht komme ich irgendwann noch einmal hier her. Dann aber mit dem richtigen Mann an meiner Seite. Mit ihm kann ich dann Hand in Hand spazieren und gemeinsam die Sterne zählen. Ein sehnsuchtsvolles Lächeln schleicht sich auf meine Lippen.
Wir sind noch nicht sehr weit gekommen, da bleibt mein Begleiter unvermittelt stehen, dreht sich zu mir herum und nimmt meine Hände in seine.
»Anja«, beginnt er, »ich brauche dich in meinem Leben. Du bist so wichtig für mich wie die Luft zum Atmen, wie das Salz in der Suppe, wie ...« Er stockt und ich schwanke zwischen Heiterkeit und Erschrecken. Mein Herz rast und meine Hände, die er kampfhaft umklammert, werden feucht. Erneut überkommt mich ein Fluchtgedanke. Ich sollte gehen! Sofort. »Weißt du eigentlich, wie lieb ich dich habe? Wie soll ich es dir beweisen?«, fährt er fort und sinkt vor mir auf die Knie. Was soll denn das jetzt? Bezieht er das auf unsere Freundschaft oder die Affäre? Ich tippe auf Letzteres. Wollten wir nicht nur Freunde sein? Waren das vor so langer Zeit nicht seine Worte? Hatte ich mich nicht gegen

ihn entschieden? In der Kirche? Ich bin komplett überfordert und schweige.
»Alex. Bitte, steh auf. Was soll das denn werden?«, frage ich leise und ziehe ihn wieder hoch. Neugierig bin ich schon, was er mir zu sagen hat. Welche Taten er seinen schwülstigen Worten folgen lassen wird. Oder auch nicht.
»Du glaubst mir nicht, stimmt's? Aber es ist wirklich wahr. Es ist nicht nur der fantastische Sex mit dir, der mich am Leben erhält. Auch unsere guten Gespräche und das vertraute Miteinander vermisse ich sehr.« Bitte was? Sex verstehe ich ja noch. Aber seit wann führen wir denn vertraute Gespräche? Das letzte Mal, als wir Sex hatten, endete mit einem Boxkampf. Im Fernsehen. Und davor? Da hat er sich monatelang nicht gemeldet. Oder habe ich etwas verpasst? Bevor ich meine wirren Gedanken und Gefühle sortieren und etwas passendes erwidern kann, schiebt er mich ein Stückchen zurück und presst mich gegen einen Baum, sodass wir vom verglasten Wintergarten aus, in dem noch immer getanzt wird, nicht mehr zu sehen sind. Dann lässt er meine Hände los und legt seine über meinen Kopf an den Stamm. In meinem Inneren tobt ein Sturm der unterschiedlichsten Gefühle. Wegrennen? Abwarten? Er ist mir so nah, dass ich jede Pore auf seiner Haut erkennen könnte, wäre es nicht so dunkel. Nur das Licht einer am Boden verankerten Lampe, die den Baum in unserer Nähe beleuchtet, spiegelt sich in seinem sehnsuchtsvollen Blick. Ohne ein weiteres Wort küsst er mich leidenschaftlich. Ich will mich wehren, doch sein vertrauter Geruch, sein unverwechselbarer Geschmack und dieses wilde Verlangen machen mich willenlos.
»Alex, ich ...«, hauche ich an seinem Mund, als er kurz von mir ablässt. Seine Lippen wandern an meiner Wange entlang und berühren nun mein Ohrläppchen. Seine Fingerspitzen gleiten über den Stoff meines Kleides und ich stöhne auf. Ich weiß genau, was nun kommt, doch es ist nicht richtig. Heute, in seiner Hochzeitsnacht, hier, mit mir, das passt nicht. Alex sieht das vollkommen anders, denn er schiebt bereits den Saum meines Kleides nach oben.

»Alex, nein«, versuche ich es noch einmal halbherzig, doch er reagiert nicht darauf. Ich bin wie eine Droge für ihn. Und ich? Bin ich auch süchtig nach ihm? Früher war ich es. Seine Zunge kreist zwischen Ohr und Schulter, seine Hände befinden sich auf meiner Haut und sein rechtes Bein zwischen meinen Schenkeln. Langsam drückt er meine Knie auseinander, streift mir das Kleid über meine Hüften und fährt mit den Fingern über mein Höschen.

»Du willst es doch auch, süße, kleine Anja. Ich spüre deine Erregung ganz deutlich. Du bist feucht. Oh, so feucht. Lass mich dir Linderung verschaffen«, zischt er schlangengleich in mein Ohr. Verdammt. Meinem Körper ist es vollkommen egal, dass der Zeitpunkt falsch ist. Und meine Gedanken lösen sich auf wie zarte Nebelschleier in der Sonne. Mein Widerstand ist gebrochen. Ich beuge mich ihm entgegen und er lacht dunkel.

»Ich wusste es. Du willst mich ebenso wie ich dich. Du brauchst mich und meinen harten Schwanz. Gleich gebe ich dir, was du begehrst.« Mit einem geübten Handgriff befreit er mich von meinem weißen, feuchten Slip und legt meine Scham frei. Dann fährt er mit seinen Fingern durch meine heiße Mitte und berührt die empfindliche Stelle zwischen meinen Beinen. Meine Hände krallen sich in seine Haare und ich lege ein Bein um seine Hüfte. Ich will nicht reden, will nur fühlen. Meine Haut prickelt unter seinen Berührungen. Ich öffne den Gürtel seiner Anzughose, dann den Knopf und ziehe den Reißverschluss nach unten. Seine geballte Männlichkeit reckt sich mir entgegen und ich will ihn! Jetzt! So, als hätte er meine Gedanken gelesen, tauchen zwei Finger seiner rechten Hand in mich ein und lassen mich erneut stöhnen. Seine andere Hand befindet sich auf meinem Gesicht und ich fische mit meiner Zunge nach seinem Mittelfinger. Er schmeckt leicht nach Rauch, doch das stört mich in diesem Moment nicht. Ich sauge, lecke und knabbere an seinem Finger, als wäre es sein Schwanz.

»Du Luder«, keucht Alex und ich muss innerlich grinsen. Ich liebe es, ihn geil zu machen. Als er es nicht mehr aushält, zieht er seine Finger zurück und stößt kräftig in

meine weiche Scham. Die Schmetterlinge in meinem Magen, die ich noch immer habe, wenn er mir so nahe ist, flattern aufgeregt. Ich gebe mich ihm hin und passe mich seinen Bewegungen an. Für einen kurzen Moment erinnert es mich an einen Tanz und ich stimme Alex zu: Er ist ein begnadeter Tänzer. Nicht nur auf dem Parkett. Mein nacktes Bein umschlingt seine Hüfte, ich fühle den rauen Stamm an meinem Rücken und seine Zunge in meinem Mund. Lustvoll zieht sich mein Innerstes zusammen und die Welle der Leidenschaft rollt über mich hinweg. Auch Alex ist bereit und japst über mir. Noch zwei, drei kräftige Stöße und wir stöhnen gemeinsam. Perfekte Harmonie.
»Alex? Wo bist du?« Emmas Rufe dringen durch den stillen Park zu uns und fast panikartig zieht sich Alex aus mir zurück. Die Wellen meines eben noch so heftigen Orgasmus ebben langsam ab und ich sehe bunte Lichter vor meinem inneren Auge. Ich begreife nicht einmal, was gerade geschieht, als Alex bereits in Windeseile seine Sachen wieder an Ort und Stelle verpackt, sich mit der Hand durch seine Haare fährt und räuspert.
»Ich brauche dich, Anja. Vergiss das nicht«, flüstert er mir hektisch zu, während er sich herumdreht und schnellen Schrittes den Weg zurück zum Wintergarten eilt. Vollkommen perplex stehe ich halbnackt an den Baumstamm gelehnt. Was war das denn? Träume ich? Passiert das gerade wirklich? Ein zarter Windhauch berührt meine feuchte Scham und ich fühle mich missbraucht, benutzt und verlassen. Tränen rinnen meine Wangen herab. Ich bin doch kein Spielzeug, das man sich einfach nimmt, wenn einem danach ist und es danach liegen lässt. Unsagbare Wut mischt sich mit Hilflosigkeit und schwappt wie eine schwarze Welle über meine Seele. Das muss sich ändern. Sofort! Mit zitternden Händen ziehe ich mein Höschen hoch, streiche das Kleid glatt und stoße mich vom Baum ab. Das berauschende Gefühl des Alkohols ist komplett verschwunden. Ich bin sowas von nüchtern. Ernüchtert. Zur Beruhigung atme ich mehrmals tief durch. Ich muss hier sofort weg. Wutschnaubend stöckle ich den Kiesweg zurück, den ich vor nicht allzu langer Zeit gemeinsam mit Alex

entlanggeschlendert bin und blicke mich suchend nach Fibi um. Sie steht in der Nähe eines kleinen Lagerfeuers, das im Vorhof des Wintergartens brennt und unterhält sich angeregt mit einem der Gäste. Sie scheint sich wirklich prächtig zu amüsieren, doch darauf kann und will ich jetzt keine Rücksicht nehmen.
»Fibi! Wir fahren. Sofort«, rufe ich ihr von Weitem zu und wende mich Richtung Parkplatz. Intuitiv scheint sie zu spüren, dass etwas nicht in Ordnung ist, denn sie stellt keine Fragen. Ich sehe, wie sie sich hastig von ihrem Gesprächspartner verabschiedet und ins Innere des Wintergartens hastet. Mit ihrer Jacke und meiner weißen Tasche unter dem Arm eilt sie Sekunden später hinter mir her.
»Steig ein. Wir fahren«, fordere ich sie unwirsch auf.
»Du hast da etwas Rinde in deinem Haar, Anja«, sagt sie, nachdem wir bereits im Auto sitzen und zupft es ab. Ich sage kein Wort und erneut laufen die Tränen.

Kapitel 10 - Dr. Helfsberg – Nomen est Omen

»Frau Leger, Sie wissen Bescheid, ja? Sie haben sich alles ganz genau angeschaut und ...«
»Ja, Herr Meier. Ich habe alles im Griff.« Mein Chef steht vor mir und fährt sich nervös mit der Hand über seine Glatze. Er schwitzt und ich weiß nicht genau, ob das am Wetter oder an mir liegt.
»Dann ist es gut. Ich vertraue Ihnen, Frau Leger. Vermasseln Sie es nicht. Das ist unser bestes Objekt. Das wissen Sie?!« Ich seufze auf. Irgendwie kann ich ihn verstehen. Dieses Haus an der Ostsee ist das teuerste, das wir vermitteln, und ich kenne den Herrn nicht, der sich nach so langer Zeit dafür interessiert. Aber ich bin nicht auf den Kopf gefallen. Ich rock das schon. Wäre doch gelacht.
»Ja, Herr Meier. Ich weiß. Ich bin dann mal weg. Soll ja nicht warten müssen, der Herr Doktor?« Ich grinse ihn an und er streicht schon wieder nervös über seine Glatze.

Seit wann hat er denn diesen Tick? Habe ich vorher noch nie bemerkt. Wirklich sehr verspannt, der Gute.
»Dann viel Glück. Rufen Sie mich an, wenn Sie Bescheid wissen, okay? Ich bin bis heute Abend im Büro und ...«
»Mach ich. Bis später.« Damit drehe ich mich herum und ziehe die Tür hinter mir zu. Es ist Freitagnachmittag, das Wetter ist fantastisch und ich freue mich sehr auf das Wochenende am Meer. Ich habe mir vorgenommen, meine Schwester zu besuchen, die nicht weit entfernt mit ihrer Familie lebt. Unser letztes Treffen war kurz nach Silvester im Wellnesshotel und das ist gefühlt schon Jahre her. In der letzten Woche habe ich versucht mein Selbstbewusstsein wieder aufzupolieren. Nachdem ich den Sonntag mehr oder weniger depressiv in meinem Bett verbrachte, entschloss ich mich am Montagmorgen dazu, Alex komplett aus meinem Leben zu streichen. Ich löschte seine Handynummer, alle Nachrichten, die er mir jemals geschrieben hat und ... ihn aus meinen Gedanken. Gut, letzteres war und ist noch immer nicht leicht, denn alles dreht sich um diesen Typen, der mich so mies behandelt hat. Warum kann ich ihn nicht einfach vergessen? Warum holt mein Unterbewusstsein ständig die schönen Situationen an die Oberfläche? Die Party an Silvester, bei der er mich spontan in der Küche seines Hauses gevögelt hat, den Wellnesstag im Hotel am Meer, an dem wir es verbotenerweise im Pool trieben oder auch das erneute Zusammentreffen vor knapp zwei Wochen. Ich würde so gerne einen Strich unter all das ziehen. Aber ich schaffe es nicht. Noch nicht. Fibi erklärt mir ständig, dass alles im Leben seine Zeit braucht. Das Lieben, das Vertrauen und auch das Vergessen. Natürlich hat sie Recht, aber ich bin doch so ungeduldig. Wenn es nach meinem Kopf ginge, dann hätte ich ihn schon lange vergessen und würde unbeschwert in die Zukunft schauen. Doch mein Herz sieht das anders. Egal, wie sehr ich versuche es zu ignorieren. Vielleicht wartet bereits irgendwo ein Mann auf mich und schenkt mir endlich die Liebe, die ich so dringend brauche und vermisse. Zu meiner eigenen Motivation schrieb ich am Sonntagabend ein Gedicht, das ich seitdem mit mir herumtrage. Vielleicht hilft es irgendwann...

****

Schließe für einen Moment deine Augen.
Dann sag' deinen Wunsch und lerne zu glauben,
dass alles kommt zur rechten Zeit,
scheint dein Weg auch manchmal weit.

Schließ' deine Augen und glaube daran,
dass sich im Leben alles ändern kann,
wenn es für uns dann richtig ist.
Drum hoff' ich, dass du nie vergisst:

Die Kraft, sie ist ganz tief in dir!
Schließ' deine Augen und glaube mir.
Sei das Licht und erhell' den Moment –
entzünde das Feuer, das tief in dir brennt.

Jetzt öffne die Augen und lächle dabei.
Fühle dich glücklich, geliebt und auch frei.
Lasse die Ängste und Zweifel nun gehen –
öffne die Augen und lerne zu sehen.

****

Als ich endlich in meinem Auto sitze und Richtung Meer fahre, verscheuche ich all die negativen Gedanken. Ja, alles kommt zum richtigen Zeitpunkt. Alles ist gut wie es ist, weil es eben ist wie es ist. Woher ich diese Zuversicht nehme, weiß ich nicht und doch ist sie ganz tief in mir. Ich drehe das Radio lauter, kurble die Fenster ein Stück herunter und lasse mir den Wind um die Nase wehen. »I wanna be free ... wild and free ...«, singe ich einen Song mit und genau so fühle ich mich auch. Kurz muss ich an

Fibi denken und wie sie jetzt fröhlich auf dem Beifahrersitz tanzen würde. Ein Lächeln huscht über meine Lippen. Als hätte sie es gespürt, klingelt in diesem Moment mein Smartphone und ich schalte die Freisprecheinrichtung ein.
»Hi, Fibi«, begrüße ich sie heiter.
»Hast du wieder bessere Laune, Herzchen?«
»Ja. Es wird langsam. Was gibt's? Bin gerade mitten auf der Autobahn.«
»Ich habe ein Date!«, kreischt sie ohne langes Vorgeplänkel in den Hörer. Ihre Stimme überschlägt sich beinahe bei diesen Worten und ich kann sie förmlich vor meinem inneren Auge durch die Wohnung hüpfen sehen.
»Was? Wie? Wer? Marc?« Ihre aufgedrehte Stimmung steckt mich an und ich rutsche unruhig auf meinem Sitz hin und her. Das wäre das erste Date seit so vielen Monaten der Abstinenz.
»Ja! Marc. Er will heute Abend vorbeikommen. Geil, was?«
»Zu dir in die Wohnung? Bist du sicher? Warum trefft ihr euch nicht lieber in einem Kaffee oder geht zusammen ins Kino? Neutraler Boden, sozusagen.«
»Weil er nicht so viel Zeit hat und ...Keine Ahnung. Er hat das vorgeschlagen. Oh Anja! Ich freu mich so.« Ihre Euphorie ist ansteckend. »Drück mir die Daumen, dass alles klappt, okay?«
»Klar. Wann kommt er denn?«, hake ich nach.
»Kurz nach zweiundzwanzig Uhr will er hier sein. Er hat Schichtdienst, weißt du? Oh! Ich bin so aufgeregt!« Im Hintergrund höre ich etwas scheppern und Fibi flucht ungeniert. »Hör zu Anja. Ich muss weitermachen. Die Bude soll doch einigermaßen sauber sein, wenn er kommt. Also zumindest das Schlafzimmer.« Sie lacht und ich stimme mit ein.
»Na, dann mach mal weiter und halte mich auf dem Laufenden, okay? Melde dich, wenn er wieder weg ist. Egal wann, hörst du?«
»Alles klar. Bis später«, stimmt sie zu und beendet das Gespräch. Ob das gut geht? Ich wünsche es ihr von Herzen.

Einige Möwen begleiten meine weitere Fahrt und kurz vor sechzehn Uhr erreiche ich mein Ziel. Wow! Ich bin schwer beeindruckt. Natürlich weiß ich ungefähr, was auf mich zukommt, da ich die Fotos sehr intensiv studiert habe, doch dieses Gebäude live zu sehen, übertrifft meine Erwartungen. Es steht, wie in den Unterlagen beschrieben, direkt hinter einer kleinen Düne am Strand, ist von einem weißen Zaun umgeben und genau das, was ich mir unter dem Begriff 'Traumhaus' vorstelle. Es hat knapp zweihundert Quadratmeter und einen riesigen Garten. Vom oberen Balkon kann man geradewegs aufs Meer blicken. Ich seufze auf. Wenn ich es mir leisten könnte, dann würde ich umgehend hier einziehen. Doch dieses Objekt liegt diesbezüglich in weiter Ferne. Natürlich ist das Haus meiner Großmutter, in dem ich nun lebe, auch nicht zu verachten, doch ist es nicht annähernd mit diesem Traum zu vergleichen. Noch habe ich eine gute Stunde Zeit, bevor Herr Dr. Helfsberg hier erscheinen wird. Wie er wohl aussieht? Irgendwie stelle ich mir einen älteren Herrn vor, der sich mit seiner Familie einen langersehnten Traum erfüllt. Vielleicht ist er auch alleinstehend? Nein, dafür ist es zu groß. Oder nicht? Womit er wohl sein Geld verdient? Ein Anwalt? Oder doch ein Arzt? Ein einfacher Hausarzt könnte sich diesen Traum nicht leisten, oder? Vielleicht hat er auch eine Erbschaft gemacht? Ich schüttle den Kopf und vertreibe diese fruchtlosen Gedanken. Mein Problem ist es schließlich nicht. Hauptsache er kauft es und ich kann meinem Chef den unterschriebenen Vertrag vorlegen. Mehr will ich nicht.

Wie in meinen Tagträumen betrete ich das Grundstück durch den Garten, schließe die Eingangstür auf und stehe in einem lichtdurchfluteten Flur. Es ist noch viel schöner als gedacht. Ich nehme die Atmosphäre in mir auf, inspiziere alle Räume und gehe über die Treppe ins Obergeschoss. Hier befindet sich das Herzstück des Objekts. Der große Raum mit dem Panoramafenster und dem wundervollen Balkon. Gedanklich richte ich diesen Raum so ein, wie ich es täte, würde ich hier wohnen und ein sehnsuchtsvolles Lächeln umspielt meine Lippen. Gerade als ich die Flügeltüren öffne und auf den Balkon

hinaustrete, um das Glitzern der Wellen zu betrachten, die sich optisch durch die nachmittägliche Sonne in flüssiges Gold verwandelt haben, klingelt mein Smartphone. Ob das der Doktor ist, der absagen will? Oh bitte nicht. Mit zittrigen Fingern krame ich das Telefon hervor und drücke auf den grünen Knopf.
»Anja Leger, guten Tag«, melde ich mich in seriösem Tonfall, doch am anderen Ende herrscht Schweigen. Hat sich etwa jemand verwählt? Ich blicke auf das Display, um die Nummer zu identifizieren, doch diese ist unterdrückt. Unbekannt.
»Hallo? Ist da jemand?« Ich höre ein tiefes Atmen und eine Gänsehaut macht sich auf meinem Rücken breit. Soll das ein Scherz sein? Gerade als ich auflegen will, erkenne ich die sonore Stimme, die nur ein Wort sagt: »Anja ...«
»Alex!«
»Hi. Wie geht's dir?« Seine Stimme klingt gepresst und in meinem Magen grummelt es. Freude oder Stress? Ich bin mir noch nicht ganz sicher.
»Danke. Gut.« Meine Antworten fallen kurz aus. Ich bin genervt. Was will er? Jetzt, nach einer Woche!
»Ich ...Was machst du gerade?«
»Arbeiten.«
»Wo denn? Im Büro? Wann hast du Feierabend?«
»Nein.« Stille. Soll ich ihm wirklich sagen, wo ich bin? Was zum Teufel möchte er von mir? Da ich von Natur aus ein sehr neugieriger Mensch bin, schalte ich meine Wut eine Stufe herunter und versuche mich zu entspannen.
»Ich bin am Meer. Gleich kommt ein Kunde, dem ich ein Haus zeigen soll. Das erste Mal allein. Bin etwas nervös.«
»Ach so«, seufzt Alex und ich merke, wie auch seine Spannung nachlässt. »Dann will ich dich nicht länger stören.«
»Du störst nicht.« Na toll. Habe ich das jetzt wirklich gesagt? Warum lege ich nicht einfach auf? Ich will ihn nicht mehr hören. Oder doch? Warum sind Menschen so kompliziert? Oder bilde ich eine Ausnahme? Bin nur ich so verrückt?
»Das freut mich zu hören, Anja. Wann hast du denn Feierabend? Ich würde, also ...« Alex stottert wie ein

kleiner Junge. Irgendwie niedlich. Scheinbar hat er bemerkt, dass er einen Fehler gemacht hat. Ob er sich entschuldigen will? Endlich? Ich schüttle innerlich den Kopf. Alex? Niemals! Dafür ist dieser Typ viel zu stolz.
»Ich weiß noch nicht genau. Eigentlich wollte ich später meine Schwester Rosa besuchen. Denke, der Termin wird nicht allzu lange dauern. Warum?«
»Ich würde dich gerne sehen, Anja. Hast du ... also würdest du ... Verdammt ist das schwer! Also ich meine ... Können wir uns treffen? Gegen neunzehn Uhr? Ich würde zu dir kommen. Ans Meer. Was sagst du?«
»Und dann? Was willst du?«
»Mich entschu ...«, er stockt, schluckt und räuspert sich, bevor er fortfährt, »also ich würde gerne mit dir reden.« Wollte Alex eben sagen, dass er sich entschuldigen will, oder ...? Kann eigentlich nicht sein. Und doch habe ich das Gefühl. Ein Lächeln schleicht sich auf meine Lippen. Hat er es endlich kapiert? Hat er verstanden, dass man so nicht mit mir umspringen kann? Hat er vielleicht sogar vor, sich von Emma zu trennen und zu mir zu kommen? Würde ich das wollen? Ach du Schande! In meinem Kopf dreht sich alles und mein Magen rebelliert nun völlig. Was ist, wenn er mir seine Liebe gesteht? Wenn ich doch mehr für ihn bin als nur eine Freundin? Will ich das? Ihn? Wirklich?
»Anja? Bist du noch dran?« Ich zucke zusammen und erinnere mich daran, dass ich noch immer das Telefon an mein Ohr gedrückt halte.
»Ähm, klar bin ich noch da. Ja. Lass uns treffen. Wann und wo?«
»Am Strand. In der Nähe von ... Ach was, ich schicke dir die Adresse per Nachricht, okay?«
»Ist gut. Bis später.«
»Bis später, Liebes. Und, Anja ...?«
»Hmm?«
»Ich freu mich auf dich. Ehrlich.« Mit diesen Worten unterbricht er die Verbindung und ich lasse das Telefon sinken. HILFE! Auf was lasse ich mich da ein? Ich wollte doch ... ich sollte doch ... Meine Hände zittern und mir ist schlecht. Endgültig.

»Guten Tag, Herr Dr. Helfsberg. Schön, dass Sie so pünktlich sind. Gehen wir gleich rein? Dann zeige ich Ihnen dieses Schmuckstück von innen oder wollen Sie zuerst den Garten sehen?« Ich stehe vor dem Haus, habe mich wieder etwas beruhigt und strecke meinem Klienten die Hand entgegen, um ihn zu begrüßen. Hoffentlich merkt er nicht, wie sie zittert.
»Moin, Frau Leger. Ich freue mich auch, dass alles so gut geklappt hat. Ja, lassen Sie uns gleich reingehen. Ich bin schon so neugierig.« Ich halte die Eingangstür auf und lasse den jungen Mann vorgehen. Dr. Helfsberg sieht komplett anders aus, als ich ihn mir vorgestellt habe. Er ist groß, hat kurze, gepflegte Haare, die bereits ergraut sind, und einen kleinen Bauch. Er trägt eine Jeans, die seinen wohlgeformten Hintern gut zur Geltung bringen, wie ich auf den ersten Blick bemerke, und ein legeres, weißes Hemd, sowie sportliche Markenturnschuhe. An seinem rechten Handgelenk entdecke ich zwei blaue Bänder, die aussehen wie selbstgemacht und ein Lederband. Am linken prangt eine teure Uhr in Stahl-Gold. Sein Duft, der mich sofort umhüllt, lässt mich an Sonne, Strand und Meer denken. Irgendwas mit einer leichten Zitrusnote. Ganz egal was, es riecht fantastisch und der Typ ist mir auf Anhieb sympathisch. Lächelnd folge ich ihm ins Erdgeschoss, zeige ihm jedes einzelne Zimmer und merke, wie er sich Stück für Stück in dieses Haus verliebt. Er wirkt glücklich und entspannt. Meine Nervosität ist komplett verflogen und das Lächeln auf seinen Lippen, das er mir immer wieder zuwirft, ist echt. Es erreicht seine tiefblauen Augen, die mich spontan ans Meer erinnern, und macht die Lachfältchen drumherum sichtbar. Ob er wohl vergeben ist? Die Bändchen, die er am Handgelenk trägt, lassen es mich vermuten. Wahrscheinlich von seiner Tochter. Aber ich sehe keinen Ehering. Auch nicht den Abdruck eines solchen. Muss nichts heißen. Mein Vater hat auch keinen Ring am Finger, obwohl er mit meiner Mutter schon so lange verheiratet ist. Mama hat ihm den Ring bereits am Tag der Hochzeit wieder weggenommen und ins Schmuckkästchen gelegt.

»Da ist er sicherer, als bei dir«, sagte sie damals zu ihm, nachdem er gedankenverloren damit spielte, er ihm entglitt und unter das Sofa rollte. Hat sie mir mal irgendwann erzählt und in diesem Moment muss ich daran denken. Ein Ring ist also kein Beweis.
»Wirklich wundervoll das Haus, Frau Leger. Ich glaube, ich habe mich ein bisschen verliebt.«
»Was? Wer?« Ich reiße meine Augen auf und ganz langsam sickert durch, dass er nicht mich, sondern das Gebäude meint. Ups. Wie peinlich. Meine Wangen verfärben sich rot und, wenn ich könnte, wie mir gerade zumute ist, dann würde ich mir mit der flachen Hand an die Stirn schlagen. Geht natürlich nicht. »Ach so, ja. Ich finde das Haus auch fantastisch«, stimme ich ihm schnell zu und grinse schief. Hoffentlich hat er meinen Fehler nicht bemerkt. Schnell drehe ich mich herum und gehe auf die Treppe zu, die ins Obergeschoss führt. »Kommen Sie, Herr Dr. Helfsberg. Das Beste haben Sie noch nicht gesehen«, fordere ich ihn auf und er lächelt charmant. Seine Augen leuchten förmlich.
»Doch. Ich glaube schon. Aber ich lasse mich gerne überraschen, was Sie mir so zu bieten haben.« Ein leises Lachen rutscht über seine Lippen und ich erröte noch mehr. Flirtet er etwa mit mir? Finde ich das jetzt gut oder nicht? Wieder ein verheirateter Mann der mich will? Nein danke. Davon habe ich eindeutig die Nase voll. Ein wenig zu schnell drehe ich mich herum und stöckle vor ihm die Treppe hinauf. *Sei nicht so zickig! Das ist unprofessionell! Du willst die Hütte schließlich verkaufen!* Meine innere Stimme schreit mich an und ich nicke ihr im Geiste zu. Also heißt es zusammenreißen und gute Miene machen. Ein bisschen flirten kann schließlich nicht schaden. Soll bekanntlich verkaufsfördernd sein. Vielleicht sollte ich ihn einfach fragen, ob er mit seiner Frau hier einziehen will? Das wäre naheliegend.
»Sehen Sie? Hier oben könnte das Schlafzimmer liegen. Gleich neben dem Badezimmer. Es ist lichtdurchflutet und vom Balkon aus kann man das Meer perfekt sehen.« Ich durchschreite den großen Raum und öffne die Flügeltüren des Balkons. Die Aussicht ist wirklich perfekt.

»Ja. Man könnte hier aber auch ein Lesezimmer einrichten. Und das Schlafzimmer im hinteren Bereich wählen.«
»Ein Lesezimmer?« Ich drehe mich abrupt herum. »So etwas schwebt Ihnen vor?« Er nickt. Kann dieser Mann meine Gedanken lesen?
»Genau. Dort hinten an der Wand ein großes Bücherregal...«
»... und hier einen bequemen, ledernen Sessel«, werfe ich ein.
»Unbedingt. Und hier, bei dem Kamin«, er zeigt auf die Stelle, die in der Mitte des großen Raums integriert ist, »einen weichen Hochflorteppich. Vielleicht in hellem Braun.« Ich nicke begeistert.
»Und dann noch einen hölzernen Beistelltisch, vielleicht sogar mit Glasplatte, zum Ablegen der Bücher, eine stylische, gebogene Stehlampe, eine kleine Bar dort drüben, an der man sich seine Getränke holen kann und ...« Meine Wangen glühen vor Aufregung und ich sehe ihn aus den Augenwinkeln lächeln. Ups. Okay, das war nicht sehr professionell. Aber wenn ich doch so empfinde...
»Ich sehe schon, wir verstehen uns«, flüstert er mit rauer Stimme, geht geschmeidig auf mich zu und eine Gänsehaut der besonderen Art krabbelt meinen Rücken entlang. Mein Herz rast und die Nervosität ist zurück. Ganz toll. Was soll ich denn jetzt machen? Mein Körper reagiert auf diesen fremden Mann. Habe ich denn wirklich nichts, aber auch gar nichts, dazu gelernt? Ich seufze innerlich auf und schenke ihm ein professionelles Lächeln. Nur nichts anmerken lassen.
»Darf ich Ihnen jetzt noch den wundervollen Balkon und die restlichen Zimmer zeigen?«, versuche ich abzulenken und streiche mir unbewusst mein kurzes, sommerliches Kleid mit den bunten Schmetterlingen glatt. Heute Morgen, als ich nach einem passenden Outfit suchte, wählte ich dieses ganz bewusst aus. Mein Chef bat mich schließlich, die Waffen einer Frau einzusetzen. Zumindest indirekt. Dass sie gleich so gut funktionieren, damit habe ich nicht gerechnet. Er nickt und lächelt noch ein wenig mehr. Die Fältchen um seine Augen faszinieren

113

mich ungemein. Daran erkennt man doch, dass er in seinem bisherigen Leben viel gelacht hat, oder? Er ist also ein fröhlicher Mensch. Warum mache ich mir so viele Gedanken um ihn?!? Er ist doch verheiratet! Oder nicht? Ich sollte ihn wirklich fragen, bevor ich mir weiter den Kopf zerbreche ... doch ich trau mich ganz einfach nicht. Ich habe schlicht Angst vor der Antwort.

»Danke für Ihre Führung«, sagt Dr. Helfsberg und reicht mir seine Hand. Sie fühlt sich weich und zugleich stark an. Wie wäre es wohl, wenn ... *NEIN! Hör auf damit, Anja!* Meine innere Stimme brüllt mich wütend an und ich verdränge den Gedanken, wie es wohl wäre, wenn er mich zärtlich berührt, in die hinterste Ecke.

»Haben Sie sich denn bereits entschieden, ob Sie hier einziehen wollen?«, frage ich stattdessen und zu meinem Erstaunen nickt er heftig.

»Oh ja. Habe ich. Ich nehme es! Es ist das Schönste, was ich bisher gesehen habe. Und Sie haben es so wundervoll präsentiert, da kann ich gar nicht nein sagen.« Er zwinkert mir zu und ich strahle ihn an.

»Das freut mich sehr. Das Haus ist wirklich ein Traum. Selbst ich würde, also ich meine ...«, stottere ich und mein Herz flattert. Geht ihn gar nichts an, dass ich hier einziehen würde, wenn ich könnte. Nachdem ich mich geräuspert habe, fahre ich in gespielt professionellem Tonfall fort: »Dann gebe ich meinem Chef Bescheid und unsere Agentur macht die Verträge fertig. Sobald alles Rechtliche geklärt ist, bekommen Sie Post. Ist Ihnen das so recht?«

»Alles, was Sie wollen.« Na super. Diese Antwort hilft mir ungemein. Wie soll ich denn professionell sein, wenn er in einer Tour mit mir flirtet. Aber immerhin habe ich damit den ersten Abschluss in der Tasche. Ich fühle mich als Heldin des Tages.

»Würden Sie mir die Freude machen und noch etwas mit mir Trinken gehen?« Wir stehen vor dem Haus und ich habe gerade zugesperrt. Was soll ich sagen? Klar will ich. Nichts lieber als das. Und doch ...

»Nein. Leider nicht. Ich habe noch eine Verabredung. Ein anderes Mal aber sehr gerne«, vertröste ich ihn und

könnte mir selber in den Hintern beißen. Bei einem Drink hätte ich erfahren können, ob er vergeben ist oder nicht. Verdammt. Warum nur habe ich Alex zugesagt? Ob ich das Treffen mit ihm verschieben sollte? Doch allein bei dem Gedanken kribbelt es in meinem Unterleib. Nein. Ich will endlich erfahren, was er mir zu sagen hat. Eventuell ist es mir bald egal, ob der Herr Doktor solo ist oder nicht.
»Sehr gerne, Frau Leger. Ich freue mich schon jetzt darauf. Vielleicht klappt es nächste Woche?«
»Vielleicht«, lächle ich unverbindlich, reiche ihm kurz meine Hand zum Abschied, drehe mich herum und lasse das Traumhaus sowie den Doktor hinter mir.

»Schön, dass du kommst, meine Liebe. Ich hatte schon Angst, dass du es dir anders überlegen könntest.« Alex sitzt auf einer karierten Decke am Fuße einer Düne, springt auf, als er mich erblickt und reißt mich stürmisch in seine Arme. Der Duft seines Aftershaves umhüllt mich und meine Nervosität, die ich bis eben noch verspürte, verfliegt. »Setz dich zu mir«, fordert er mich auf, lässt sich auf seine Decke zurücksinken und klopft neben sich. Ich entdecke einen geflochtenen Korb sowie eine Flasche Wein und zwei Gläser. Oha. Ein romantisches Picknick also? Ein kleines Lagerfeuer brennt in unmittelbarer Nähe und ich bin ehrlich beeindruckt. Eigentlich ist es recht warm, die Sonne strahlt noch immer von einem wolkenlosen, blauen Himmel, aber ein Feuer geht immer, finde ich. Das ist so gemütlich.
»Darf man hier überhaupt Feuer machen?«, frage ich Alex neugierig, während ich mich setze. Okay, das ist die dümmste Frage, die ich in diesem Moment stellen kann, aber es interessiert mich einfach.
»Ach Anja«, lacht er, legt seinen Arm um mich und zieht mich zu sich heran. »Wen interessiert schon, was man hier darf und was nicht. Seit wann halten wir uns denn an die Regeln? Man darf so vieles im Leben nicht und wir tun es trotzdem.« Er küsst mich zärtlich auf den Hals, lässt seine Hände wie selbstverständlich über meinen Körper wandern und löscht damit die bohrenden Fragen in meinem Kopf, die mich schon so lange quälen, fast

vollständig aus. So war das nicht geplant. Ich wollte doch mit ihm reden, wollte sauer auf ihn sein, weil er mich so behandelt hat am letzten Wochenende, wollte ... Aber ich schaffe es einfach nicht.

»Ich will dich, meine süße, kleine Anja. Jetzt und hier. Lass uns etwas Verbotenes tun«, flüstert er mir ins Ohr, dreht meinen Kopf zu sich herum und legt seine Lippen auf meine. Ich kann diesem Mann einfach nicht widerstehen und öffne meinen Mund für ihn. Verlangend dringt er in mich ein, drückt mich ein wenig zurück und einen Augenblick später liege ich auf der weichen Decke. Er hat sich seitlich neben mir ausgestreckt und blickt mich herausfordernd an.

»Ich bin so scharf auf dich, das glaubst du gar nicht«, raunt er mir zu, doch ich drehe mich ein Stückchen weg. Er weiß ganz genau, was er machen und wie er mich berühren muss. Aber ich will nicht mehr sein williges Opfer sein. Auch wenn mein Körper eine andere Sprache spricht. Ich will erst reden! Mein blutendes Herz kämpft gegen mein schmerzendes Verlangen nach ihm einen erbitterten Kampf, doch ich muss zuerst wissen, wie er zu mir steht.

»Sollten wir nicht zuerst einen Schluck trinken? Ich hätte nämlich Durst.« Er lacht amüsiert auf, greift nach der Flasche und den Gläsern und schenkt uns ein. Dann reicht er mir eines und prostet mir zu.

»Ganz wie du willst. Trinken wir auf das Leben, die Liebe und auf die verrückten Ideen, die ich nur mit dir ausleben kann. Prost, Anja.« Ich setze mich etwas auf und nippe schweigend, während er sein Glas in einem Zug leert. In einer fließenden Bewegung und ohne, dass ich etwas ändern kann, nimmt er mir mein fast volles Glas wieder ab, stellt es sicher in den weichen Sand und drückt mich erneut zu Boden, um gierig den Saum meines Kleides nach oben zu schieben, meine Beine auseinander zu drücken und mit den Fingerspitzen über mein weißes Höschen zu streichen.

»Gut, dass du nur Kleider trägst. Das erleichtert einiges«, lacht er dunkel und in seinen eisblauen Augen funkelt es lüstern. In diesem Moment nehme ich mir vor wieder Hosen zu tragen. Schluss mit den Kleidchen!

»Alex, ich«, beginne ich erneut mich zu wehren, doch er lässt mir keine Chance. Gekonnt zieht er flink meinen Slip nach unten, spreizt gleichzeitig meine Beine noch weiter auseinander und ist bereits über mir, bevor ich auch nur einen klaren Gedanken fassen kann. Wie ein hilfloser Käfer liege ich auf dem Rücken und kann mich nicht bewegen. Seine Lippen wandern über meinen Bauch bis hinunter zu meiner Scham und seine Zunge findet auf Anhieb meine feuchte Perle. Mein Widerstand ist gebrochen und die Lust gewinnt die Oberhand. Alle drängenden Fragen lösen sich in Luft auf. Ich kann und will mich nicht wehren. Ich will ihn. Wie immer. Leidenschaftlich greife ich in seine Haare und schließe genüsslich die Augen. Was genau er dort unten macht, kann ich nicht sagen, doch es erregt mich so sehr, dass ich lustvoll aufstöhne. Das Kleid, das ich noch immer trage, nervt und ich richte mich etwas auf, streife es über meinen Kopf und Alex blickt hoch. Sein Mund glänzt feucht und er grinst spöttisch.
»Ich will dich auch spüren. Zieh dein Hemd aus«, befehle ich ihm und zerre an dem blauen Stoff, bis es achtlos im Sand landet. Mit meinen Fingerspitzen streiche ich über jeden Muskel seines Oberkörpers, während er sich halb über mir und noch immer zwischen meinen Beinen befindet. Die feuchte Spur, die er hinterlassen hat, beginnt plötzlich zu jucken und ich fahre mit meinen Fingern darüber. Sand. In meinem Mund, zwischen meinen Beinen, einfach überall habe ich diese feinen Körner. Wer hat eigentlich gesagt, dass Sex am Strand so romantisch ist? Doch ich will mich in diesem Augenblick nicht beschweren und versuche das Jucken auszublenden.
»Nimm mich. Jetzt«, bettle ich, bevor mein Verstand, der langsam zurückkehrt, die Oberhand gewinnt.
»Ganz wie du willst«, raunt Alex keuchend, drückt meine Beine noch weiter auseinander und hebt sie über meinen Kopf. Halb aufgerichtet dringt er kraftvoll in mich ein und ich spüre seine pralle Männlichkeit tief in mir. Wäre da nur nicht der Sand gewesen. Ich fühle mich, als würde feines Schleifpapier meine feuchte Höhle bearbeiten. Ist er so geil, dass er die Schmerzen nicht

spürt? Oder erregt ihn gerade das? Ich öffne die Augen einen Spalt und sehe den schwitzenden Körper von Alex über mir, der sich wahrlich abrackert. Die Stöße werden immer härter, sein Gesicht glänzt feucht und er japst nach Luft. Ist er bald soweit? Meine Lust ist komplett verflogen, die Gedanken sind zurück. Noch nie zuvor habe ich so sehr gehofft, dass es bald vorbei ist. Auf einmal ekelt mich dieser Anblick regelrecht an. Warum nur? Meine Fantasie macht sich selbstständig und ich sehe Emma und Alex im Schlafzimmer. Ich sehe ihn auf ihr und in meinem Magen beginnt es zu rebellieren. Was zum Teufel tue ich hier? Ich will das alles nicht mehr. Ich will einen Mann der mich liebt, der mich versteht, der mich glücklich macht und keinen notgeilen Typen, der sich an mir befriedigt. Es ist, als würde sich in diesem Moment ein Schalter umlegen und all meine Sehnsucht nach diesem Mann fällt von mir ab. Gibt es sowas? Ich weiß es nicht und doch ist es so. Ich blicke in den blauen Himmel und sehe ein paar Möwen, die über unseren Köpfen kreisen. Ich höre das Knistern des Lagerfeuers, vermischt mit der Schnappatmung des Mannes über mir und rieche das Meer. Alex' Bewegungen werden immer schneller, bis er endlich seinen Samen in mich ergießt. Was für ein Glück. Es ist vorbei. Für immer. Befriedigt bricht er über mir zusammen und ich rolle mich unter ihm hinweg.
»Ich gehe mal eben zum Wasser«, teile ich ihm mit, als er mich verstört anschaut. Flink streife ich mir mein Kleid über und nach wenigen Metern betrete ich das Meer. Es ist kühl, aber nicht kalt. Ich will mich waschen, versuchen sein Sperma von und aus mir zu entfernen. Wie gerne hätte ich jetzt eine heiße Dusche gehabt.
Meine 'Badezeremonie' dauert nicht lange. Ich fühle mich zwar noch immer klebrig, aber es ist ein wenig besser. Als ich zur Decke zurückkomme, lasse ich mich fallen, greife nach der Flasche und trinke einen großen Schluck Rotwein. Ohne Glas. Alex wirft mir einen amüsierten Blick zu und legt seine Hand auf meinen Unterschenkel. Ruckartig ziehe ich ihn weg und aus seinem Grinsen wird ein fragender Blick.

»Alles okay? Ist irgendwas? Hat es dir nicht gefallen?«
Allein schon diese Frage regt mich auf. Er hat noch nicht einmal bemerkt, dass das Vergnügen nur einseitig war? Was für ein Idiot!
»Nichts ist in Ordnung, Alex. Hör zu. Ich will das alles nicht mehr. Verstehst du? Ich will und werde nicht länger dein 'Fickhäschen' sein. Wenn du es so dringend nötig hast, dann such dir eine andere Dumme, die es mit dir treibt. Oder du wendest dich gleich an deine Ehefrau. Wäre doch mal eine sinnvolle Alternative, oder?« Seine Augen werden groß und er starrt mich entgeistert an.
»Wie ... wie meinst du das? Was soll das heißen? Ich brauche dich doch, Anja. Ich ...«
»Ach hör doch auf. Du brauchst nicht mich, sondern eine Frau, die für dich die Beine breit macht. Ich war so dumm. Bis jetzt. Ich frage mich ernsthaft, wie ich das bisher übersehen konnte. Aber jetzt ist Schluss damit. Es reicht!«
»Aber Anja ... Wenn .... also wenn du denkst, ich habe keinen Sex mit meiner Frau, also wenn es das ist, was dich bedrückt, dann täuschst du dich. Wir üben schon seit Monaten für ein gemeinsames Kind. Es hat halt nur noch nicht geklappt«, versucht er sich stotternd zu erklären, fährt sich nervös mit der Hand durch die Haare und richtet sich auf. Eigentlich sollte er nun wütend auf mich sein, doch ich sehe nur Trauer und Verzweiflung in seinem Blick. Ich hingegen bin so geladen, dass seine Worte nur tröpfchenweise in mein Gehirn sickern. Bitte was? Er will mit Emma ein Kind? Und weil es mit ihr nicht so gut klappt, treibt er es mit mir? Das wird ja immer schöner.
»Vielleicht solltest du deinen Samen für deine Frau und euer Projekt aufheben und ihn nicht mit mir verschwenden«, schieße ich einen giftigen Pfeil nach dem anderen auf ihn ab und er sieht aus wie ein verwundetes Tier. Ich will mir das Drama nicht länger antun, stehe auf, schlüpfe in mein nicht mehr ganz so weißes Höschen und greife nach meinen Schuhen.
»Ruf mich nie wieder an. Hast du verstanden? Es ist aus! Schluss! Lebe dein Leben ohne mich. Fick wen immer du willst, aber halte dich aus meinem Leben raus.«

Wutschnaubend stapfe ich durch den Sand und Tränen rinnen an meinen Wangen hinunter. In meinem Inneren herrscht ein Sturm der unterschiedlichsten Gefühle. Einerseits bereue ich meinen überstürzten Abgang bereits, denn Alex tut mir leid, wenn ich an seine traurigen, verständnislosen Augen denke. Er hat wirklich nichts begriffen. Andererseits will ich das endlich abschließen und alles hinter mir lassen, was mit dieser Affäre zu tun hat. Ein leichter Wind verfängt sich in meinem Kleid und erneut klebt überall Sand auf meinem Körper. Selbst in den tränennassen Augen.
»Anja! Warte! Das kannst du mir nicht antun!« Ich höre Alex' wütende Stimme hinter mir und versuche noch ein wenig schneller zu gehen. Rennen ist auf dem weichen Sand unmöglich.
»Lass mich in Ruhe!«, brülle ich verzweifelt, ohne mich herumzudrehen. Der Weg zu meinem Auto ist noch ein gutes Stück und ich habe Angst, dass er mich erreicht. Er soll meine Tränen nicht sehen. Er soll gar nichts mehr von mir sehen. Wie durch einen Schleier starre ich auf den Sand vor mir und erkenne in einiger Entfernung das Schild zum Parkplatz. Gleich habe ich es geschafft.
»Anja! Verdammt! Rede mit mir. Was habe ich dir denn getan? Warum?« Alex hat mich nun doch erreicht und hält mich am Arm zurück. Beinahe hätte ich es geschafft.
»Reden? So plötzlich? Nein. Das kannst du vergessen!« Hasserfüllt starre ich ihn an. »Lass mich endlich in Ruhe, habe ich gesagt! Ich will gar nichts mehr von dir. Verschwinde aus meinem Leben und mach Emma ein Baby. Dann seid ihr endlich eine kleine, glückliche Familie«, schleudere ich ihm entgegen.
»Aber ich«, beginnt Alex von Neuem und sein Griff um meinen Arm wird immer fester. »Ich will dich nicht gehen lassen. Du gehörst doch zu mir! Ich brauche dich doch. Anja! Ich werde ...«
»Lass los! Du tust mir weh«, quieke ich und nun rinnen mir erneut Tränen über die Wangen. Dieses Mal allerdings vor Wut und Schmerz.
»Haben Sie nicht verstanden? Die Lady will nicht festgehalten werden. Loslassen. Sofort!« Die drohende Stimme, die hinter mir ertönt kenne ich. Aber wie ...?

Alex lässt augenblicklich meinen Arm los und ich kann mich herumdrehen. Vor mir steht Dr. Helfsberg und funkelt Alex wütend an. Seine Stimme ist nicht laut, dafür aber schneidend wie kalter Ostwind. Fast zärtlich schiebt er mich hinter seinen Rücken und steht nun zwischen mir und Alex.
»Aber ich«, beginnt Alex sich zu verteidigen, doch der Herr Doktor unterbricht ihn barsch.
»Sie haben gehört, was die Dame gesagt hat. Und ich glaube, Sie haben es auch verstanden. Oder muss ich es Ihnen erklären?« Alex schluckt hörbar, fährt sich mit der Hand, mit der er mich eben noch festhielt, durch die zerzausten Haare und strafft sich. Die Atmosphäre knistert und ich zittere innerlich. Mein Herz rast und ich habe das Gefühl, als sehe ich zwei zähnefletschende Rüden vor mir. Wer wohl eher den Schwanz einzieht? Oder ob sie sich prügeln? Wegen mir? Ich kann den Blick nicht abwenden. Sekundenlang starren sich beide in die Augen, bevor Alex den Mund aufmacht und knurrend sagt: »Alles klar, Anja. Du willst mich nicht mehr? Habe ich verstanden. Ist das dein neuer Lover? Ja? Ist er besser als ich? Hat er einen größeren Schwanz? Dann leck mich doch, du Hure und verpiss dich!« Jede Farbe weicht aus meinem Gesicht und bittere Galle schießt in meinen Mund. Ich fürchte, ich muss mich gleich übergeben.
»Ich glaube, Sie sollten jetzt besser gehen«, zischt Dr. Helfsberg, ohne sich auch nur einen Millimeter zu bewegen. Zitternd stehe ich hinter dem breiten Rücken meines Retters und hoffe inständig, dass bald alles vorüber ist.
Scheinbar wurde mein Flehen erhört, denn Alex dreht sich wütend herum und stapft den Sandweg zurück. Zurück zu seinem Feuer, seiner Decke und aus meinem Leben. Ich blicke ihm noch einige Sekunden hinterher, bevor ich mich erleichtert abwende. Noch immer zittere ich am ganzen Leib, aber die Übelkeit ist verschwunden.
»Alles klar?« Herr Doktor berührt mich sanft an meinem Arm und ich hebe den Blick, um in seinen tiefblauen Augen zu versinken, in denen ich aufrichtige Besorgnis erkenne.

»Danke, geht schon wieder«, antworte ich ihm leise, nachdem ich mich geräuspert habe.
»Nichts zu danken«. Er zwinkert mir zu, entspannt sich sichtlich und sein Lächeln, das er mir schenkt, ist atemberaubend. »Wollen wir uns noch ein wenig auf die Bank setzen? Ich glaube, Sie brauchen einen Moment zum Durchatmen, stimmt's?« Ich kann nur nicken und folge ihm. Gemeinsam setzten wir uns auf eine hölzerne Bank und beobachten das Meer. Einige Minuten sagt keiner von uns ein Wort und jeder hängt seinen eigenen Gedanken nach. Die Ruhe tut mir gut und ganz langsam lassen das Zittern und das Herzrasen nach. Nun ist das Thema Alex hoffentlich beendet.
»Vielen Dank noch einmal«, beginne ich leise und wende mich ihm zu. »Ich wüsste wirklich nicht, was ich ohne Ihre Hilfe getan hätte, Herr Helfsberg«, füge ich hinzu, betone die erste Hälfte seines Nachnamens und grinse verschmitzt. »Bei Ihnen ist der Name wohl auch Programm, was?« Den Witz kann ich mir einfach nicht verkneifen und irgendwie möchte ich ein Gespräch in Gang bringen. Ich will mehr über diesen Mann erfahren.
»Na klar«, grinst er zurück. »Wenn man schon so heißt, dann fällt die Berufswahl nicht schwer. Selbst meinen Vater und meinen Großvater hat das Schicksal nicht verschont.« Wir lachen gemeinsam und alles ist gut. So gut wie schon lange nicht mehr.
Am Horizont beginnt die Sonne langsam zu sinken, kleine Wölkchen ziehen träge dahin und einige Möwen ziehen kreischend ihre Bahnen auf der Suche nach Futter. Es ist wie auf einer Postkarte, wie in einem Film oder in einem der kitschigen Liebesromane, die ich so gerne lese. Die Welt könnte in diesem Moment aufhören sich zu drehen.
»Wie heißen Sie eigentlich vorne rum? Also ich meine mit Vornamen?«, frage ich neugierig.
»Markus.«
»Nein, ich frage jetzt nicht, ob auch da der Name Programm ist«, antworte ich spontan und Markus wirft mir einen belustigten Blick zu.
»Man könnte es doch herausfinden«, entgegnet er schelmisch und das Blut steigt sprunghaft in meine

Wangen. Eigentor würde ich sagen. Klasse, Anja. Wobei, wenn ich es mir so recht überlege, wäre küssen wirklich eine Option.
»Und wie heißen Sie, Frau Leger?«
»Anja. Ganz unspektakulär.«
»Wollen wir uns duzen? Also ich meine rein privat natürlich. Ich glaube aber, dass es sich leichter reden lässt, wenn man das Sie vergisst«, schlägt er etwas schüchtern vor.
»Sehe ich genauso«, stimme ich ihm zu und reiche ihm meine Hand. »Hallo Markus. Ich bin die Anja«, kichere ich und Herr Doktor greift zu.
»Hi Anja. Schön dich kennenzulernen.« In seinen Augen spiegelt sich die untergehende Sonne und erwärmt mein Herz. Erwärmen? Wenn ich nicht gleich meine Hand wiederbekomme, dann stehe ich in wenigen Sekunden in Flammen. Noch immer hält er meine Finger fest und streicht wie zufällig über die Innenfläche meines Handgelenks. Ein wohliger Schauer läuft über meinen Rücken und eine Gänsehaut lässt meine Härchen auf den Armen stramm stehen.
»Frierst du?« Markus blickt besorgt auf meinen Unterarm, lässt meine Hand los und streift sich seine Jeansjacke ab. Behutsam legt er sie mir um die Schultern und ich bin ihm erneut dankbar. Was für ein aufmerksamer Mann.
»Danke.«
»Nun hör aber auf, Anja. So oft habe ich das Wort noch nie gehört. Ich meine in so kurzer Zeit.« Er grinst. »Ist doch selbstverständlich, dass ich eine junge, hübsche Dame nicht frieren lasse. Der Wind wird auch kühler, habe ich den Eindruck.« Dieser Typ raubt mir meinen Verstand. Unfassbar.

Knapp eine Stunde verbringen wir auf dieser Bank am Strand und unterhalten uns über Gott und die Welt. Ich erfahre, dass er eine Erbschaft gemacht hat und dieses Haus davon kaufen will. Er erzählt, dass er verheiratet war und eine pubertierende Tochter mit vierzehn Jahren hat, die ihn regelmäßig besucht. War? Fantastisch! Nicht verheiratet. Was bin ich froh!

»Ach, von ihr hast du die beiden Armbändchen?«, frage ich nach.
»Ja. Ich habe sie zu meinem vierzigsten Geburtstag vor ein paar Wochen bekommen und noch nie abgelegt. Meine Tochter Biggi sagt, dass wenn sie von alleine aufgehen, man einen Wunsch frei hat. Ich vertraue ihr da. Wobei ich hoffe, dass der Wunsch auch so in Erfüllung geht.«
»Ich will ja nicht neugierig sein, aber ...«
»Du willst wissen, was ich mir gewünscht habe? Das wiederum darf ich nicht verraten. Sagt zumindest Biggi.« Er strahlt mich an und ich muss kichern.
»Na, wenn sie das sagt, dann wird es stimmen. Töchter haben in diesen Belangen oft recht.«
»Hast du Kinder?«
»Nein. Aber einen Neffen. Meine Schwester hat einen Sohn, der ... Ach verdammt! Rosa!« Siedend heiß fällt mir ein, dass ich mich mit meiner Schwester treffen wollte. Das habe ich vollkommen vergessen. Aber es wundert mich nicht wirklich, bei dem Stress.
»Ich muss mal eben telefonieren«, entschuldige ich mich bei Markus.
»Natürlich. Wenn du keine Zeit mehr hast, dann können wir aber auch ...«
»Nein!« Gut, das kam wirklich etwas sehr schnell. Erneut erröte ich. »Ich meine, also ich würde gerne noch etwas mit dir plaudern. Ist doch gerade so nett hier und ...« Planlos schießen die Wörter aus meinem Mund.
»Ist schon gut, Anja. Geh du mal telefonieren. Ich bleibe hier und halte die Stellung.«
»Okay.« Ich krame in meiner Handtasche nach meinem Telefon. Hoffentlich ist Rosa nicht sauer.
Genau in diesem Moment ertönt das typische Klingeln eines Smartphones – ungefähr so wie die uralten Telefone von früher und ich erwarte jedes Mal, dass sich derjenige einen überdimensionalen Hörer ans Ohr hält – und reißt mich aus meinen Überlegungen, was ich Rosa erzählen soll. Ich blicke zu Markus und sehe, wie er ein kleines Gerät aus seiner Hosentasche zieht. Doch kein Uralt-Telefon. Natürlich kann ich mir ein Grinsen nicht verkneifen. Das vergeht mir aber sehr schnell, als ich

sehe, wie Markus aufsteht, das Gerät zurück in die Hosentasche schiebt und ein trauriges Gesicht aufsetzt.
»Liebe Anja. Ich muss leider los. Es tut mir leid, aber der Anruf war dringend. Ich hoffe, wir sehen uns bald wieder und können unsere Unterhaltung fortsetzen. Ich würde mich jedenfalls sehr freuen.« Er reicht mir die Hand und ich schlucke. So habe ich mir das nicht gewünscht. Dann streife ich seine Jeansjacke ab und sofort überfällt mich eine Gänsehaut.
»Nein. Behalte sie. Sie soll dich wärmen«, lächelt mir mein Held zu.
»Danke dir. Ich freue mich auch auf ein Wiedersehen.« Jetzt nur nicht den Kopf hängen lassen. Nicht traurig sein. Das wäre falsch. Er soll dich doch glücklich in Erinnerung behalten. Wer will schon mit einer Heulsuse ein Date haben?
»Mach's gut, Anja«, sagt Markus und lässt meine Hand los. Dann verschwindet er schnellen Schrittes und ich stehe allein neben der Bank am Strand. Verdammt. Eine kleine Träne bildet sich nun doch in meinem Augenwinkel. Wäre auch zu schön gewesen.
Der Schrei einer Möwe reißt mich aus meiner Erstarrung und ich greife erneut nach meinem Smartphone.
»Rosa? Ich bin's. Ich komme nun zu dir, okay?«

Kapitel 11 - Rosa, Frösche und Doktoren

»Hey. Schön, dass du es doch noch einrichten konntest. Robin und Noah warten schon sehnsüchtig auf dich. Noah, weil er will, dass du ihm noch etwas vorliest und Robin, weil er endlich seine Ruhe haben will. Ich übrigens auch.« Rosa steht vor mir, zieht mich in ihre Arme und ich lasse mich fallen.
»Hi Schwesterherz. Es tut mir leid, dass es so spät geworden ist. Aber wenn ich dir erzähle, was passiert ist, dann ...«
»Nun komm erst mal rein. Willst du einen Kaffee? Oder etwas Stärkeres?« Meine Schwester kennt mich.

»Eine Mischung aus beidem?« Ich zwinkere ihr zu und Rosa nickt verständnisvoll. Noch bevor ich weiterreden kann, höre ich ohrenbetäubendes Gebrüll aus dem Wohnzimmer und wenige Augenblicke später klebt der kleine Noah an meinem Hals.
»Tante Anja!«, schreit er mir ins Ohr und ich muss lachen. Wie sehr habe ich den Wirbelwind vermisst. Seit einem knappen halben Jahr haben wir uns nicht mehr gesehen und ich staune, wie groß er geworden ist.
»Nun lass doch mal die Anja los.« Robin taucht im Türrahmen auf und grinst mich an. Er ist wirklich erleichtert, dass ich endlich da bin.
»Liest du mir was vor?«, bettelt Noah auch schon, gähnt ausgiebig und ich kann natürlich nicht nein sagen. Das traurige Gesicht meines Neffen hätte ich nicht verkraftet.
»Geh du schon mal ins Bad und mach dich fertig, okay? Ich komme dann gleich«, bitte ich den Krümel, der mich daraufhin sofort loslässt und im Bad verschwindet.
»Wow. Das passiert hier sonst auch selten. Normalerweise ist es immer ein Kampf bis der Knirps ins Bett geht. Aber ist ja auch schon spät, was?«, lacht Robin und umarmt mich herzlich. Den Vorwurf muss ich mir wohl gefallen lassen, um kurz vor einundzwanzig Uhr.
»Kunststück. Nun bin ja auch ich da«, lenke ich ab und bin stolz, dass ich so eine Wirkung auf das Kind habe. Kinder ... irgendwann will ich auch so einen Winzling in meinen Armen halten und mein Eigen nennen. Irgendwann, wenn der Richtige kommt. Wenn der Mann in mein Leben schneit, mit dem ich mir eine Familie vorstellen kann. Mit dem ich eine Verbindung für immer und ewig eingehe und bei dem nicht nur der schnelle Spaß im Vordergrund steht. Mit Florian hätte ich es mir damals vorstellen können. Doch diese Zeit ist lange vorbei. Alex? Nein. Der ist, oder war, nur was fürs Bett. Und Markus? Ich schlucke bei diesem Gedanken. Den Mann kenne ich noch nicht einmal vierundzwanzig Stunden und schon mache ich mir solche Gedanken? Meine innere Stimme schreit auf und ich verschiebe diese Überlegungen auf einen späteren Zeitpunkt. Vielleicht weiß Rosa einen Rat. Sie weiß eigentlich immer alles.

»Kommst du, Tante Anja?« Noah ist fertig umgezogen und hüpft aufgeregt von einem Bein aufs andere.
»Klar komme ich. Was soll ich dir denn vorlesen?«, frage ich meinen fünfjährigen Neffen, während ich ihn vor mir her ins Kinderzimmer scheuche. Mit einem Satz ist er in seinem Bett und zieht sich die Decke bis zur Nasenspitze.
»Aus deinem Buch«, fordert der Knirps und ich muss lächeln.
»Das habe ich mir fast gedacht. Weißt du denn, wo der Ordner ist?«
»Hier auf dem Nachttisch«, sagt Rosa, die in diesem Moment im Türrahmen erscheint. »Wir haben alle deine Kindergeschichten, die wir hatten, zusammengefasst und drucken lassen. Da staunst du, was? Es sollte eigentlich eine Überraschung zu deinem Geburtstag werden, aber Noah war doch etwas voreilig.« Ich drehe mich ruckartig zu meiner Schwester und starre sie entgeistert an.
»Ihr habt ... was? Das ist nicht dein Ernst.« Meine Stimme versagt. Was für ein Auf und Ab an einem einzigen Tag.
»Schau mal, Tante Anja«, kräht Noah in diesem Moment und wedelt mit einem kleinen Büchlein vor meiner Nase herum. »Das ist es. Liest du mir die Geschichte mit den Fröschen vor? Die ist so süß.« Ich nehme es Noah ab und betrachte es voller Stolz. Oben auf dem Cover, das in grellbunten Farben gehalten ist, steht mein Name in großen Buchstaben. Ich frage mich, wer es so wunderschön gestaltet hat. Als ich es aufschlage, sehe ich einige meiner Geschichten zusammen mit vielen farbigen Zeichnungen. Das Büchlein ist ein Traum. Mein Traum! Tränen rinnen an meinen Wangen hinunter und ich stehe auf, um meine Schwester zu umarmen.
»Danke«, presse ich mühsam heraus und bin so überwältigt, dass mir nichts anderes einfällt.
»Schon gut, mein Herz. Ich weiß doch, wie sehr du es dir gewünscht hast. Aber nun lass den Zwerg nicht länger warten.« Ich wische mir meine Tränen fort, setze mich wieder zu Noah auf die Bettkante und suche die Geschichte, die er verlangt hat.

****

Der Teich der besonderen Frösche

In einem Land, nicht weit entfernt, stand ein wunderschönes Schloss. Dort lebte, wie es sich gehörte, eine Königin. Diese galt als herzensgute Herrscherin, die ihr Land mit Liebe und Respekt regierte. Es gab keine Armut unter den Menschen und auch die Bauern mit ihren Familien konnten von ihrer Arbeit gut leben.

Oft saß die hübsche Herrscherin, die auch 'die Königin der Nacht' genannt wurde, nach Anbruch der Dunkelheit auf einer Bank an ihrem Teich und genoss die mystische Atmosphäre, die von diesem Ort ausging. Silberne, goldene, schwarze, rosafarbene, grüne, sowie geflügelte Frösche saßen reglos um und in dem Teich und alle bestanden aus purem Silber. Der König hatte sie in jahrelanger, liebevoller Handarbeit hergestellt und sie hatte jedem einzelnen Tier einen Namen gegeben. Nach seinem plötzlichen Tod hatte die Königin ihm zu Ehren diesen Teich erbauen lassen, über den am Tage eine große Kuppel aus Glas gespannt war, damit auch die Besucher in den Genuss kamen, die kleinen Schätze zu bewundern. Des Nachts jedoch, wenn die Kuppel geöffnet wurde, erwachten die kleinen Frösche zum Leben.

In einer klaren Winternacht strahlte der Mond besonders hell und die Sterne schienen wie Diamanten zu leuchten. Ein wundervoller Zauber lag in der Luft. Die Königin saß in Decken gehüllt am Rande des Teiches und schaute verträumt in den Nachthimmel. Sie wünschte sich sehr, dass die Frösche mit ihr reden würden, denn sie fühlte sich oft einsam und vermisste ihren geliebten Mann sehr. Der König war schon lange tot und ihr Herz gebrochen.
In traurige Gedanken versunken, betrachtete sie die blinkenden Sterne und erschrak, als plötzlich ein Strahl die Nacht erhellte. Dieses Licht wurde immer größer und

heller - und fiel mit einem lauten Platsch in den Teich. Das Wasser spritzte in alle Richtungen und die kleinen Frösche hüpften erschrocken zur Seite. Mit Erstaunen verfolgte die König das Schauspiel, das sich nun vor ihren Augen abspielte:

»Blubb, wo bin ich denn hier gelandet?«, fragte das Wesen und schnappte nach Luft. Keiner von ihnen hatte je ein Himmelswesen gesehen, doch das, was dann den Kopf aus dem Wasser steckte, sah so gar nicht nach Himmel aus.
»Quak! Wer bist du denn?«, fragte Lilly, eine kleine Froschdame mit schwarzem Rücken und rot lackierten Fingerspitzen. Sie war die Mutigste und sogleich zur Stelle, um sich den Eindringling näher anzuschauen.
»Ähm, und warum kann ich dich verstehen und mit dir reden?«, fügte Lilly hinzu und kratzte sich am Kopf.
»Weiß ich doch nicht. Gerade schwamm ich noch durch ein wunderschönes Wolkenmeer, als sich plötzlich ein Loch auftat. Und nun bin ich da!« Neugierig schaute sich das Wesen um, bevor es fortfuhr: »Na, ist ja auch ganz nett hier bei euch. Wer seid ihr denn alle? Bei mir im Himmel haben sie mich immer Pinky genannt, weil meine Schuppen im Sonnenlicht so wunderschön pinkfarben schimmern«, blubberte der kleine Fisch wie ein Wasserfall. Mit ihrer Flosse strich sie sich über ihre Schuppen, die selbst im Mondlicht glitzerten.
Diddi, ein eher schüchterner, rosafarbener Frosch hatte das Gespräch aus sicherer Entfernung belauscht. Er hatte sich unter einem Seerosenblatt versteckt und schaute nun mit großen Augen zu dem Fisch, der immer weitere Kreise durch den Teich zog.
»Hallo du«, rief er ihr zu. »Du siehst fast aus wie ich. Das ist witzig.« Der kleine Fisch schaute sich verdutzt um, entdeckte Diddi und schwamm freudig auf ihn zu.

Munter unterhielten sich die beiden, erzählten sich gegenseitig Geschichten aus ihrem Leben und lachten viel, bis die Sonne langsam wieder am Horizont aufzugehen begann und sich die Glaskuppel automatisch über den Teich legte.

»Huch, was passiert denn hier?«, fragte Pinky ganz verwundert und Diddi erklärte ihr, dass jeder Frosch einen eignen Platz hatte, an dem er sich tagsüber aufhalten musste, wenn die Menschen kamen um das Stillleben zu bewundern.

»Aber du bleibst doch hier und verlässt mich nicht, kleine Pinky, oder?«, fragte Diddi ganz ängstlich.

»Nein, ich bleibe bei euch. Ich werde dich sehen und du mich.« Diddi freute sich und sprang behände auf seine Leiter. Von dort aus konnte er den kleinen Fisch beobachten, der sich unter einem Seerosenblatt versteckt hatte und war glücklich, eine so tolle Freundin gefunden zu haben.

Zeitgleich waren in dieser zauberhaften Nacht noch andere Dinge geschehen. Die Königin der Nacht hatte jedes einzelne Wort verstanden, das von Diddi und Pinky gesprochen wurde. So, als ob es nie anders gewesen wäre. Endlich. Nach so langer Zeit war ihr sehnlichster Wunsch in Erfüllung gegangen. Gespannt hatte sie ihnen gelauscht, bis plötzlich Lilly, die schwarze Froschdame mit den roten Fingerspitzen, auf ihre Hand gesprungen war.

»Meine geliebte Königin«, sagte Lilly. »Endlich kannst du mich verstehen. Ich will nicht länger zusammen mit den anderen Fröschen in diesem Teich sitzen. Der König hat mich vor so langer Zeit gebeten, für dich da zu sein und dir mit Liebe, Rat und Freundschaft zur Seite zu stehen, da er es nicht mehr kann. Bitte trage mich an einer silbernen Kette um deinen Hals und ich werde auch am Tage bei dir sein können.« Sie schmiegte sich an die Haut der Königin, der ganz warm ums Herz wurde.

»Ach, meine liebe Lilly, ich danke dir sehr für deine Worte. Gerne werde ich dich an einer Kette um meinen Hals tragen, um dich ganz nah an meinem Herzen zu spüren. Ich bin sehr froh, dass es dich gibt, und dass sich unsere Seelen miteinander verbunden haben, in dieser besonderen Nacht.«

Und genau so kam es. Seit dieser Zeit zierte eine kleine Froschdame mit schwarzem Gewand und roten Fingerspitzen den Hals der 'Königin der Nacht', die nun auch am Tage wieder ihr Schloss verließ und sich unter ihr Volk mischte. Die Bauern jubelten ihr zu und auch der kleine Teich hatte immer mehr Besucher. Die Menschen spürten, dass dieser etwas ganz besonderes war. Und manchmal verbanden sich die Herzen der kleinen Frösche mit den reinen Herzen der Mägde und begleiteten sie durch ihr Leben. So breiteten sich die Frösche über das ganze Land aus und es herrschte Friede und Harmonie für alle Zeit.

****

»Wie schön«, seufzt Rosa, als ich geendet habe und das Büchlein schließe. »Gäbe es doch mehr solcher sprechenden Froschdamen auf der Welt. Man müsste sie nicht einmal küssen, um sie zum Prinz oder zur Prinzessin zu machen.« Ich stimme ihr grinsend zu. Noah ist bereits ins Land der Träume verschwunden, hält sein Lieblingsplüschtier, einen Frosch, im Arm und lächelt selig. Auf Zehenspitzen verlassen wir gemeinsam das Kinderzimmer.
»Sag mal, Anja. Was ist eigentlich mit deinem Prinzen? Gibt es den noch? Erzähl doch mal. Du hast dich so rar gemacht in den letzten Monaten. Was ist denn alles passiert nach deinem Umzug in Omas Haus? Hast du Oma Hanni eigentlich jemals in dem Heim besucht? Irgendwie bin ich nicht mehr auf dem Laufenden, Schwesterchen.« Ich stöhne auf und hake mich bei ihr unter.
»So viele Fragen. Hattest du mir nicht einen Kaffee mit Schuss versprochen?«
»Klar. Bekommst du. Der ist schon fertig. Aber dann erwarte ich deinen Bericht.« Ich lächle ihr zu und setze

mich auf die Couch ins Wohnzimmer. Ich befürchte, dass es eine lange Nacht wird. Da brauche ich den Kaffee ganz dringend.

»Oma Hanni, hmm«, beginne ich, nachdem ich meine Tasse in den Händen halte. »Anfänglich habe ich sie noch jede Woche besucht. Aber sie wurde immer trauriger und verbot mir schließlich, sie zu besuchen. Kannst du dir das vorstellen?« Rosa nickt.
»Ja, kann ich. Mir erging es ähnlich. Ich war vor zwei Monaten das letze Mal bei ihr und habe mir gewünscht, dass ...« Sie stockt und ich sehe Tränen in ihren Augen.
»Ist das gemein, wenn man so etwas denkt? Ich liebe sie doch so sehr. Aber die alte Frau, die in diesem Heim wohnt, hat nicht mehr viel mit der liebevollen Frau zutun, bei der wir einst im Garten spielten.« Ich stimme Rosa zu. Sie hat es gut beschrieben.

»Sie vermisst Opa so sehr und wünscht sich, endlich bei ihm sein zu können. Das macht mich traurig, Anja. Hoffentlich enden wir mal nicht so. Ich wünsche mir, dass ich gehe, bevor ich jemandem zur Last falle«, sagt Rosa, ergreift meine Hand und ich blicke in ihre tränennassen Augen. Ich bin froh, dass wir uns so gut verstehen.
Eine Weile hängt jeder seinen Gedanken nach. Dann ergreift meine Schwester das Wort.
»Magst du noch einen Kaffe?« Ich nicke. »Und dann erzählst du mir, was mit Alex ist, okay?«

»Uff.« Rosa sitzt mir gegenüber auf ihrem Lieblingssessel und schaut mich ganz schockiert mit großen Augen an. Ich habe ihr alles, was seit unserem letzten Treffen passiert ist, erzählt.
»Verstehst du jetzt, warum ich heute so spät aufgetaucht bin? Markus ist echt der Hammer. Und bei ihm ist der Name wirklich Programm. Ich weiß nicht, was ich ohne ihn getan hätte.«
»Du bist dabei dich zu verlieben.« Das ist eher eine Feststellung als eine Frage und ich laufe rot an.

»Spinnst du?«, verteidige ich mich, lauter als beabsichtigt. »Das kann ich doch jetzt noch nicht sagen. Nur weil wir uns ein Mal gesehen haben«, füge ich etwas leiser hinzu und funkle sie wütend an.
»Ach Anja. Ich erinnere mich da noch an ein Gespräch zu Weihnachten ... Da hast du auch gesagt, dass du Alex nicht magst und niemals mit ihm etwas anfangen würdest. Und nun? Sechs Monate später sieht die Sache ganz anders aus.«
»Jaahaa«, gebe ich genervt zu und ein Lächeln huscht über meine Lippen. »Aber das mit Alex ist wirklich vorbei. Er soll sich um seine Frau kümmern und alles ist gut.«
»Macht er das denn nicht? Du hast doch gesagt, dass sie für ein Baby üben, stimmt's?«
»Denke schon«, gebe ich zu und rutsche auf dem Sofa umher. Das Gespräch ist mir wirklich unangenehm. Rosa hat die Gabe, alles irgendwie auf den Punkt zu bringen.
»Dann ist doch alles in Ordnung. Lass ihn gehen und such dir einen anderen Mann, der dich wirklich glücklich macht.« Rosa schenkt uns Kaffee nach. Der Schluck des süßen Likörs, den sie hinein gibt, fällt dieses Mal deutlich größer aus. Ich brauch das jetzt wirklich.
»Ja. Genau das habe ich vor, Schwesterherz. Ich will ihn nicht mehr sehen. Nicht nach allem, was vorgefallen ist. Ob das so leicht wird, weiß ich nicht, aber da ist mir Markus schon viel lieber.«
»Ach, nun doch?« Rosa schmunzelt. »Weißt du denn ob er vergeben ist? Du sagtest, dass er eine Tochter hat und bereits verheiratet war. Keine Freundin?«
»Keine Ahnung. Darüber haben wir uns nicht mehr unterhalten. Er bekam diesen Anruf und dann ...«
»Wirst du ihn wiedersehen?« Rosa ist wirklich sehr neugierig. Macht nichts. Wäre ich an ihrer Stelle auch.
»Ich denke schon. Mal sehen, was passiert. Ich lasse alles auf mich zukommen. Es kommt sowieso alles wie es kommt. Und wenn er der Richtige für mich sein sollte, dann werde ich das herausfinden. Meinst du nicht?«
»Kluges Mädchen. Mein Schwesterherz. Die Zeit wird es zeigen.« Ich schütte den Kaffee mit Schuss in einem Zug hinunter. Der bittere und zugleich süße Geschmack

beruhigt meine Nerven und ich lehne mich entspannt zurück. Noch eine ganze Weile unterhalten wir uns über alles Mögliche, bis ich es vor Müdigkeit nicht mehr aushalte und herzhaft gähne.
»Ich glaube, ich gehe ins Bett. Ist bereits kurz nach Mitternacht.«
»Alles klar, Süße. Schlaf gut und träum was Schönes von deinem Markus.« Rosa grinst mich so frech an, dass ich ihr beim Aufstehen einen leichten Knuff auf den Arm verpasse.
»Das ist nicht mein Markus«, erwidere ich lachend, umarme sie und schleiche mich leise ins Badezimmer. Das Duschen, das zwar nur sehr kurz ausfällt, habe ich jetzt dringend nötig, um mir den Sand aus allen Ritzen meines Körpers zu waschen. Eilig ziehe ich mich aus, werfe das Kleid und mein Höschen in Rosas Schmutzwäschekorb und habe auch nicht vor, es noch einmal anzuziehen. Zu viele Erinnerungen haften daran. Als meine Gedanken ungewollt zum Treffen mit Alex abdriften, dränge ich sie mit einiger Anstrengung in die hinterste Ecke meines Bewusstseins. Ich will keinen einzigen Augenblick mehr über ihn nachdenken. Dann doch lieber über Markus. Während ich mich gründlich einseife, huscht ein Lächeln über mein Gesicht. Ich erinnere mich nur zu gerne an seine meerblauen Augen, die grauen Haare und seine netten Worte. Ich will ihn wiedersehen. Ganz bald schon. Wenige Minuten später stelle ich das Wasser aus, trockne mich ab und flitze, nur mit meinem Handtuch bedeckt, ins Gästezimmer, das direkt gegenüber dem Schlafzimmer und neben dem Bad im ersten Stock des Reihenhauses liegt. Schließlich soll Robin nicht wach werden. Dann schlüpfe ich in ein blaues Schlafshirt und eine neue, ebenso blaue Unterhose, die mir Rosa bereit gelegt hat. Zum Glück haben wir die gleiche Kleidergröße. Als ich das Smartphone aus meiner Handtasche krame, um den Wecker für den morgigen Tag zu stellen, sehe ich drei Anrufe in Abwesenheit. Der letzte war erst vor ein paar Minuten. Fibi. Die habe ich total vergessen.

»Hey Süße, noch wach?«, melde ich mich bei ihr und krabble unter meine frischbezogene, weiche Daunendecke. Ein leichter Lavendelduft umhüllt mich.
»Gerade noch so eben«, nuschelt Fibi und ich höre das Rascheln ihrer Decke.
»Will ja nicht stören, aber ... Wie war's?«, frage ich aufgeregt und sie kichert.
»Passt schon, soweit.«
»Was heißt das? Wie ist er? Nett? Doof? Sag schon!«
»Alles okay. Er ist nett.«
»Mensch Fibi. Nun lass dir doch nicht alles aus der Nase ziehen«, maule ich sie in gespielt beleidigtem Tonfall an.
»Schon gut du, du neugierige Nudel. Also«, sie räuspert sich, »er ist nett, hat blaue Haare und blonde Augen. Ähm, umgekehrt«, sie kichert erneut, »ein komplett nordischer Typ, eben. Außerdem kann er toll küssen.«
»Cool«, sage ich erfreut. Ist schon lustig, dass alle Männer immer blond und blauäugig sind, die wir treffen. Alex, Markus und nun auch noch Fibis Neuer. Wenn man bedenkt, dass nur knapp sieben Prozent der Menschheit diese Merkmale haben, ist es schon erstaunlich. Allerdings finde ich diesen Typ Mann nun mal eben besonders anziehend und hier im Norden ist er stark vertreten. Also doch nicht so ungewöhnlich.
»Und sonst?«, frage ich weiter.
»Was sonst?«
»Habt ihr miteinander geschlafen?« Ich muss es einfach wissen.
»Du bist echt neugierig, Herzchen«, nuschelt Fibi.
»Und? Habt ihr?«
»Hmm«.
»Bedeutet?« Ich drehe mich unter meiner Decke auf die Seite. Fibi macht mich wahnsinnig. Sie weiß, dass ich es wissen will.
»Ne, noch nicht. Wir waren spazieren, haben uns unterhalten und viel geknutscht. Zufrieden?« Es macht ihr Spaß, mich zu ärgern.
»Ja, zufrieden«, lache ich leise. »Wann seht ihr euch wieder?«
»Weiß noch nicht genau. Mal sehen.«

»Okay. So toll kann er nicht gewesen sein«, bemerke ich skeptisch.
»Doch schon.« Sie zögert. »Aber ich hatte keine Schmetterlinge oder so. Ich glaube, für eine Liebesgeschichte fehlt mir da noch der Funken. Wenn du verstehst, was ich meine.«
»Hmm. Verstehe. Na, warte ab, was passiert und wie es sich entwickelt.« Waren das nicht vorhin sogar meine eigenen Gedanken zum Thema Markus?
»Jo, mach ich. Aber erst mal schlafe ich. Gute Nacht, Anja. Bis morgen.«
»Gute Nacht, Fibi«, sage ich schnell und sie legt auf. Das, was mir heute passiert ist, werde ich ihr irgendwann erzählen.

Mitten in der Nacht werde ich wach. Es ist dunkel um mich herum und ich weiß zuerst nicht, wo ich bin. Der Lichtstrahl einer Straßenlaterne fällt auf den Parkettboden vor meinem Bett und langsam kehrt die Erinnerung zurück. Ich habe Schmerzen. Und wie! Mein Unterleib fühlt sich an, als würde jemand mit einem scharfen Messer Schnitzübungen veranstalten. Ich stöhne auf und krümme mich noch mehr zusammen. Was zum Teufel ist denn los? Meine Tage hatte ich erst. Das kann es also nicht sein. Aber was ... AUA! Tränen schießen mir in die Augen und ich versuche, flach zu atmen. Habe ich mir eine Blasenentzündung geholt? Kann ja gar nicht sein. Die würde sich erst nach einigen Tagen Inkubationszeit bemerkbar machen, habe ich mal irgendwo gelesen. Doch was kann es sonst sein? Die Schmerzen kommen und gehen wellenartig und ich verkrampfe mich immer mehr. Eigentlich müsste ich dringend auf die Toilette. Doch ich bin so schwach, dass ich nicht weiß, ob ich das schaffe. Egal! Ich muss! Mühsam quäle ich mich aus dem Bett, schleiche in gebückter Haltung durch das Zimmer, auf den Gang und hinüber ins Bad. Oh Himmel! Wie das brennt! Erneut steigen mir Tränen in die Augen und ich presse meine flache Hand auf meinen Unterleib.
Wie lange ich auf der Schüssel sitze, kann ich nicht genau sagen, doch irgendwann öffnet sich die Tür und eine

völlig verschlafene Rosa knipst das Licht an. Wie immer habe ich vergessen abzusperren. Egal.
»Anja! Was machst du denn hier? Geht es dir nicht gut? Du bist bleich wie die Wand«. Rosa klingt ernsthaft besorgt und ich nicke mühsam.
»Aua«, ist alles, was ich hervorbringe.
»Na super, Herzchen. Schmerzen? Im Unterleib? Brennen? Ziehen?« Ich nicke bei jedem ihrer Worte und stöhne, als mich eine neuerliche Welle erfasst. »Scheiße«, stellt sie lapidar fest. »Ich weiß auch nicht, was du dir da eingefangen hast. Soll ich dich ins Krankenhaus fahren oder schaffst du es zurück ins Bett. Wärmflasche, Tee, Ruhe. Was meinst du?« Ich zucke mit den Schultern und stöhne erneut auf. Ich fühle mich so hilflos, dass ich nichts machen kann.
»Komm mit, kleine Schwester. Ich bring dich jetzt ins Bett und morgen früh fahre ich dich zum Krankenhaus. Warum muss sowas immer am Wochenende passieren? Dein Bad im Meer war wohl doch eher suboptimal und kontraproduktiv, was?« Bei den beiden Worten muss ich trotz der Schmerzen schmunzeln. Auf so eine Wortwahl kommt auch nur Rosa. Sie hätte auch einfach sagen können, wie dämlich ich war und dass ich selbst Schuld an meinen Schmerzen bin. Doch ich weiß, dass sie damit versucht mich aufzuheitern. Es gelingt ihr nur bedingt.

Die restliche Nacht verbringe ich mehr in einem Dämmerzustand irgendwo zwischen Traum und Wirklichkeit, zwischen Schmerzen und Atemübungen. Ich bin froh, als Rosa mir um kurz nach sechs Uhr aus dem Bett hilft und mir eine Hose und ein Shirt zum Anziehen überreicht. Eine Hose ... die hatte ich schon lange nicht mehr an. Aber offenbar ist es nun wirklich Zeit für eine gründliche Veränderung. Und bei diesem Beinkleid fängt es an.
»Ich fahr mal den Wagen vor, okay. Zieh dich an und dann hole ich dich ab. Robin weiß Bescheid. Er passt auf den Krümel auf. Schaffst du das alleine?«
»Hmm«, brummle ich und Rosa verlässt das Zimmer. Wenn ich mich ganz arg anstrenge, dann geht es. Ich bin

schließlich eine taffe Frau. Will nicht jammern. Bin stark. Schaffe das ... Aua!
»Frau Leger. Bitte setzen Sie sich noch einen Moment ins Wartezimmer. Der Arzt kommt gleich.« Wie ich es bis hierher geschafft habe, weiß ich nicht, doch ich sitze vor einer braunen Tür, auf der das Schild 'Untersuchungsraum' prangt. Reihen von gelben Plastikstühlen sind an den weißen Wänden des langen Ganges montiert und auf eben solchen warten Rosa und ich auf Hilfe. Ich bin so froh, dass sie bei mir ist. Es riecht nach Desinfektionsmittel und Kaffee. In der Ferne höre ich leise Stimmen und das Klappern von Geschirr. Es ist kurz nach sieben Uhr und ich kann nur hoffen, dass der Arzt nicht lange auf sich warten lässt. Die Schmerzen bringen mich fast um den Verstand. Also um das bisschen, das ich besitze.
»Brauchst du was? Einen Kaffee? Etwas zu essen?« Rosa sitzt neben mir und hält meine Hand. Gut, dass ich meine Krankenkassenkarte immer dabei habe. Sonst wäre es noch komplizierter gewesen.
»Nein«. Ich schüttle den Kopf und versuche weiterhin, die Schmerzen durch bewusstes Atmen unter Kontrolle zu halten.
»Frau ... Leger? Anja?« Die Stimme kenne ich doch! Ruckartig hebe ich meinen Kopf und sehe in zwei wundervolle, meerblaue Augen, die mich besorgt mustern. »Was ist passiert? Warum bist du ... sind Sie hier?« Dr. Markus Helfsberg steht, in einen weißen Kittel gehüllt, vor mir und ich muss schlucken. Mir wird abwechselnd warm und kalt. Hitze steigt in sämtliche Regionen meines Körpers, um sogleich von einer Gänsehaut abgelöst zu werden. Schüttelfrost?
»Ich, also ich«, beginne ich stotternd, doch meine Schwester übernimmt spontan meine Antwort.
»Ach, Sie sind Dr. Helfsberg? Wie nett. Schön Sie zu treffen. Anja hat diffuse Schmerzen im Unterleib. Wissen Sie, was das sein könnte? Vielleicht eine Blasenentzündung oder Nierenbeckenentzündung oder wie heißt das doch gleich? Ach, richtig: 'Honeymoon Zystitis'. Bekommt man nach dem Sex. Hat mir neulich

eine Freundin erzählt. Die hatte das auch.« Ich stöhne auf. Rosa! Wenn es mir nicht so schlecht gehen würde, hätte ich ihr in diesem Moment einen kräftigen Tritt verpasst. Wie kann sie nur?
»Ähm, ja. Das bin ich«, antwortet der Herr Doktor verblüfft und reicht meiner Schwester die Hand. Ich könnte schwören, dass auch seine Gesichtsfarbe zugenommen hat. Steht ihm. Dann wendet er sich wieder mir zu, legt mir eine Hand auf die Schulter und streicht leicht mit seinem Finger über mein Shirt. Die Stelle fängt Feuer. Ich schwöre. Zumindest fühlt es sich so an. Ein warmes, beruhigendes Gefühl macht sich in meinem Körper breit.
»Sind Sie der Gynäkologe? Was halten Sie von meiner Vermutung?«, quasselt meine Schwester weiter und mir wird schlecht. Bitte, bitte nicht! Ich flehe in Gedanken und bitte sämtliche Engel, die ich kenne und auch die, die ich nicht kenne, um Hilfe. Bitte nicht dieser Mann. Meine Gedanken müssen wohl erhört worden sein, denn er schüttelt belustigt den Kopf.
»Nein, der bin ich nicht. Mein Job ist es, Menschen wieder zusammenzunähen. Ich bin Chirurg«, erklärt er Rosa. »Was Ihre Diagnose betrifft: mein Kollege wird es sich anschauen und dann darüber urteilen. Sollte es wirklich eine Blasenentzündung sein, dann kann man diese leicht mit Antibiotika behandeln. Seit wann hat sie Schmerzen? Seit heute Nacht? Hmm. Also ich denke eher nicht, dass es eine ist. Aber genaueres wird Ihnen mein Kollege erklären. Ich komme gerade aus dem OP. Wir hatten heute Nacht wirklich viel zu tun.« Ja, er sieht erschöpft aus. Mein Held. »Aber es ist alles gut gegangen. Die Patienten werden es überleben. Bei dir, Anja, bin ich mir da nicht so sicher.« Er blickt mir erneut tief in die Augen und ich erkenne den Schalk, der darin aufblitzt.
»Ärgere mich nicht. Es tut wirklich verdammt weh«, maule ich zurück, muss aber auch lächeln.
»Mein Kollege kommt gleich. Der wird dich schon wieder fit machen. Und wenn nicht, dann kann ich das ja übernehmen«, haucht er so leise, dass nur ich es verstehen kann. Rums. Zu meinen Schmerzen im

Unterleib gesellt sich nun auch noch eine Horde Schmetterlinge, die eine wilde Party veranstalten. Ganz toll. Noch immer liegt seine Hand auf meiner Schulter und ich fühle mich plötzlich gar nicht mehr so krank. Er hat wirklich einen heilenden Einfluss auf mich. Oder sind das die Endorphine? Keine Ahnung, aber es wirkt.
»Dr. Helfsberg! Würden Sie bitte mit mir kommen? Wir brauchen Sie noch einmal ganz dringend.« Eine Schwester in weißer Montur, Mundschutz und Handschuhen stürmt um die Ecke und direkt auf meinen Doktor zu. Es wirkt unfassbar dringend.
»Natürlich Schwester Christiane. Ich komme.« Noch einmal wirft er mir ein kurzes Lächeln zu. »Alles wird gut, Anja. Du wirst sehen«, höre ich noch, bevor er sich herumdreht und wenige Sekunden später verschwunden ist.
»Viel Glück«, flüstere ich, doch er kann es ohnehin nicht mehr verstehen.

Kapitel 12 - Schwungvolle Begegnung

Nach meiner Untersuchung verbringe ich noch drei Tage in Rosas Gästezimmer, lasse mich pflegen und genieße die Ruhe. Sie kann das wirklich gut. Was genau die Schmerzen verursacht hat, konnte der Arzt nicht mit Bestimmtheit sagen, doch ich bekomme vorsorglich Antibiotikum und Schmerzmittel. Am Mittwoch geht es mir wieder so gut, dass ich ins Büro zurückkehre. Leider gibt es zurzeit keine weiteren Anfragen für unsere Objekte am Meer, sodass ich weiterhin jeden Morgen in die Zentrale fahren muss, anstatt direkt vor Ort zu arbeiten. Sehr schade.
»Das ändert sich bestimmt bald wieder«, versucht mich Herr Meier aufzumuntern, als er meine traurige Miene sieht. »Herr Dr. Helfsberg war eine glorreiche Ausnahme. Sollte jedoch wieder Interesse bestehen, gebe ich Ihnen rechtzeitig Bescheid. Wir sind ja noch dabei, uns in diesem Bereich zu etablieren. Sie können sich aber

weiterhin über die übrigen Objekte informieren, Frau Leger, damit Sie auf dem Laufenden bleiben.« Was mein ehemaliger Kollege in seiner Zeit als Außendienstmitarbeiter geleistet hat, ist mir echt schleierhaft. Vielleicht hat er uns wegen Unterforderung verlassen, hat einen besser bezahlten Job gefunden oder hatte einfach keinen Bock mehr. Ohne Vermittlungen gibt's schließlich auch keine Provision.
Im Laufe der Woche kauen Fibi und ich das Treffen mit Alex und Markus immer wieder durch und sie ist der gleichen Meinung wie Rosa. Wundert mich nicht wirklich. Alex meldet sich nicht, worüber ich wirklich froh bin, doch auch von Markus höre ich keinen Ton. Wahrscheinlich ist er zu sehr damit beschäftigt, Leben zu retten.
»Er wird sich schon melden, wenn er kann«, versichert mir Fibi jedes Mal, wenn ich deswegen stöhne. Und das kommt nicht selten vor, wenn wir an den Abenden stundenlang telefonieren. Wir besprechen die Themen, die wir untertags im Büro nicht erörtern wollten, vorzugsweise über Männer. Fibi chattet mit mehreren gleichzeitig und hält mich über alles auf dem neuesten Stand. Mit Hilfe unserer ausgiebigen Gespräche versuche ich Ordnung in meine Seele und meinen Kopf zu bringen und Fibi gibt sich dabei alle Mühe. Ich bin wirklich froh, sie an meiner Seite zu haben.

»Kommst du mit? Mädelsabend. Du weißt schon. Cocktails trinken, über Männer lästern und ein bisschen Party machen. Lust?« Fibi steht mal wieder mit der Kaffeetasse in der Hand neben mir und ich checke die Digitalanzeige auf meinem Bildschirm. Samstag, kurz nach zwanzig Uhr. Ich hasse diese Wochenendarbeit wie die Pest und bin froh, dass Fibi mit mir hier ist. Seit kurz nach dem Mittagessen wälzen wir die Akten. Nur gut, dass wir alleine sind. Unser Chef hat sich heute nicht blicken lassen und auch sonst ist das Bürogebäude, wenn ich mich nicht täusche, ziemlich leer. Da bleibt zwischendurch genügend Zeit zum reden. Vielleicht kommen wir deswegen nicht durch mit unserer Arbeit. Egal. Eindeutig Feierabend.

»Ja. Ich würde schon gerne. Was habt ihr vor? Aber nicht schon wieder in so eine Strip Bar, oder?« Ich rümpfe die Nase und Fibi lacht schallend.
»Ne, lass mal. Da will ich auch nicht hin. Cornelia, weißt schon, die Hübsche aus der Buchhaltung, hat irgendwas von einem neuen Club auf dem Land gesagt. Ich bin mir gar nicht sicher, wo genau. Aber sie weiß es. Sie wohnt da in der Nähe. Ich glaube, wir können mit ihr dorthin fahren und später mit dem Taxi zurück. Danach kannst du doch bei mir übernachten, oder? Dein Auto lässt du einfach hier stehen und gut. Ich habe auch was zum Anziehen für dich, falls du dich nicht mit deinem 'Kostümchen'«, das sagt sie mit hochgezogener Augenbraue, »ins Nachtleben stürzen magst. Wäre auch irgendwie fehl am Platz.« Ich muss schmunzeln.
»Du magst meine Röcke nicht, was?«
»Nein. Immer noch nicht. Das weißt du doch. Und mit deinen eben überstandenen Unterleibsschmerzen solltest du ohnehin aufpassen, dass du dich nicht gleich wieder erkältest.«
»Ja, ja. Schon gut. Ich komme mit und zieh mir etwas anderes an. Claudia und Sabine sind nicht dabei?«
»Nee. Die haben was anderes vor.«
»Also dann, lass uns gehen«, sage ich motiviert und freue mich wirklich auf diesen Abend. Bisschen lachen, bisschen tanzen und bisschen trinken. Nur nicht zu viel. Wer weiß, wo das sonst wieder hinführt. Aber wird bestimmt lustig. Jedenfalls besser, als wieder grübelnd hier oder zu Hause zu sitzen und Löcher in die Luft zu starren. Ich fahre den PC herunter, lösche die Lichter in unserem kleinen Büro, hake mich bei Fibi unter und gemeinsam schlendern wir zu den Aufzügen. Hoch die Hände, Wochenende, wie unser kleiner, rothaariger Sonnenschein, Kollegin Marion, auch aus der Buchhaltung, zu sagen pflegt.

»Seid ihr alle angeschnallt?« Cornelia rutscht auf ihrem Fahrersitz hin und her. Fibi hockt neben ihr und ich auf der Rückbank. Es ist kurz nach zweiundzwanzig Uhr und ich hatte keine Zeit mehr, mich umzuziehen. Fibi hat das irgendwie besser drauf. Ich konnte mich nicht so wirklich für eine Hose entscheiden und trage noch immer mein dunkelblaues Kostüm.

»Du kannst dich im Auto umziehen«, war Fibis lapidare Anweisung, als Cornelia zur vereinbarten Zeit ungeduldig hupend vor der Tür stand. »Du hattest jetzt zwei Stunden die Gelegenheit dazu, dich herzurichten. Aber nein, du musstest ja lieber im Internet surfen und mir die Geschichte deines Arztes zum wiederholten Male erzählen. Langsam kann ich sie wirklich auswendig.« Ich hasse es, wenn sie recht hat. Zu meiner Verteidigung will ich anmerken, dass ich dachte, dass wir erst nach dreiundzwanzig Uhr los wollten, aber ich schlucke den Kommentar hinunter. Falsch gedacht. Ich gebe es zu. Und trotzdem - ganz tolle Idee. Im Auto umziehen. Bin ich sechzehn oder was? Schlangenfrau? Akrobatin? Damals ging das wirklich noch. Aber heute? Irgendwie fühle ich mich in einen romantischen Tanzfilm aus den 80ern zurückversetzt. Da muss sich die hübsche Hauptdarstellerin auch auf der Rückbank umziehen, während der heiße Filmpartner mit ihr von einem Auftritt zurück fährt. Gut, ich komme zwar nicht von einem Auftritt, aber die Kleidung wechseln, wäre wirklich nicht verkehrt.

»Nun mach schon. Wir schauen auch nicht hin. Dafür ist die Musik viel zu laut.« Fibi lacht ausgelassen und ich verdrehe die Augen.

»Ach ja? Du kannst also nicht spannen, wenn die Musik läuft? Guckst du mit den Ohren?« Nun lacht auch Cornelia und dreht die Musik noch ein bisschen lauter. Das war ganz eindeutig die Aufforderung für mich, endlich mein Vorhaben in die Tat umzusetzen. Schnell knöpfe ich meine Bluse auf und streife sie mir ab. Dann hebe ich mein Becken nach oben und die Strumpfhose sowie der Rock fallen. Nur in Unterwäsche ist es wirklich kühl im Wagen, noch dazu, weil Cornelia das Fenster heruntergelassen hat und genüsslich eine Zigarette raucht. Fibi singt gestenreich und schief das poppige Lied mit, das gerade gespielt wird und ich muss trotz allem schmunzeln. Was für eine verrückte Bande. Ich bin wirklich froh, hier zu sein. In Windeseile ziehe ich die schwarze Jeans und das weiße Shirt mit den schwarzen

Schmetterlingen an. Ein Outfit, das ich mir selbst nie herausgesucht hätte, und doch muss ich zugeben, dass es unheimlich bequem ist. Meine 'Kleidchen-Ära' scheint endgültig vorbei zu sein. Zeiten ändern sich und wir uns mit ihnen.

»Habe keine Angst vor Veränderung, nur vor dem Stillstand«, ist ein Satz, den ich von Fibi bereits des Öfteren zu hören bekam. Ab und zu halte ich mich ja sogar an die Tipps und Ratschläge meiner Freundin.

Zum Glück passen die High Heels zu meinem neuen, hosentragenden Selbst und ich darf sie behalten. Fibi hat es erlaubt. Wahrscheinlich auch nur deshalb, weil ihre Schuhe mir eindeutig zu klein sind. Ich bin echt froh darüber. Sie hat so einen ausgefallenen Geschmack. Heute, zum Beispiel, hat sie sich für einen kurzen, weißen Lederrock und flippige Cowboystiefel entschieden. Dazu trägt sie eine pinkfarbene Bluse und eine lange, bunte Kette. Wie sie auf diese Idee gekommen ist, entzieht sich meiner Kenntnis und doch sieht sie bezaubernd aus. Ihr steht irgendwie alles. Hauptsache pink.

»Weißt du eigentlich, wo wir hin müssen?«, brülle ich Cornelia ins Ohr, die augenblicklich die Musik leiser dreht.

»Klar. Ich folge meinem Navi. Wird ja nicht so schwer sein, oder?«

»Okay«, sage ich gedehnt und lehne mich zurück. Wenn das mal gut geht. Wir sind mitten in der Pampa und ich habe wirklich keine Ahnung wo genau. Sehr bewohnt scheint mir diese Gegend nicht. Und hier soll ein Club sein? Was das nur wieder ist?

»Hör auf, schlechte Laune zu verbreiten, Frau Leger!«, wirft Fibi mir in diesem Moment an den Kopf. Sie hat sich zu mir herumgedreht und funkelt mich wütend an.

»Cornelia kann das schon. Sie wohnt schließlich hier irgendwo. Stimmt's?« Cornelia nickt und blickt gleichzeitig auf das Navi.

»Also eigentlich, ähm ... Ich glaube, wir hätten vorhin am Kreisverkehr ... also ich glaube, ich bin zu früh abgebogen.« Na super. Ich habe es doch gewusst. Und jetzt?

»Ganz ruhig. Dein Navi wird schon wissen, wo wir hin müssen, oder? Think pink, wie ich zu sagen pflege.« Fibi ist wie immer optimistisch und ich seufze innerlich auf.
»Hmm. Ich habe die alte Software drauf und das ist alles Neubaugebiet. Ich weiß nicht, ob ...«
»Vorsicht!« Ich brülle so laut, dass die beiden Frauen erschrocken zusammenzucken und Cornelia abrupt in die Eisen steigt. Das Reh, das uns in diesem Moment mit großen Augen anblickt, ist wirklich niedlich. Keine zehn Zentimeter vor ihm kommen wir zum Stehen.
»Wow«, ist alles, was wir in diesem Moment zustande bringen. Synchron allerdings.
»Dass in der Dämmerung Wildtiere unterwegs sind, lernt man bereits in der Fahrschule«, werfe ich altklug ein, dabei rast mein Herz und meine Knie sind weich.
»Mir ist schlecht«, flüstert Cornelia, reißt die Tür auf und stürzt hinaus. Zum Glück muss sie sich nicht übergeben. Fibi folgt ihr.
»Gibst du mir auch eine Zigarette?«, bitte ich Cornelia, nachdem ich aus dem Wagen geklettert bin und mich zu den beiden an den Fahrbahnrand gesellt habe.
»Du rauchst?« Fibi klingt schockiert.
»Nein. Aber ich dachte ...«
»Dann lass es. Bringt nichts.« Ich nicke gehorsam. Mir steckt der Schock in allen Gliedern. Das hätte wirklich böse enden können.
»Und für was genau soll dieses Ereignis gut gewesen sein?«, frage ich Fibi sarkastisch. Sie weiß doch immer alles.
»Keine Ahnung, Herzchen. Aber ich denke noch immer, dass alles zu irgendwas gut ist. Vielleicht erfahren wir es, vielleicht auch nicht. Aber glaube einfach daran, okay?« Ich schaue sie nachdenklich an, sage aber kein Wort. Einfach deswegen, weil ich ihr nichts entgegenzusetzen habe.
»Fahren wir weiter?«, fragt Cornelia, die immer noch sehr blass ist und drückt ihre Zigarette mit der Fußspitze auf dem Boden aus.
»Ja«, bestätigt Fibi und wenige Minuten später schleichen wir mit dreißig Stundenkilometern durch die Dämmerung. Hoffentlich ist es nicht mehr weit.

Erstaunlicher Weise finden wir das Schild, auf dem der Club ausgewiesen ist, dann doch recht schnell und kurz nach dreiundzwanzig Uhr stehen wir vor dem Eingang. Ein schwarzer Teppich weist uns den Weg die Stufen hinauf und ein sympathischer, sehr schick gekleideter Türsteher lässt uns an der Schlange vorbei mit einem Lächeln eintreten.
»Wow«, sage ich leise zu Fibi und sie grinst. »Das ist auch nicht normal, oder?«
»Nein, eher nicht. Aber ich finde das super. Vielleicht kennt Cornelia ihn.« Wie zur Bestätigung sehe ich, dass sich die beiden kurz unterhalten. Beziehungen muss man haben. »Hast du gesehen? Heute ist eine Veranstaltung. Irgendwas mit Verlosung. Steht draußen auf dem Schild«, fährt Fibi fort. Nein, natürlich habe ich das nicht gesehen. So etwas übersehe ich grundsätzlich.
»Cool«, bestätige ich und gemeinsam betreten wir den Gang, der nach ein paar Metern auf die Tanzfläche führt. Auf der linken Seite befindet sich eine Bar und rund um die Tanzfläche sind gemütliche Sitzgelegenheiten gruppiert. Natürlich sind diese bereits belegt und auch an der Bar drängen sich die Menschen. Ich bin überrascht über die Kleiderwahl, die hier vorherrscht. Alle sind wirklich schick und die zerrissenen Jeans, die zurzeit modern sind, kann ich nicht entdecken. Einige Frauen tragen Abendgarderobe und die Männer haben sich in Anzüge geworfen. Wo bin ich hier nur gelandet? Irgendwie fühle ich mich underdressed. Ein Kleid hätte vielleicht besser gepasst?
»Mach den Mund wieder zu«, brüllt Fibi gegen die Musik an, während sie sich an die Bar stellt, um uns etwas zu Trinken zu besorgen.
»Was willst du? Weißweinschorle? Ist im Angebot.«
»Mir egal, nur Alkohol muss drin sein. Ich brauch das jetzt.« Fibi grinst, dreht sich herum und ordert die Getränke. Die Atmosphäre in dieser schummrigen Halle, die durch flackernde, bunte Lichter, passend zu der Musik sekundenweise erhellt wird, ist nicht wirklich nach meinem Geschmack. Der tiefe Bass vibriert in meinem Magen.

»Prost, Herzchen. Auf einen lustigen Abend«. Fibi reicht mir mein Glas und ich proste ihr zu. Fibi halt. Sie findet immer und überall das Positive. Gemeinsam mit Cornelia stehen wir am Tresen und unterhalten uns brüllend. Ich weiß schon, warum ich eher selten in solchen Gefilden zu finden bin.
»Hast du gesehen? Wir haben alle drei einen Zettel mit einer Nummer drauf bekommen. Bin gespannt, wann die Auslosung stattfindet.«
»Ja, und vor allem, was es zu gewinnen gibt.« Ich nicke Cornelia zu. Falls ich freien Eintritt für das nächste Mal gewinnen sollte, dann würde ich den Gewinn großzügig verschenken. Irgendwie ist das hier nicht so mein Laden.
»Darf ich die Damen auf einen Drink einladen?« Ein junger Mann steht plötzlich hinter uns und legt die Arme um Fibis und meine Schulter. Aha! Ich habe bereits einen bösen Spruch auf den Lippen, doch Fibi kommt mir zuvor.
»Sicher darfst du. Wir nehmen noch einmal das Gleiche. Weißweinschorle.« Ich starre sie erschrocken an. Seit wann lassen wir uns denn einladen? Das ist ja ganz was Neues.
»Natürlich. Kommt sofort«, sagt der Typ, Marke Nerd, der so überhaupt nicht meinem Geschmack entspricht, und überreicht uns wenige Augenblicke später die Gläser. Fibi, Cornelia und ich bedanken uns brav mit einem Lächeln.
»Hast du auch die Lose für uns?«, fragt Fibi den Dunkelhaarigen mit der Nickelbrille und ich muss nun doch lachen. Daher weht also der Wind.
»Klar. Ich hab schon ganz viele«, sagt er stolz. Eigentlich ganz niedlich. »Die Sache mit den Losen läuft schon seit einem Monat. Also seit der Eröffnung. Ihr seid das erste Mal hier?« Wir nicken unisono.
»Was kann man denn gewinnen?«, fragt Cornelia und beugt sich zu dem Typen, damit er sie überhaupt verstehen kann.
»'Ne ganze Menge. Unter anderem ein Essen zu zweit, freien Eintritt und irgendeinen Sportkurs. Golf oder Tennis oder so. Ich persönlich hätte gerne das romantische Essen. Ich würde dann eine von euch dazu

147

einladen.« Ja ne, ist klar. Genau das würde er. So ein Schleimer!
»Das ist aber nett von dir«, lächelt Fibi aufreizend und drückt sich näher an ihn. Manchmal muss ich ihr Verhalten nicht verstehen.
»Dein Hintern vibriert«, schreit Fibi in diesem Moment und ich muss so lachen, dass ich den Schluck Wein, den ich in diesem Augenblick im Mund habe, Cornelia auf die weiße Bluse pruste. Verdammt.
»Oh shit«, entschuldige ich mich bei ihr, doch sie winkt nur ab.
»Macht nichts. Nur gut, dass du keinen Rotwein trinkst. Ich gehe mal eben auf die Toilette. Kommst du mit?«
Schuldbewusst nicke ich, drücke Fibi mein leeres Glas in die Hand und tipple in Cornelias Kielwasser durch den Raum. Echt voll hier.
»Eigentlich sollte ich sauer sein, was? Die Bluse war wirklich teuer. Aber ich bin dir dankbar, dass du uns da rausgeholt hast. Der Typ ging mir schwer auf die Nerven«, sagt Cornelia, als wir die Toilette betreten. Dankbar lächle ich ihr zu und stelle mich ans Waschbecken, um ein paar Tücher aus dem Spender zu ziehen.
»Nein, lass mal. Das trocknet so besser. Nicht noch mehr verreiben«, winkt Cornelia ab und betritt den Toilettenbereich.
»Ach nee! Wie geil! Schau mal!«, brüllt sie mir zu und einige Damen, die soeben diesen Bereich verlassen, grinsen wissend.
»Was denn?«, frage ich neugierig und folge Cornelias Stimme. Was ich dann sehe, lässt mir den Mund offen stehen. Da gibt es doch tatsächlich eine doppelte Toilette. In einer Kabine sind zwei Schüsseln untergebracht, die nur durch eine kleine Mauer voneinander getrennt sind. Ein bisschen Privatsphäre ist echt nicht verkehrt. Aber allein die Idee gefällt mir.
»Für uns Frauen. Weil wir ohnehin immer zu zweit auf Toilette gehen, stimmt's?«
»Kluger Innenarchitekt«, muss ich gestehen und geselle mich zu Cornelia auf eben jenes 'stille Örtchen'. Wobei hier dieser Name mal wieder nicht zutrifft. Die

wummernden Bässe sind auch hier so laut, dass mein Magen rebelliert. War das früher auch schon so oder werde ich alt? Ich beschließe, dass Letzteres nicht in Frage kommt und schiebe es auf das Etablissement. Ist halt einfach nicht mein Stil.
Als wir zu Fibi zurückkehren, steht sie noch immer grinsend an der Bar. Allerdings alleine.
»Wo ist denn unser Kavalier hin?«, frage ich neugierig mit sarkastischem Unterton.
»Der hat einen Anruf bekommen und musste dringend weg. Aber schaut mal, was er dagelassen hat.« Fibi winkt mit etwas Schwarzem und grinst noch eine Spur breiter – wenn das überhaupt möglich ist.
»Was ist das?«, will Cornelia wissen und auch ich platze fast vor Neugier. Fibi blättert das geheimnisvolle Objekt durch und zeigt uns seinen Inhalt.
»Das ist nicht wahr, oder? Das hat der nicht getan? Der ist doch nicht ganz sauber«, lacht Cornelia auf und auch ich schaue wie ein Hase wenn's blitzt. Was ich sehe, verschlägt mir eindeutig die Sprache. Der Typ hat ein ganzes Büchlein voller Gutscheine. Fein säuberlich hinein geklebt, sortiert nach Nummern. Das müssen an die hundert Zettelchen sein.
»Ob er das alles selber getrunken hat?«, fragt Cornelia zweifelnd.
»Nein, glaube ich nicht. Ich denke, er hat die letzten Wochen einfach alle gesammelt, die er bekommen konnte. Er wollte das romantische Abendessen wirklich unbedingt gewinnen. Aber nun ist er weg. Was für ein Pech für ihn.« Fibis Stimme trieft vor Sarkasmus.
»Aber Glück für uns«, erwidert Cornelia lapidar. »Mal sehen was ob wir überhaupt gewinnen und wenn ja, was. Uhhhh Mädels, ich bin total aufgeregt. Wann beginnt denn die Ziehung?«
»Keinen Plan, aber ich glaube um kurz nach Mitternacht. Irgendwo habe ich das aufgeschnappt.«
»Na, das ist ja bald«, freut sich Cornelia und bestellt sich spontan noch ein Getränk. Ich will auch ein Neues, bleibe aber lieber bei Weißweinschorle im Gegensatz zu meiner Freundin, die nun zu Cola mit Whisky wechselt.

Um kurz nach Mitternacht beginnt die Verlosung. Der DJ hat seine Musik leiser gedreht und ich atme das erste Mal in dieser Nacht bewusst auf. So ist es hier angenehm.
»...,dass ihr alle hier erschienen seid. Wir danken Euch für Eure Treue und den Verzehr der vielen Getränke«, plappert der Typ hinter dem Musikpult und ich höre nur mit halbem Ohr zu. Ich persönlich rechne nicht wirklich mit einem dieser Gewinne. Wäre schon enormer Zufall. Trotz des Büchleins. Als ich mich so umschaue, sehe ich nämlich noch mehr Männer und auch Frauen, die sich eine ähnliche Zettelsammlung angelegt haben. Die haben doch alle einen an der Waffel. Ehrlich. Wobei ich zugeben muss, dass die Idee recht sinnvoll ist. Erspart eine lange Suche. Gespannt nippe ich an meiner Schorle und höre die erste Zahl, die gezogen wird. Platz fünf. Ein Blumenstrauß. Wirklich hübsch. Eine junge Frau springt kreischend auf und läuft zum DJ Pult.
So in dem Stil geht es weiter. Platz vier, drei und zwei gehen an drei unterschiedliche Gäste und ich sehe aus dem Augenwinkel, wie Fibis Gesicht immer länger wird. Sie hat wirklich damit gerechnet, das Dinner zu gewinnen. Tja, hat wohl nicht sollen sein. Ist bestimmt zu irgendwas gut. Ich lache innerlich auf. Zu was auch immer.
»... Nummer 888. Du hast das große Los gezogen. Kommst du bitte nach vorne?« Angespanntes Geflüster unterlegt mit elektronischer Musik herrscht um mich herum, aber keiner steht auf und tritt nach vorne.
»Na super. Der Hauptgewinn bleibt hier. Der oder die ist nicht erschienen. Ist aber auch ne lustige Zahl. Hat die beim Feng Shui nicht eine besondere Bedeutung?« Fibi blättert noch immer wild hin und her in ihrem Buch, muss sich aber eingestehen, dass diese Zahl dort nicht zu finden ist.
»Welche? 888? Aber ... Anja! Die hattest du doch!«, kreischt Cornelia plötzlich und schüttelt mich an der Schulter. »Du hast doch vorhin ... also bei deinem ersten Drink. Schau nach!« Ich bin irritiert. Hatte ich? Nervös stehe ich auf, krame in meiner Handtasche und zucke mit den Schultern. Kein Zettel. Doch dann fällt mir noch etwas ein. Ich greife in die hintere Hosentasche meiner

Jeans und ziehe einen zerknitterten Zettel hervor. Und tatsächlich. Die gesuchten Zahlen springen mir entgegen. Dass ich den Zettel vergessen habe, kommt nur daher, da ich sonst keine Hosen mit Taschen trage. Normalerweise hätte ich dieses Zettelchen auch nicht aufgehoben. Zu was das wohl gut ist? Meine innere Stimme lacht höhnisch, während ich über die Tanzfläche zum DJ Pult schlendere und einen Umschlag entgegennehme. Die Umstehenden applaudieren mehr schlecht als recht und nach kurzer Zeit geht der normale Betrieb weiter. Etwas verloren stehe ich mit diesem Umschlag in der Hand vor meinen Freundinnen.

»Was ist es denn?«, fragt Cornelia neugierig und ich zeige ihr den farbig bedruckten Karton.

»Ein Golf–Schnupperkurs? Wie klasse. Das wolltest du doch schon immer«, lacht Fibi und ich knuffe sie in die Seite. Das stand auf meiner 'Will–ich–unbedingt–noch–machen–Liste' ganz oben. Wer spielt schon Golf?!? Bei Wind und Wetter über eine Wiese rennen und einen kleinen Ball durch die Luft schlagen, den man dann auch noch suchen muss. Sonnenbrand, Mückenstiche und Blasen an den Füßen sind vorprogrammiert. Ganz toll!

»Spielst du schon Golf oder hast du noch Sex?«, prustet Cornelia los und Fibi stimmt mit ein. Wer solche Freundinnen hat, braucht keine Feinde mehr. Grummel.

»Wann fahren wir nach Hause?«, maule ich eine Stunde später und will einfach nur noch in mein Bett. Mir reicht es. Wirklich.

»Okay, dann lass uns fahren. War ein anstrengender Tag. Cornelia? Du bleibst noch?«, fragt Fibi.

»Ja. Ich wohne doch nur um die Ecke. Okay, ist ne große Ecke, aber trotzdem in der Nähe. Ich nehme mir nachher ein Taxi.«

»Das machen wir jetzt auch. Mal sehen was das kostet. Irgendjemand hat was von achtzig Euro erzählt. Das ist mir aber eindeutig zu viel. Das will ich nicht zahlen. Vielleicht müssen wir noch andere Leute suchen, die auch in die Innenstadt zurück wollen? Oder können wir bei dir schlafen, Cornelia?«

»Ach quatsch. Wer hat euch denn das erzählt? Das darf nicht mehr als vierzig Euro kosten. Lasst Euch nicht über den Tisch ziehen, okay?«

»Alles klar. Danke dir, Cornelia. Bis Montag dann«, verabschiede ich mich mit einer herzlichen Umarmung.

»Deine Klamotten, die du noch bei mir im Auto hast, bringe ich dir mit ins Büro, okay?« Ich nicke dankbar und ziehe Fibi zum Ausgang. Bloß weg hier!

Keine fünf Minuten später stehen wir im Freien und ich atme mehrere Male tief durch. Die Nacht ist sternenklar und ein kühler Wind weht durch die Bäume des Waldes auf der gegenüberliegenden Seite. Wie man auf die Idee kommt, hier, mitten in der Pampa, so einen Club zu eröffnen, ist mir schleierhaft. Allerdings ist es nicht mein Problem. Mich wird dieser Schuppen so schnell nicht mehr sehen.

»Da! Ein Taxi!«, ruft Fibi und reißt mich aus meinen Gedanken. Noch bevor ich mich bewegen kann, ist sie bereits losgelaufen, reißt die hintere Tür des stehenden Autos auf, springt hinein und schließt die Tür wieder. Hä? Will sie alleine fahren? Was ...? Schnurstracks renne ich hinter ihr her und öffne die andere Tür.

»... in die Innenstadt. Fahren Sie uns? Der letzte Fahrer hat nur fünfunddreißig Euro genommen. Mehr zahlen wir auch nicht. Wir sind zwei arme Studentinnen.« Ich bin baff.

»In die Stadt? Wohin?«, fragt der Fahrer in gebrochenem Deutsch und Fibi nennt ihm die Adresse. »Oh, das kann ich so nicht machen. Das ist teurer«, windet er sich und ich halte die Luft an. Ich will nicht bei Cornelia übernachten oder noch auf weitere Fahrgäste warten. Ich will endlich ins Bett!

»Wie viel?«, hakt Fibi nach.

»Vierzig muss ich schon haben. Drunter geht nicht.«

»Einverstanden. Aber inklusive Trinkgeld«, antwortet Fibi und zwinkert mir zu. Was bin ich erleichtert! Und froh, so eine tolle Freundin zu haben.

Kapitel 13 - Das Spiel geht weiter

Das Vibrieren unter meinem Kopfkissen reißt mich aus dem Schlaf. Wo bin ich? Wer bin ich und wie viele? Ich versuche, das nervige Summen zu ignorieren, doch ich habe keine Chance. Der Anrufer meint es wirklich ernst. Gestresst ziehe ich das Smartphone unter meinem Kissen hervor, öffne die Augen einen Spalt und blicke mich um. Die Wohnung kenne ich nicht. Oder doch? Langsam kehrt die Erinnerung an den vergangenen Abend zurück. Ich liege auf einem Sofa, zugedeckt mit einer Wolldecke, die etwas kratzig ist, und spüre jeden Muskel. Aua. Blödes Sofa. Ich bin wirklich zu alt für solche Aktionen. Nicht weit von mir entfernt höre ich ein leises Schnarchen und richte mich noch etwas mehr auf. Fibi. Sie liegt in ihrem Bett, hat die Füße herausgestreckt und weilt noch immer im Land der Träume. Die hat's gut. Das Brummen hat aufgehört und ich will mich gerade wieder zurücksinken lassen, als sich mein 'Hydrowecker' bemerkbar macht. Kurz gesagt, ich muss aufs Klo. Die Wohnung von Fibi ist winzig. Ungefähr so groß wie mein Appartement, das ich bis vor Kurzem bewohnt habe. Zwei kleine Räume, Schlaf- und Wohnzimmer, nur durch eine Papierwand getrennt, sowie eine Küchennische und das Bad. Das Sofa, auf dem ich mein müdes Haupt gebettet habe, misst ungefähr eineinhalb Meter, was erklärt, warum mir der Rücken so schmerzt, und steht direkt unter dem Fenster. Noch immer trage ich das Shirt vom letzten Abend und meine Unterwäsche. Die schwarze Jeans liegt vor eben jener Couch. Gerade als ich das Bad betrete, das außer der Toilette und dem winzigen Waschbecken auch noch eine Badewanne beherbergt, vibriert es erneut. Zum Glück habe ich das Smartphone noch in meiner Hand.
»Ja?«, maule ich genervt und würde dem Anrufer am liebsten den Kopf abbeißen. Wie spät ist es eigentlich? Die Vorhänge im Wohnbereich sind zugezogen, also sehe ich keine Sonne, sollte sie bereits aufgegangen sein.

»Anja? Anja!« Ich schrecke zusammen. Diese Stimme beschert mir einmal mehr eine Gänsehaut.
»Alex? Was ...? Ist etwas passiert? Was ist los?« Mein Herz rast und ich lasse mich auf der Toilettenschüssel nieder. Vor meinem inneren Auge spielen sich in Sekundenbruchteilen dramatische Szenen ab. Emma, die im Krankenhaus liegt, ein Auto, das zu Schrott gefahren wurde und ein blutüberströmter Alex. So ein Schwachsinn. Mit einem dezenten Kopfschütteln, irgendwie fühlt sich mein Kopf wie eine Wassermelone an, vertreibe ich die Bilder. Er ist schließlich dran. Also ist er nicht tot.
»Anja! Wo bist du? Bist du nicht zuhause?«
»Wie, wo ich bin?« Plötzlich steigt Wut in mir hoch. Was geht ihn denn das an? Ich kann doch machen was ich will. Warum möchte er das denn wissen? Ich beschließe, diese Frage vorerst zu ignorieren. »Was ist passiert?«, wiederhole ich und am anderen Ende der Leitung herrscht Stille. Ich höre nur seine Atemzüge. »Alex. Was willst du? Es ist Mitten in der Nacht und du hast ... also ich glaube, wir haben uns nichts mehr zu sagen.«
»Anja, ich ... Es tut mir leid, was am Strand passiert ist. Ich habe drüber nachgedacht und ...«
»Deswegen rufst du mich an?« Mein Blutdruck steigt und ich muss mich erst einmal beruhigen. Tief ein- und ausatmen. Jetzt nur nicht schreien. Fibi schläft noch.
»Ja. Ich, also ich wollte nur, dass du das weißt. Ich vermisse dich und ...«
»Alex! Warum rufst du wirklich an? Ist etwas passiert? Ich schlafe noch, verdammt. Nein, ich bin nicht zuhause und du störst.« Den letzten Satz konnte ich mir nicht verkneifen. Dass ich bei einer Freundin bin, muss er ja nicht wissen. Es geht ihn auch wirklich überhaupt nichts an! Gar nichts!
»Ach so. Ich dachte ... Na, dann entschuldige bitte. Dann lasse ich euch wieder in Ruhe. Ich wollte nur, dass du weißt ...«
»Hör endlich auf zu stottern, Alex. Sag, was du sagen willst und dann lass mich wieder ins Bett.«
»Entschuldige.« Stille. Ich stöhne auf. Wann ist Alex zu so einem Weichei mutiert? Das ist doch nicht der Mann, der

mich vor zwei Wochen so hemmungslos gevögelt hat. Hat er seine Männlichkeit am Traualtar abgegeben?«
»Hör auf dich zu entschuldigen. Alles ist gut. Aber nun sag, was du willst, sonst lege ich auf.«
»Bist du schwanger?«
»Bitte ... WAS?!« Das letzte Wort habe ich nun doch geschrien. Verdammt. Hoffentlich habe ich Fibi nicht geweckt.
»Ich will wissen, ob du schwanger bist.«
»Wie, zum Teufel, kommst du darauf?«
»Wir haben ... ich habe nicht verhütet. Also, genauer gesagt, die letzten drei Male. Ich ... ich hatte heute Nacht so einen komischen Traum. Ich habe von dir geträumt und dass du schwanger bist, und dass das Kind von mir ist und ... Hast du verhütet, Anja?« Er klingt so verzweifelt, dass ich beinahe lachen muss.
»Ach was. Du hast geträumt, ja? Na, dass mit der Verhütung fällt dir aber früh ein. Natürlich nehme ich die Pille. Meinst du, ich bin so naiv? Bestimmt nicht. Leidenschaft hin oder her – an Verhütung denke ich. Ist schließlich mein Körper.« Alex atmet am anderen Ende so erleichtert auf, dass es mir einen Stich versetzt. Natürlich will ich nicht schwanger werden. Und schon gar nicht von ihm. Und trotzdem, irgendetwas nagt an mir.
»Und du hast die Pille auch immer genommen? Hattest nie Durchfall oder Erbrechen? Hast nie ein Antibiotikum eingenommen?« Was zum Teufel will er von mir? Die ganze Fragerei am Morgen, vor dem ersten Kaffee wohlgemerkt, nur, weil er einen Traum hatte?
»Nein, Alex. Sei ganz beruhigt. Ich gehe jetzt wieder schlafen. Schönen Tag dir noch. Bis dann.« Bevor er noch ein Wort sagen kann, lege ich auf. Das ist echt der Hammer. Der spinnt doch. Als ob ich so naiv wäre. Ähm, also ... Verdammt! Natürlich habe ich ein Antibiotikum genommen. Erst letzte Woche! Wegen der Unterleibsschmerzen! Mein Blutdruck fällt und mir wird schwindelig. Was ist, wenn er recht hat? Was ist, wenn ... Mir ist so schlecht, dass ich mich übergeben muss. Wie gut, dass ich mich noch immer im Badezimmer befinde. Um Himmels Willen! Was passiert hier?

»Anja? Alles in Ordnung?« Fibis Stimme dringt durch die geschlossene Badezimmertür und ich schluchze auf. Ich kann ihr gerade nicht antworten. Alles um mich herum dreht sich und ich setze mich auf den Boden vor der Toilettenschüssel. Das kann nicht sein! Das darf nicht sein! Fieberhaft beginne ich nachzurechnen, wann ich das letzte Mal meine Tage hatte und wann ich sie wieder bekommen sollte. Heute! Heute wäre der Tag. Das weiß ich ganz genau. Oder nicht? Wo ist die Packung mit den kleinen Pillen? In meiner Tasche. Schnell, ich muss es wissen.
»Hey, Süße. Was ist denn los?« Fibi steht in ihrem rosafarbenen Schlafanzug vor mir. Ihre Haare sind verstrubbelt und sie reibt sich den Sand aus den Augen. Als sie mich sieht, unterdrückt sie das Gähnen, das ihr auf den Lippen liegt, und starrt mich entsetzt an.
»Ist dir schlecht? Du bist ganz weiß! Kann ich dir helfen?«
»Fibi«, stöhne ich und Tränen rinnen über meine Wangen. Das ist alles zu viel für meine Nerven. »Wo ist meine Tasche? Hast du sie gesehen?«
»Ja, neben dem Sofa.« Sie verschwindet kurz und reicht sie mir.
»Danke. Warte. Gleich. Ich muss schnell ...« In Windeseile öffne ich den Reißverschluss und krame wie wild im Inneren herum. Da! Ich habe die Packung gefunden. Sie ist leer. Das bedeutet, dass ich recht habe.
»Fibi, kannst du Kaffee machen?«, frage ich meine Freundin und blicke sie flehend an. »Ich glaube, ich habe ein Problem.« Ohne weitere Fragen zu stellen, schlurft sie in die Küche. An Schlaf ist jetzt nicht mehr zu denken.

Knapp eine viertel Stunde später sitzt Fibi neben mir auf dem Sofa und wir nippen synchron an unseren Tassen. Das heiße Gebräu tut gut und ich habe mich wieder etwas beruhigt. Es ist kurz nach acht Uhr an diesem Sonntagmorgen. Fibi hat die Vorhänge geöffnet und die Sonne wirft ihre Strahlen in das kleine Appartement. Es könnte so ein schöner Tag werden, wenn ... Wie groß ist denn die Wahrscheinlichkeit, dass ich schwanger bin? Verschwindend gering, rede ich mir gut zu. Fibi, der ich

bereits alles erzählt habe, hat ihr Smartphone in der Hand und sucht fieberhaft im Internet, ob sie eine Lösung für mein Problem findet.
»Also, Anja, keine guten Neuigkeiten für dich. Ich habe wirklich fast jede Seite, die ich finden konnte, durchsucht. Die Wechselwirkung zwischen der Pille und dem Antibiotikum ist verheerend. Es geht darum, dass dein Darm geschwächt ist und sie daher nicht richtig wirken kann. Du hättest die Pille danach nehmen können, aber ...«
»Scheiße!«, fluche ich ungeniert. Ist doch auch wahr. »Und du bist ganz sicher?«
»Willst du selber lesen? Hier ...« Fibi hält mir das kleine, elektronische Gerät unter die Nase, doch ich winke ab.
»Nein. Passt schon. Sag mir lieber, was ich jetzt machen soll.«
»Keine Ahnung. Zum Arzt gehen vielleicht? Was ist, wenn du deinen Doktor anrufst. Also ich meine den Helfsberg. Vielleicht weiß der ...«
»Bist du wahnsinnig? Ganz sicher nicht!« Ruckartig drehe ich mich zu ihr herum und funkle sie böse an.
»Hey, sorry. War nur so eine Idee. Okay, zugegeben, eine blöde Idee. Also bleibt dir nichts anderes übrig, als abzuwarten.«
»Auf was soll ich denn warten? Auf bessere Zeiten?« Meine Worte triefen vor Sarkasmus.
»Quatsch. Darauf, dass du deine Tage bekommst. Auf Montag, damit du zu deinem Frauenarzt gehen kannst, auf ... ich weiß nicht. Auf ein Wunder?« Fibi grinst mich schief an. »Anja. Du kennst doch meine These. Es ist gut wie es ist, weil es ist wie es ist. Hat schon alles seinen Grund. Warte ab, was die Zeit bringt.«
»Na, du hast Nerven. Du bist auch nicht schwanger. Können wir nicht zu einer Apotheke fahren und einen Test kaufen? Oder mehrere?«
»Wenn du unbedingt willst. Aber du wirst sehen, dass er negativ ausfällt. Ich meine positiv ... für dich. Na, du weißt schon.« Erneut versucht sie einen Scherz, doch mir ist nicht wirklich danach zumute. »Nur weil der Typ davon träumt, heißt das nicht, dass es auch wahr ist. Lass

dich nicht einschüchtern. Es war nur ein Traum!«, fügt sie hinzu und legt mir tröstend eine Hand auf die Schulter.
»Ja sicher war es das. Aber er wusste nichts von der Entzündung und dem Medikament.« Erneut dreht sich mir der Magen um. Ein Zeichen, dass ich schwanger bin?
»Sag mal, Anja, was ist das eigentlich mit deinem Gewinn von gestern. Wann genau soll denn der Golfkurs sein? Und wo?«, versucht Fibi mich abzulenken, steht auf und schlurft in die Küche, um Kaffee nachzuschenken.
»Was? Ähm, ich weiß nicht genau. Steht auf der Karte, die ich gestern gewonnen habe. Müsste ich nachschauen.«
»Dann schau mal nach. Ich würde das gern wissen.« Eigentlich ist der Versuch meiner Freundin, mich auf andere Gedanken zu bringen, echt süß und sie hat recht. Warum sollte ich mir jetzt Gedanken machen? Vielleicht bin ich gar nicht schwanger. Eventuell meint es das Schicksal noch einmal gut mit mir. Ich beschließe, vorerst nicht in Panik auszubrechen und mit dem Test bis morgen zu warten. Mit einem lauten Seufzer angle ich nach meiner Tasche, krame darin herum und ziehe den Umschlag von gestern heraus. Dort steht die Adresse des Golfclubs und dass ich mich melden muss zwecks Terminvereinbarung. Ich lese Fibi die paar Zeilen vor.
»Wunderbar. Dann fahren wir nachher hin, okay? Das Wetter ist fantastisch und du kommst auf andere Gedanken. Vielleicht macht dir der Kurs sogar Spaß und du lernst neue Leute kennen. Weißt schon, so schicke Typen in Designerhosen und mit Mütze auf dem Kopf.« Unwillkürlich muss ich lächeln. Fibi sieht wirklich immer und überall die positive Seite des Lebens. Was würde ich nur ohne sie machen?

Nach einer ausgiebigen Dusche und frischen Klamotten, wieder mal geliehen, fühle ich mich gleich besser. Wird schon alles gut werden, rede ich mir ein. Kurz vor zehn Uhr fahren wir auf den Parkplatz des Golfclubs.
»Ist ganz schön was los heute, was?«, bemerkt Fibi und ich kann ihr nur beipflichten.
»Ja. Sieht so aus, als fände hier heute ein Turnier oder ähnliches statt. Ich kenne mich zwar nicht wirklich aus,

aber schau doch mal die vielen Menschen dort.« Ich zeige auf eine Gruppe von älteren Herren, die geradewegs auf das Clubhaus zusteuern.
»Na, dann nichts wie hin. Vielleicht bekommen wir noch einen Platz auf der Terrasse und können von dort einen Blick auf die Spieler erhaschen. Ich muss zugeben, dass ich Männer in weißen Hosen und kurzärmligen Shirts total sexy finde. Du nicht?« Ein Lächeln huscht über mein Gesicht. Ach daher weht der Wind. Fibi ist mal wieder auf der Suche nach einem neuen Mann. War wohl nichts mit diesem Internetflirt. Wie hieß er noch? Ach, egal. Diesmal also ein Golfer? Na, warum nicht.
Die Sonne scheint von einem wolkenlosen Himmel, die Vögel singen munter ihre Liedchen und ein leichter Wind streichelt meine Haut. Erneut trage ich eine Hose anstatt eines Kleides und muss gestehen, dass ich mich wirklich wohlfühle. Die Zeit der Kleider ist eindeutig vorbei. In Gedanken räume ich bereits meinen Schrank aus, während Fibi uns einen Tisch auf der Terrasse besetzt. Gerade frei geworden. Glück muss man haben. Fibi hat es.
»Komm Herzchen. Setz dich. Willst du auch einen Kaffee? Von hier aus hat man einen wundervollen Blick über das Gelände. Vielleicht drehst du schon bald selbst deine Runden über den Platz. Und ganz vielleicht werde ich dich mal begleiten.« Sie strahlt mich an.
»Wann genau soll ich das machen? Ich habe doch jetzt schon nahezu keine Freizeit«, merke ich an, doch sie winkt lapidar ab.
»Wer will findet Zeit. Wer nicht will, findet Ausreden. Dann arbeitest du halt etwas weniger. Steht doch zurzeit ohnehin kein neuer Interessent für die Häuser am Meer vor der Tür. Ergo wird unser Chef das verkraften müssen. Schließlich bevorzugt er hübsche, sportliche und dynamische junge Damen, die seine Objekte verkaufen. Stimmt's?« Ich muss herzhaft lachen.
»Mal sehen, was das hier wird. Vielleicht stelle ich mich auch furchtbar dämlich an und dann kann ich mich hier nie wieder blicken lassen.«
»Wie oft habe ich dir gesagt, dass du positiv denken sollst? Das wird schon alles. Und wenn nicht, dann soll

es eben nicht sein.« In diesem Moment erscheint eine junge Kellnerin an unserem Tisch und nimmt die Bestellung auf. Zweimal Kaffee. Dann lehnt sich Fibi in ihrem Korbsessel zurück und streckt die Beine aus. Die wärmende Sonne scheint ihr mitten ins Gesicht und sie schließt genüsslich die Augen.

»So lässt es sich aushalten, was? Also ich glaube, ich komme öfter hierher.« Ich nehme mir ein Beispiel an meiner Freundin. Es ist wirklich herrlich. Ohne ein weiteres Wort genießen wir das Leben, beobachten ab und an die Damen und Herren, die in Golfkleidung an uns vorbeiziehen und sich dabei angeregt unterhalten, oder lauschen dem Geplapper am Nebentisch. Ich kann die gute Stimmung, die positive Atmosphäre fast greifen, so wohl fühle ich mich. Es hatte wirklich etwas Gutes, dass wir gestern Abend in diesem Club waren. Im Leben wäre ich nie auf die Idee gekommen, mich zu einem solchen Schnupperkurs anzumelden. Auch die Schwangerschaftsfrage habe ich mühsam verdrängt.

»Ich glaube, ich gehe mal eben zur Anmeldung. Checken, wie das hier abläuft, okay? Kommst du mit?«

»Ach ne. Ich sitz grad so gut«, antworte ich Fibi, die mal wieder ihre Hummeln im Hintern spürt. Ich weiß genau, dass sie die Herren der Schöpfung, die gerade vom Spiel zurückkommen, näher beäugen will. Jung, braungebrannt und durchtrainiert. Was will Frau mehr. Sie nickt mir zu und wenige Sekunden später sitze ich allein vor meiner mittlerweile leeren Kaffeetasse. Wo wohl die Kellnerin ist? Suchend schaue ich mich um und erleide fast einen Herzinfarkt. Was ...? Alex und seine Angetraute Emma kommen geradewegs auf mich zu. Was machen die denn hier?

»Anja! Darling!«, begrüßt mich Emma überschwänglich und ich erhebe mich automatisch. Sie hat ihre langen, braunen Haare zu einem Pferdeschwanz gebunden, trägt sportliche Kleidung und strahlt über das ganze Gesicht. Alex, der hinter ihr steht, hat sich ihr angepasst. Auch er hat sich in eine weiße Stoffhose und ein kurzärmliges Shirt geschmissen. Dazu eine Kappe auf dem Kopf und Sonnenbrille auf der Nase. Mit Küsschen links, Küsschen rechts begrüßt mich meine Freundin und ihr Gatte streckt

mir lediglich die Hand entgegen, die ich flüchtig schüttle. Nur nicht länger berühren, als nötig.
»Was macht ihr denn hier?«, frage ich Emma und bemühe mich, meinen ehemaligen Liebhaber nicht zu beachten. Schwerer als gedacht. Er sieht echt zum anbeißen aus.
»Ach«, sagt Emma und lässt sich mir gegenüber in den Sessel fallen, in dem eben noch Fibi saß, »Alex hat sich zu seinem ersten Turnier angemeldet und ich will mir das Spektakel nicht entgehen lassen. Außerdem liebe ich diese Terrasse. Immer, wenn ich frei habe und Alex spielt, bin ich dabei.« Sie winkt der Kellnerin, die just in diesem Augenblick an uns vorbeihuscht, und bestellt noch einmal zwei Kaffee. Alex hat sich mittlerweile zurückgezogen und ist im Clubhaus verschwunden. Irgendwas ist mit Emma passiert. Sie kommt mir so anders vor. Sie strahlt über das ganze Gesicht, wirkt ausgeglichen und nicht mehr so schüchtern wie vor der Ehe. Können sich Menschen so sehr ändern? Nur wegen eines Rings am Finger?
»Sag mal, Emma, dir geht's gut, oder? Du wirkst zumindest so.« Ich bin so neugierig, dass ich mir die Frage nicht verkneifen kann.
»Oh ja, meine Liebe. Die Ehe tut mir wirklich gut. Und es hat sich noch einiges in meinem Leben geändert. Endlich habe ich die Chance ergriffen und kümmere mich nun selbst um ein Baby.« Bitte was? Ich dachte, da gehören immer zwei dazu? Vollkommen irritiert starre ich Emma an, die amüsiert auflacht.
»Da staunst du, was? Ach, weißt du Anja, wenn Alex kein Baby zustande bringt, dann muss ich eben nachhelfen.« Mein Gesicht ist ein einziges Fragezeichen. Wieso bringt er kein Baby zustande? Ich verstehe das alles nicht, traue mich aber auch nicht direkt nachzufragen. Nicht, dass Emma noch auf die Idee kommt, dass ...
»Ist doch ganz einfach, Anja. Alex ist ein Gott im Bett. Zumindest für seine Geliebten. Aber er schießt nur mit heißer Luft. Und deswegen habe ich mir jetzt auch einen Liebhaber zugelegt.« Bitte ... WAS? Mir klappt das Kinn nach unten und ich reiße die Augen auf. Habe ich das

gerade wirklich richtig verstanden? »Mach deinen Mund wieder zu, Herzchen«, sagt Emma mit einem Lächeln auf den Lippen und legt ihre Finger unter mein Kinn. »Du glaubst doch nicht etwa, dass ich nicht weiß, was du und mein Mann so treiben. Ich weiß alles, Anja. Aber keine Angst, alles ist gut, solange es euch Freude bringt. Er ist ausgelastet, hat gute Laune, wenn er sich mit dir vergnügt hat und ich habe meine Ruhe.« Ich schlucke schwer und will mich nun doch verteidigen.

»Seit wann weißt du das?«, stottere ich und Emma kneift ihre Augen zusammen.

»Lass mich mal überlegen. Also ich weiß, dass ihr es an Silvester in unserer Küche getrieben habt. Und danach auch noch einige Male. Stimmt's?« Was zum Teufel soll ich jetzt sagen? Sie scheint ohnehin alles zu wissen.

»Ich, ähm«, beginne ich, doch Emma winkt ab.

»Lass gut sein, Anja. Mir ist es auch vollkommen egal, wann er wie oft mit welcher Frau geschlafen hat. Solange er danach duscht, bevor er mit mir ins Bett steigt, ist alles okay.« Wie? Was? Frauen?? Erneut starre ich Emma fassungslos an.

»Frauen? Wie meinst du das?«

»Was verstehst du da nicht? Alex hat mehrere Geliebte. Zumindest wenn ich nach den Nachrichten gehe, die ich auf seinem Smartphone gelesen habe und den unterschiedlichen Düften auf seiner Kleidung, wenn er wieder einmal Überstunden machen musste. Wusstest du das nicht? Hast du wirklich gedacht, du wärst die Einzige? Oh Anja, Schätzchen. So naiv kannst du doch nicht sein.« Mir ist schlecht. Mein Magen rebelliert und ich brauche jetzt dringend einen Schnaps. So etwas sagt Emma zu mir? Was ist nur passiert? Ich kann das alles nicht begreifen. Unbemerkt zwicke ich mich in den Oberschenkel. Aua. Alles klar, kein Traum. Aber was geschieht hier? Emma weiß alles? Alex hat mehrere Geliebte und ...

»Wie meinst du das, du kümmerst dich selber um ein Kind, da Alex nicht kann?«, schießt es aus mir heraus.

»Ganz einfach. Ben heißt mein Liebhaber. Er ist ein Arbeitskollege von mir. Ein süßer Typ, das sag ich dir. Hat Ähnlichkeit mit meinem Mann.« Sie zwinkert mir zu.

»Wir treiben es miteinander, wenn ich meine fruchtbaren Tage habe. Vielleicht, also ganz vielleicht, hat es sogar schon funktioniert. Ich muss jetzt abwarten, was der Test sagt und dann ... Anja, dann werde ich bald Mutter!«
»Aber warum denn mit einem fremden Mann?« Ich kann es noch immer nicht begreifen.
»Weil Alex keine Kinder zeugen kann. Seine Spermien sind zu lahm. Comprende?«
»Und ... woher weißt du das?«
»Weil ich einen Test gemacht habe.«
»Wo? Wie?« Emma lacht auf.
»Du willst es wirklich ganz genau wissen, was?« Sie streicht sich mit der rechten Hand eine Haarsträhne aus dem Gesicht, bevor sie fortfährt. »Ich habe einen Freund. Der arbeitet im medizinisch-technischen Labor und schuldete mir noch einen Gefallen. Also habe ich eines Vormittags, als Alex sich mal wieder die Ehre gab und mich beglückte, seine kleinen Freunde nicht in der Toilette versenkt, sondern sie aufgehoben. Danach bin ich mit der Probe ins Labor gefahren und mein Kumpel hat den Test gemacht. Spannend, sage ich dir. Wusstest du, dass Spermien nur ungefähr eine Stunde an der Luft überleben?« Sie grinst schief. »Einige Tage später hatte ich das Ergebnis und war am Boden zerstört. Die Hochzeit war bereits geplant und ich wollte ihn ja auch heiraten. Doch ohne Kind ist mein Leben sinnlos. Ich will unbedingt ein Baby. Verstehst du das?« Ich nicke. Irgendwie schon. Und es steht mir auch wirklich nicht zu, über sie zu urteilen. Ich handle schließlich auch nicht der Norm entsprechend.
»Weiß er es?«, frage ich und denke an seinen Anruf von heute Morgen.
»Nein! Bist du wahnsinnig? Er weiß nichts davon. Und das soll auch so bleiben. Ben sieht Alex ziemlich ähnlich. Aber wir sind nur Freunde. Also Freunde mit dem gewissen Extra. Bei ihm kann ich mich fallen lassen, musst du wissen. Er liebt mich vollkommen anders als Alex. Er ist zärtlich, einfühlsam und wir tun es ausschließlich in einem Hotelzimmer. Ohne Licht.«
Erneut lächelt sie mich an und ich nicke. Ich weiß, dass

sie Sex an ungewöhnlichen Orten und bei Helligkeit hasst.
»Und wie hast du dir das dann vorgestellt? Willst du ihm das Kind unterschieben?«
»Genau so. Er hat sich seit zwei Wochen ziemlich verändert. Ist irgendwas bei euch vorgefallen?« Der abrupte Themenwechsel überfordert mich und ich zucke mit den Schultern.
»Ja, irgendwie schon«, gebe ich zu. »Ich habe die Verbindung zwischen uns gelöst. Ich habe ihm gesagt, dass er sich mehr um dich kümmern muss. Ich will nicht länger seine Geliebte sein. Auch, um dir nicht länger weh zu tun.« Das Gespräch fühlt sich so komisch an. Nie im Leben hätte ich gedacht, dass ich so eine Unterhaltung jemals führen würde.
»Ach deswegen! Jetzt erklärt sich mir sein Verhalten. Offenbar ist nämlich nicht nur eure Beziehung beendet, sondern auch die der anderen. Warum auch immer. Ich weiß, dass du es nur gut gemeint hast und es ist auch lieb von dir, nur habe ich ihn jetzt ständig an mir kleben. Alex braucht seinen Sex. Und ich kann ihm nicht geben, was er will.« Minutenlang herrscht Schweigen zwischen uns. Jede hängt ihren Gedanken nach.
»Du willst aber jetzt nicht, dass ich ihn zurücknehme, nur damit du ...«, beginne ich und Emma legt eine Hand auf meinen Arm.
»Nein, Anja. Du musst das machen, was für dich am besten ist. Ich glaube, du suchst auch verzweifelt nach einem Mann, der dich so liebt wie du bist, oder? Da ist Alex der Falsche. Er wird mich nie verlassen. Warum sollte er auch? Er hat bei mir alles, was er braucht. Und ich bei ihm. Gut, der Sex ist nicht besonders, aber sobald er sich ausgetobt hat und das Kind da ist, wird sich das auch ändern. Da glaube ich fest daran.« Hmm. Wenn sie meint ... was soll ich dazu noch sagen. Ich bin froh, dass ich ihn aus meinem Leben verbannt habe. Und in diesem Moment ist mir auch klar, dass ich ihn nie wieder zurück haben will. Alles hat seine Zeit. Unsere ist eindeutig vorbei.
»Ach übrigens«, beginnt Emma und ihre Hand liegt noch immer auf meinem Arm. »Ich danke dir für das schöne

Bild, das du uns zur Hochzeit geschenkt hast. Es hängt im Flur und ich versuche, mich daran zu halten. Vielleicht werden wir auch irgendwann eine normale Ehe führen, uns lieben und ehren ... wie ich es mir so sehnlich wünsche.« Ich sehe die Tränen in ihren Augen schimmern, die sie mühsam zurückdrängt. Sie tut mir leid. Ehrlich. Sie versucht, so tapfer zu sein und ihren Traum zu leben. Ich wünsche ihr von ganzem Herzen, dass er irgendwann in Erfüllung geht.
»So, dann werde ich mal schauen, was mein Göttergatte so treibt. Mach's gut, Anja. Vielleicht sieht man sich irgendwann mal wieder. Ansonsten wünsche ich dir alles Gute und dass du deinen Traummann bald findest.« Sie steht auf, schreitet hoch erhobenen Hauptes die Terrasse in Richtung Clubhaus davon und ihr Pferdeschwanz wippt im Takt ihrer Schritte.

»Hey Anja«. Eine tiefe Stimme reißt mich aus meinen Gedanken. Ich versuche noch immer das eben Gehörte zu verdauen, als sich eine Hand auf meine Schulter legt. Prompt beginnt eine Horde Schmetterlinge in meinem Bauch Samba zu tanzen und ich weiß genau, wer hinter mir steht. Auch ohne mich herumzudrehen.
»Anja! Schau mal, wen ich da gefunden habe.« Fibi lässt sich auf den Sessel mir gegenüber fallen und ich sehe ihr breites Grinsen. »Markus Helfsberg. Ist das nicht ein Zufall?« Ich nicke ergeben. Zufälle hatte ich heute wirklich schon genug. Aber dieser gefällt mir.
»Hi Markus«, begrüße ich meinen Held und er schiebt einen weiteren Sessel an unseren Tisch. Dass es hier keine normalen Stühle, sondern nur Korbsessel gibt, verwundert mich zwar etwas, aber es soll offenbar Gemütlichkeit ausstrahlen.
»Wollt ihr auch einen Kaffee?«, fragt Markus und ich schüttle den Kopf. Nein. Ich brauche dringend etwas Stärkeres.
»Lieber einen Sekt, bitte. Das muss jetzt sein.« Fibi, die noch nichts von den Neuigkeiten weiß, wirft mir einen fragenden Blick zu. »Das ist schon in Ordnung, alles in Ordnung«, flüstere ich ihr zu und sie nickt. Sie merkt,

dass ich jetzt nicht reden kann und dass etwas passiert sein muss.

»Na dann ... Eine Flasche Champagner, bitte«, bestellt Markus bei der Kellnerin, die ihn charmant anlächelt. Bei diesem Blick zucke ich zusammen. Die Alte soll ihre Augen von meinem ... ähm ... okay? Was denke ich da? Er ist nicht MEIN. Weder mein Freund noch mein Liebhaber. Ich kenne ihn noch nicht einmal richtig. Scheinbar hat er meinen bösen Blick der Kellnerin gegenüber bemerkt und lächelt mir nun schelmisch zu, sodass sich meine Wangen rot verfärben. Wer hat eigentlich dieses Erröten erfunden? Den sollte man verklagen. Es verrät einen immer in den falschen Situationen.

»Geht es dir gut, Anja?«, fragt Markus und ich merke, dass er es ernst meint. Er will wirklich wissen, wie es um mich steht. Schön diese Besorgnis. Tut gut.

»Danke. Alles gut. Meine Blasenentzündung, oder was auch immer es war, ist verheilt, das Wetter ist fantastisch und«, ich mache eine bedeutungsvolle Pause, »ich habe Gesellschaft von zwei wunderbaren Menschen.« Fibi zwinkert mir zu und ich lächle Markus verführerisch an. Woher ich plötzlich diesen Mut habe, weiß ich nicht. Vielleicht bin ich einfach froh, dass die Sache mit Emma und Alex geklärt ist und ich diesen Typen los bin. Vielleicht bin ich jetzt bereit für eine neue, ernsthafte Beziehung? Vielleicht.

»Das freut mich, Anja. Schön, dass wir uns hier begegnet sind. Was machst du hier? Willst du auch Golf spielen lernen?«, fragt Markus charmant und ich erzähle ihm die Geschichte von dem gewonnenen Gutschein. »Na, du hast ein Glück, Anja. Ich habe mich auch dazu entschlossen, endlich meine Platzreife zu machen. Viele meiner Kollegen spielen Golf und sie haben mich schon des Öfteren eingeladen. Jetzt kann ich mich einfach nicht mehr herausreden. Vielleicht können wir den Kurs gemeinsam belegen? Dann komme ich mir nicht so verloren vor«, schlägt Markus vor und beugt sich ein wenig näher zu mir. In seinen meerblauen Augen sehe ich ein schelmisches Funkeln, das die Schmetterlinge in meinem Magen zu neuen akrobatischen Kunststücken

veranlasst. Ich könnte ewig in seine Iris schauen, die unterschiedlichen Blautöne ergründen und mich darin verlieren. Mein Herz klopft wild in meiner Brust und meine Hände werden feucht. Ich muss mich räuspern.
»Ob das so eine gute Idee ist? Nicht, dass ich mich blamiere vor dir und du mich dann auslachst«, erwidere ich ehrlich, was in meinem Kopf vorgeht.
»Keine Sorge. Ich werde dir schon helfen, Anja. Wenn ich es kann, dann werde ich deinen Arm führen und dir zeigen, wie und wohin der Ball fliegen muss.«
»Und du meinst wirklich, dass ich, wenn du hinter mir stehst, noch irgendwas treffe?« Markus lacht amüsiert auf.
»Ein Versuch wäre es allemal wert, oder?« Noch immer ist mir dieser Mann ganz nah und ich rieche die Mischung aus seiner Haut und seinem Parfum. Sommer, Sonne, Meer und Markus – diesen Duft werde ich nie wieder aus meiner Nase bekommen. Da bin ich mir sicher. Aber ... will ich das denn?
»Ich glaube, ich muss noch mal eben«, ertönt Fibis heitere Stimme und ich kehre in die Wirklichkeit zurück. Sie nickt mir auffordernd zu, was offenbar so viel heißen soll wie »du packst das schon. Schnapp dir diesen Doktor«, greift nach ihrem Champagnerglas, das, ohne dass ich des mitbekommen habe, serviert wurde und nun auf dem kleinen Glastischchen zwischen uns steht und dreht sich dann schwungvoll herum, um Richtung Clubhaus zu schlendern.
»Auf dich und die Liebe«, sagt Markus, ergreift die anderen beiden Gläser und drückt mir eines in meine vor Aufregung zitternde Hand.
»Markus, ich ...«, beginne ich und er legt mir eine Hand auf den Arm. Genau an die gleiche Stelle, an der vor einiger Zeit auch Emmas Hand lag. Ein Zeichen? Diese Berührung ist mir auf jeden Fall wesentlich lieber.
»Alles gut, liebe Anja. Du musst keine Angst vor mir haben. Darf ich dein Freund sein?« Ich stutze. So eine Frage hat mir noch kein Mann gestellt. Oder doch damals, vor ungefähr zwanzig Jahren, in der Grundschule. Bei diesem Gedanken muss ich schmunzeln.

»Darf ich jetzt ankreuzen? Ja, nein, vielleicht?«
»Nö.« Markus lacht. »Nein und vielleicht werden nicht akzeptiert.«
»So so«, kichere ich ausgelassen und trinke einen Schluck Schampus. Es fühlt sich richtig an. Alles. Die Umgebung, der Mann und das Prickelwasser in meinem Magen. Noch immer schlägt mein Herz schneller als es sollte, die Schmetterlinge tanzen und ich fühle mich so wohl, wie schon lange nicht mehr. Markus als meinen Freund finde ich ganz wundervoll. Der erste Schritt wäre getan. Eventuell wird sogar mehr daraus. Wer weiß das schon?

»Hast du Lust eine Runde mit mir spazieren zu gehen?«, fragt Markus nach einiger Zeit und schaut mir direkt in die Augen. Lust? Aber sowas von. Eine Seite von mir hätte noch auf ganz andere Dinge Lust, aber ich werde mich hüten so etwas zu sagen. Noch kenne ich ihn nicht gut genug und eine schwere Frage belastet meine Seele.
»Ja. Geht ihr zwei mal Gassi«, mischt sich Fibi ein, die an unseren Tisch zurückgekehrt ist und, wenn ich könnte wie ich wollte, dann würde ich ihr unter dem Tisch einen Tritt verpassen. Doch sie sitzt zu weit entfernt. Das würde auffallen. Will sie mich loswerden? »Ich warte hier auf dich, liebe Anja und genieße noch ein wenig die Sonne und den Champagner. Der wird ja sonst ganz warm.«
»Schon klar, Fibi. Und du willst in Ruhe Nachrichten versenden, gib's zu«, feuere ich mit einem Grinsen auf den Lippen zurück. Peinlich kann ich auch sein.
»Richtig, Herzchen. Ich bin schließlich noch auf der Suche nach Mister Right.« Den Rest des Satzes, der wohl so ähnlich lautet wie: »du ja nicht mehr«, schluckt sie hinunter und doch kann ich ihn in ihren Augen lesen. Dieses Biest.
»Na dann«, fordert mich Markus auf und reicht mir seine Hand. »Darf ich bitten, schöne Frau?«
»Sehr gerne, mein Held«, erwidere ich schmunzelnd und lasse mich von ihm auf die Füße ziehen. Noch immer trage ich die Schuhe, die ich am Freitag im Büro anhatte. High Heels. Bisher kam ich noch nicht dazu, sie zu wechseln. Ich weiß genau, dass mir heute Abend meine

Beine abfallen, da ich es einfach nicht gewohnt bin, so lange in diesen unbequemen Tretern zu laufen. Doch es gibt Zeiten, da ist ein Spaziergang ein Schritt in die richtige Richtung und einfach wichtiger als schmerzende Füße.

Schweigend schlendern wir ein paar Meter nebeneinander her und jeder hängt seinen Gedanken nach. Es ist angenehm warm und der Duft der Blüten und Blumen um uns herum hüllt mich ein. Was für ein wundervoller Moment.

»Sag mal«, beginne ich nach einiger Zeit das Gespräch. »Darf ich dir eine Frage stellen?« Mein Herz klopft bei diesen Worten noch ein wenig schneller und die Innenflächen meiner Hände werden feucht. Ich habe solche Angst vor der Antwort, doch ich muss die Frage stellen, bevor ich platze.

»Was immer du magst, meine Liebe. Ob ich dann antworte, liegt bei mir, oder?«, sagt er keck und meine Ohren klingeln. Oh weh. Was ist, wenn er mir auf die dringendste aller Fragen keine Antwort gibt? Was ist, wenn er mich anlügt? Was ist, wenn ...

»Bist du vergeben?«, schießt es aus mir heraus und ich halte unwillkürlich den Atem an. Markus bleibt abrupt stehen, dreht sich zu mir herum und nimmt meine verschwitzen Hände in seine. Dann blickt er mir direkt in die Augen und ich kann die Sonne darin leuchten sehen.

»Meine liebe Freundin«, beginnt er und meine Knie werden zu Pudding. Ich habe Angst! »Ich versichere dir, dass ich nicht vergeben bin. Wie du siehst, trage ich keinen Ring«. Das ist kein Zeichen! Den muss man schließlich nicht tragen. Alex hat auch keinen. Doch ich hüte mich davor, die Worte laut auszusprechen und höre weiter angespannt zu. »Ich bin auch nicht verlobt.« Ich seufze innerlich auf. »Das einzige weibliche Wesen, das in meinem Leben eine Rolle spielt, ist meine Tochter Biggi. Vierzehn Jahre jung und mitten in der Pubertät. Sie lebt bei ihrer Mutter und ich sehe sie hauptsächlich zur Ferienzeit. Mit ihrer Mum, Natascha, verstehe ich mich soweit gut. Wir streiten zumindest nicht mehr. Glaube mir, das ist in der heutigen Zeit wirklich viel wert.« Der Stein, der mir in diesem Moment von der Seele fällt, ist so groß wie ..., wie ... ach, so einen großen Stein gibt es eigentlich gar nicht. Und jetzt auch nicht mehr auf meiner Seele.»Außerdem bin ich Doktor der Chirurgie, wie du bereits mitbekommen hast. Aufgrund meiner Erbschaft werde ich bald das wundervolle Häuschen am Strand mein Eigen nennen, welches du mir gezeigt hast und wo wir uns das erste Mal trafen und ich mich ...« Er stockt. Was hat er? Will ich es wissen? Nervös lässt er eine Hand los und fährt sich mit dieser durch seine kurzen, grauen Haare.»Willst du noch mehr wissen?«, lenkt er ab und ich nicke. Je mehr, desto besser. Er grinst schief und fährt fort:»Ich bin knapp vierzig Jahre alt, habe kaum Freizeit und möchte das Golfspielen erlernen. Wenn ich mal freie Zeit habe, dann lese ich sehr gerne, liebe ausgedehnte Spaziergänge und möchte das Leben genießen. Allerdings nicht allein. Ich möchte dich gerne an meiner Seite haben. Weißt du, zu zweit macht alles doppelt so viel Spaß.« Ich bin überfordert und mein Herz rast. Hat er das jetzt wirklich gesagt? So offen?

»Warum weinst du?« Erschrocken lässt er auch meine andere Hand los und wischt mit seinem Daumen über meine Wange. Ich weine? Habe ich gar nicht bemerkt.

»Weil ... weil ich überwältigt bin«, stottere ich und er zieht mich wortlos in seine Arme. So stehen wir eine Weile schweigend da und er streichelt mir sanft über den Rücken. Dieses Gefühl der Wärme und Geborgenheit lässt mich wohlig aufseufzen.

»Markus«, sage ich nach einer gefühlten Ewigkeit, die gerne noch länger hätte dauern können, und löse mich langsam von ihm.»Ich möchte dir gerne erklären, warum mir diese Frage so wichtig ist. Ich will, dass du weißt, wie ein Teil meiner Vergangenheit war und was mich beschäftigt. Bist du bereit dafür oder ... oder hast du kein Interesse? Weißt du, ich suche keinen Mann für eine Nacht. Oder nur zum Sex. Das hatte ich bereits und ...«

»Erzähl es mir«, unterbricht er meinen nervösen Redeschwall.»Ich will es wissen. Ich will dich kennenlernen. Mit all deinen liebenswerten Facetten. Ich will dich begreifen, dich verstehen und dein Herz heilen. Ich merke doch, dass dich etwas belastet. Hat es mit dem

Typen zu tun, der dich neulich so mies behandelt hat?«
Ich nicke schüchtern.
»Ja, auch. Alex heißt er«, beginne ich meine Vergangenheit vor ihm auszubreiten.
»Lass uns ein Stück weitergehen«, schlägt er vor, ergreift meine Hand und verflechtet seine Finger mit meinen. »Dabei lässt es sich leichter reden«, fügt er hinzu und wir schlendern los.
Während wir so dahinschlendern, erzähle ich ihm alles, was in den letzten Jahren vorgefallen ist. Beginnend bei Flo, der mich sitzen ließ, um in Boston sein Glück zu finden, bis hin zur letzten Begegnung mit Alex am Strand. Ich rede und rede, ohne auch nur ein einziges Mal innezuhalten. Markus hört mir schweigend zu. Er fragt nichts, sagt nichts und als ich geendet habe, sind wir auf einer kleinen Lichtung mitten im Wald angekommen. Natürlich habe ich keine Ahnung wo wir uns befinden, doch es ist wunderschön hier. Ein winziger See liegt vor uns. Die Sonne zaubert wundervolle Lichtkreise auf die Oberfläche und irgendwo in der näheren Umgebung quakt sogar ein Frosch.
»Setzen wir uns?«, fragt Markus und zeigt auf einen umgestürzten Baumstamm, der perfekt als Bank dient. Ich folge nur zu gerne seiner Bitte, da mir in diesem Moment die Füße zu schmerzen beginnen. Wer ist schon so dämlich und tappt mit High Heels durch den Wald?
»Was sagst du? Habe ich dich nun schockiert?«, will ich wissen, nachdem ich mich gesetzt habe. Erneut kriecht die Angst durch meine Adern. Warum schweigt er? Ein Kloß bildet sich in meinem Hals.
»Liebe Anja«, beginnt er nach einer gefühlten Ewigkeit, dreht sich zu mir herum und schaut mir tief in die Augen. »Danke, dass du so ehrlich zu mir warst. Jetzt kann ich dich und deine Furcht vor einer neuen Beziehung besser verstehen. Ich weiß nun, warum du so dringend wissen wolltest, ob ich vergeben bin oder nicht.« Er schmunzelt und ich sehe das Funkeln in seinen blauen Augen. Eine innere Wärme macht sich in mir breit und ich ahne, dass meine Beichte kein Fehler war. »Ich glaube fest daran, dass alles im Leben seine Zeit hat. Ganz egal, was wir machen, welchen Menschen wir

begegnen und wie das Leben verläuft. Ich glaube, dass alles nach einem Plan geschieht, den wir nicht verstehen. Ich denke wirklich, dass du diese Erfahrungen machen musstest, um zu reifen und zu dir selbst zu finden. Lach mich bitte nicht aus. Ich bin kein religiöser Spinner oder Fanatiker«, bei diesen Worten grinst er noch eine Spur breiter, »doch ich kann dir sagen, dass man als Arzt irgendwann beginnt, das Leben und den Tod mit anderen Augen zu betrachten. Sonst wird man verrückt. Mir ergeht es jedenfalls so. Auch ich habe viele Fehler begangen, die ich nicht mehr ändern kann, doch ich habe daraus gelernt, bin reifer und erwachsener geworden. Na ja, zumindest ein bisschen.« Er lacht ausgelassen und ich stimme mit ein. Plötzlich fühle ich mich ihm ganz nah, habe Einblicke in seine Seele erhalten und ihm meine offenbart. Ich glaube, das ist eine gute Basis für eine ehrliche, vertrauensvolle Freundschaft, aus der wahre Liebe werden könnte. Die negative Anspannung fällt gänzlich von mir ab und ich beginne frech zu flirten.

»Ach ja? Du bist also erwachsen?«, greife ich den letzten Satz auf. »Und was hat es dann mit deiner Frage von vorhin, ob ich dein Freund sein will, auf sich? Das fragt doch kein Erwachsener. Jedenfalls kein Mann, den ich kenne. Die wollen alle nur Sex«, scherze ich und zwinkere ihm aufreizend zu.

»Oh, liebe Anja,« haucht er mir ins Ohr, nachdem er mich überfallartig in seine Arme gezogen hat. »Glaube nicht, dass ich dich nicht begehre. Am liebsten würde ich dir sofort deine Kleider vom Leib reißen und dich genüsslich vernaschen.« Ich schlucke. Also doch nur Sex? »Aber das werde ich nicht tun. Nicht hier. Vielleicht irgendwann, wenn du bereit dazu bist. Jetzt wäre es nicht richtig. Ich will, dass du mir vertraust und wir eine Zukunft miteinander aufbauen. Das geht aber nicht so schnell. Auch das habe ich im Laufe meines Lebens gelernt.« Er pustet leicht in mein Ohr und eine Gänsehaut überzieht jede Stelle meines Körpers. Oh ja. Das beruht eindeutig auf Gegenseitigkeit.

»Was für ein kluger Mann«, kichere ich schüchtern, um mir meine Unsicherheit nicht anmerken zu lassen und das körperliche Verlangen zurückzudrängen.

»Veräppelst du mich etwa?« Markus greift mit seiner Hand an meine Hüfte und beginnt mich zu kitzeln. Au weia. Woher weiß dieser Typ, dass ich extrem anfällig dafür bin? Kreischend springe ich auf und versuche mich zu retten. Keine Chance. Er hält mich am Arm fest, zieht mich zu sich heran und durch den Schwung landen meine Lippen auf seinen. In meinem Bauch explodiert etwas und die Schmetterlinge beginnen wie wild zu flattern. In diesem Moment vergesse ich all meine Vorsicht, meine Bedenken und Ängste und erwidere seinen Kuss. Ich öffne meinen Mund, lasse seine Zunge mein Innerstes erkunden und gebe mich ihm hin. Zuerst langsam, dann immer stürmischer tanzen unsere Zungen einen Reigen. Er schmeckt nach Champagner, nach Lust und Heimat. Ich spüre, dass wir perfekt zueinander passen. In meinem Schoß beginnt es zu pochen und ich greife mit meinen Händen in seine Haare. Ich will ihn spüren, tief in mir drin. Ich will ...
»Stopp«, keucht Markus leise und löst seine Lippen widerwillig von meinen. »Wenn wir nicht sofort aufhören, dann kann ich dir nicht garantieren, dass ich mein Versprechen halte. Dann vernasche ich dich doch mit Haut und Haaren und lasse nichts mehr von dir übrig, du süße Maus.« Ich muss kichern bei seinen Worten. Dieser Mann hat irgendwie eine komische Wortwahl. Aber ehrlich gesagt, finde ich das fantastisch. Er ist so anders. Jedenfalls anders als Flo oder Alex. Ich mag anders.
»Du hast recht«, stimme ich ihm keuchend zu und erhebe mich von seinem Schoss. »Lass uns zurück gehen, okay? Fibi vermisst uns bestimmt schon.« Er nickt, zupft etwas an seiner Hose und grinst mich breit an, als er meinen verwunderten Blick sieht.
»Na, aber Hallo. Was denkst du denn? Ich bin auch nur ein Mann. Und du bist eine wunderschöne, begehrenswerte, zuckersüße Lady, die mich um den Verstand bringt. Da wird doch mein Freund mal anklopfen dürfen?« Ich lache schallend.
»Klar darf er. Vielleicht lerne ich ihn bald kennen.« Laut lachend ergreift er meine Hand und wir rennen ein Stück des Weges zurück. Ich bin verrückt, verknallt, verplant!

Aber es fühlt sich fantastisch an. Trotz der High Heels an meinen schmerzenden Füßen.

Kapitel 14 - Geburtstagsüberraschung

Bisher ahnte ich nicht, dass einem sein Smartphone so sehr ans Herz, beziehungsweise an die Hand wachsen kann. Jede freie Minute werfe ich einen Blick auf das Display, um bloß keine Nachricht von Markus zu verpassen. Jetzt kann ich Fibis Verhalten, das ich bislang belächelte, gut verstehen. Bei jedem Piep macht mein Herz einen kleinen Hüpfer vor Freude. Unsere Verbindung ist, seit unserer Verabschiedung am Sonntag, von Tag zu Tag intensiver geworden. Wir schreiben uns gegenseitig liebevolle Kurzmitteilungen und telefonieren stundenlang, wenn er Pause oder Feierabend hat. Ich richte meine Arbeit nach ihm aus und habe immer Zeit für ihn. Mein Leben könnte nicht schöner sein. Selbst Fibi fällt auf, dass ich unaufhörlich lächle.
»Sag mal, tun dir die Wangen nicht schon weh?«, fragt sie mich am Mittwochnachmittag und ich schüttel lachend den Kopf.
»Nö. Ich liebe es. Ich habe so viel Energie, wie schon lange nicht mehr. Kennst du das? Es fühlt sich an, als würde ich durch den Tag schweben.«
»Natürlich kenne ich das. Du bist verknallt. Und zwar volle Kanne. Ich gönne es dir.« Sie zwinkert mir zu und ich seufze auf.
»So war das aber nicht geplant«, gebe ich zu und sie grinst breit.
»Wenn wir das immer planen könnten, dann wäre das Leben einfach, Anja. Du weißt doch, was ich immer sage.«
»Jaha«, sage ich gedehnt. »Alles hat seinen Grund und alles passiert zur richtigen Zeit.«
»Eben. Also genieß es und sei glücklich.«
»Aber«, gebe ich zu und das Lächeln verschwindet von meinen Lippen, »ich weiß nicht, ob er der Richtige ist.«
Fibi stöhnt genervt und setzt bereits zu einem ihrer

Monologe an. Doch noch bevor sie etwas erwidern kann, kläre ich sie auf. »Weißt du, liebste Freundin, ich bin bereits so lange Single, dass ich mir einfach nicht mehr vorstellen kann, einen Mann in mein Leben zu lassen. Ich müsste mich ihm anpassen, irgendwann seine dreckige Wäsche waschen und ihm Rechenschaft ablegen über jeden Schritt den ich mache. Meine Freiheit wäre dahin und ich ...«
»Was denn für eine Freiheit, zum Teufel?«, grätscht Fibi dazwischen. »Nun hör aber auf. Du hast doch nur noch für unseren Chef gebuckelt, hattest dein Lächeln irgendwo vergraben und«, sie schaut mich schief an, »den Sex von einem verheirateten Mann bezogen. Willst du wirklich so weiterleben?« Ich schaue sie schockiert an. »Nein. Das will ich nicht. Ich habe Alex aus meinem Leben gestrichen. Er soll sich doch bitte um Emma und ihr zukünftiges Baby kümmern.«
»Sage ich doch. Dann freu dich ganz einfach über den schnuckeligen Prinzen, der in dein Leben gestolpert ist. Gib euch eine Chance. Wer weiß schon, was das Leben bringt. Ob ihr für immer zusammen bleibt oder ob es ein kurzes Strohfeuer wird, das liegt bei euch. Vielleicht heiratest du ihn irgendwann und ich kann vor dem Traualtar heulen. Das war doch immer dein Wunsch, Herzchen, oder?« Sie schaut mich mit strengen Augen an und ich nicke.
»Ja, sicher hast du recht.«
»Klar habe ich das. Was denkst du denn?« Sie grinst frech. »Wann seht ihr euch wieder?«
»Weiß nicht. Darüber haben wir nicht gesprochen.«
»Wie? Ihr telefoniert stundenlang und ihr plant das nicht?« Ich schüttle den Kopf.
»Bisher habe ich das Thema vermieden. Weil, also weil ich Angst habe«, gestehe ich leise und ziehe unbewusst den Kopf ein.
»Echt jetzt? Du hast ihn doch schon gesehen. Ihr habt sogar geknutscht. Vor was, zum Teufel, hast du Angst?«
»Davor, dass ich mein Herz an ihn verliere und er es mir bricht. So wie Flo ...« Ich schlucke den Kloß, der sich in meiner Kehle breit macht, mühsam hinunter.

»Du spinnst doch! Reiß dich gefälligst zusammen, Anja, und tu was für dein Glück!«, schimpft Fibi und ich schrumpfe weiter in mich zusammen. Als Fibi das bemerkt steht sie auf, kommt um unseren Schreibtisch herum, zieht mich vom Stuhl hoch, nimmt mich in die Arme und streichelt mir über den Rücken. »Du hast so eine schreckliche Panik vor einer Beziehung, dass du dein Glück nicht begreifen kannst. Er liebt dich. Das sieht doch ein Blinder. Und du liebst ihn auch. Nur deine eigene, lähmende Angst hindert dich daran. Das weißt du, oder?« Ich nicke an ihrer Schulter.
»Klar weiß ich das. Aber es ist so schwer, die Angst zu besiegen. Aber was ist, wenn ich falle, wenn das Schicksal doch andere Pläne hat, wenn ...?«
»Wenn nur das 'Aber' nicht wäre, was? Ich verstehe dich doch, Anja. Mir geht es ähnlich, wenn ich im Internet surfe und mich auf diese Typen einlasse. Das ist zwar nur Spaß und lockeres Geplänkel, aber ...«, stimmt sie mir zu, schiebt mich etwas von sich, lässt aber ihre Hände auf meinen Schultern. »Ich versuche eben das Beste aus allem zu machen und dem Schicksal zu vertrauen. Oder dem Universum, wie auch immer du es sehen willst. Keiner hat gesagt, dass es leicht ist. Think pink, Anja.« Ich blicke in ihre Augen, in denen so viel Freundschaft, Herzenswärme und Vertrauen liegt, dass ich beschließe, ernsthaft über ihre Worte nachzudenken.
»So, genug philosophiert. Jetzt wird gearbeitet«, ertönt hinter uns die amüsierte Stimme unseres Chefs und ich zucke wie elektrisiert zusammen. Hat er das jetzt alles gehört? Peinlich berührt setze ich mich wieder und richte meinen Blick starr auf den Bildschirm vor mir. Fibi allerdings wirft ihm ihr strahlendstes Lächeln zu, während sie an ihren Platz zurückgeht.
»Muss auch mal sein, Chef.«

Ich denke über Fibis Worte nach, während ich an meinem Küchentisch sitze und die flackernde, dicke Kerze vor mir betrachte. Gedankenverloren drücke ich das Wachs ein und lasse ein wenig auf die Tischplatte tropfen. Es duftet in der gesamten Küche wundervoll nach Lavendel an diesem Samstagabend, Mitte Juni, und in knapp einer

Stunde werde ich wieder ein Jahr älter. Bald bin ich neunundzwanzig Lenze alt – oder jung. Wie man es sehen mag. Wie sehe ich es? Zu alt für die Liebe? Einen Neubeginn? Oder gerade richtig? Wann ist man zu alt für die Liebe? Rosa ist der Meinung, dass ich endlich heiraten und Kinder bekommen sollte. Ich sei im richtigen Alter. Aber will ich das? Was ist eigentlich Alter? Man ist nur so alt, wie man sich fühlt. Oder anfühlt, je nachdem. Ich grinse in mich hinein, ergreife das halbvolle Weinglas, das neben der Kerze steht, und trinke einen kräftigen Schluck. Die Flasche ist bereits leer und wirre Gedanken drehen sich in meinem Kopf. Was hat sich im letzten Jahr alles verändert? Wenn ich so zurückdenke, dann wird mir ganz schwindelig. Ich habe Alex kennengelernt und eine sehr aufregende Zeit mit ihm verbracht. Doch diese Phase ist nun vorbei und eine neue Ära steht an. Ich bin umgezogen, habe Fibi kennen- und liebhaben gelernt und Markus ist in mein Leben gestolpert. Oder ich in seines. Ich könnte ihn in mein Leben lassen, glücklich sein, meine Tage in trauter Zweisamkeit verbringen ... und was mache ich? In meiner, nur durch eine kleine Flamme erhellten Küche sitzen, Wein trinken und versuchen nicht zu heulen. Mein Smartphone liegt stumm neben mir und ich weiß nicht, was ich Markus antworten soll. Er fragte mich vor gut einer Stunde, was ich denn heute Abend schönes vorhätte. Er hätte noch einen ganz wichtigen Termin und wäre bald nicht mehr erreichbar. Er weiß nicht einmal, dass ich morgen Geburtstag habe. Habe ich ihm verschwiegen. Warum weiß ich auch nicht so genau. Irgendwie hat es sich nicht ergeben. So ein Quatsch! Wem mache ich etwas vor? Einerseits will ich alleine sein, niemandem zur Last fallen. Andererseits sehne ich mich nach ihm und seiner Gesellschaft. Wie schön wäre es, könnte er jetzt hier sein und mit mir feiern. Also, was genau soll ich ihm zurückschreiben? Dass ich heule, weil ich mir unsicher bin? Dass er seinen Termin absagen soll, um bei mir zu sein? Ganz bestimmt nicht. Der hält mich doch für bescheuert. Bin ich ja auch, irgendwie. Aber ich kann halt nicht raus aus meiner Haut. Fibi fragte gestern, kurz vor Feierabend, was denn passieren müsste, damit ich endlich den Schritt ins Glück wage. Ich konnte ihr keine Antwort geben. Und auch heute weiß ich es nicht. Ich erhebe mein Glas, spüle mit dem letzten Schluck des süßen Rotweins meine Gedanken hinunter und ein leichtes Gefühl der Wärme macht sich in meinem Körper breit. Vielleicht sollte ich ihm doch eine Chance geben, der neue Held in meinem Leben zu werden.

****

Manchmal, wenn die Traurigkeit
den Blick so sehr verdunkelt -
ist es wahrlich an der Zeit
für einen echten Held.

Wenn die Schatten fließen
und die Sonne nicht mehr scheint,
wenn wir nur die Augen schließen,
weil ein jedes davon weint,

dann braucht man eine Hand,
die alle Schatten schnell besiegt.
Sie führt dann durch ein Wunderland
durch das man einfach fliegt.

Wenn man den rechten Weg verliert
und einfach nicht mehr weiter kann,
wenn man trotz Sonnenschein erfriert...
Wer bricht dann diesen Bann?

Es ist denn wirklich an der Zeit
für einen neuen Held.
Er kämpft gegen die Vergangenheit,

weil nur die Zukunft zählt!

Und dieser Held, er ist ganz nah.
Schau dich einfach um.
Dann werden vielleicht Wunder wahr.
Es ist so schön um dich herum.

Nimm die Hand von deinem inneren Kind
und lass sie nie mehr los.
Fort treibt euch dann der Wind
und deine Wünsche werden groß.

Fliegt hinauf zum Sternenzelt
und fühlt das Glück nun dort zu Zweit.
Ach, so wunderschön ist deine Welt
schau mal hin, denn es wird Zeit!

****

Langsam lege ich den Stift zur Seite und lese mir den Text, den ich soeben, ohne großartig nachzudenken, auf ein Stückchen Papier geschrieben habe, das zufällig auf dem Tisch lag, noch einmal durch. Mein Innerstes weiß also genau, was richtig ist. Warum fällt es mir dann so schwer? Am Rande bemerke ich, dass meine innere Stimme schon lange nicht mehr aktiv war. Ist sie beleidigt? Mir egal. Ich bin froh darüber. Vielleicht sollte ich Markus doch zu meinem Geburtstag morgen einladen? Entschlossen greife ich nach meinem Smartphone und öffne das Nachrichtenprogramm. Doch noch bevor ich meine Frage formulieren kann, vibriert es und ich erkenne Markus' Nummer. Unwillkürlich schleicht sich das Lächeln zurück in mein Gesicht. Kann er Gedanken lesen?

»Hey Anja«, sagt er mit zärtlicher Stimme und die Schmetterlinge machen sich für ihren Tanz bereit. Ich liebe diese Stimme.
»Hey Markus«, antworte ich ebenso weich und lehne mich in meinem Stuhl zurück.
»Was machst du gerade?«
»Ich? Ähm ...« Fieberhaft überlege ich, was ich ihm antworten soll. Ich sitze bei Kerzenschein und Rotwein, in meinem kuscheligen Schlafanzug aus Flanell an meinem Küchentisch, denke an dich und schreibe ein Gedicht. Äh ... nein. Da muss eine bessere Antwort her. Irgendwas, das nicht so traurig und einsam klingt. Was peppiges. Aber mir fällt schlichtweg nichts ein.
»Na, wer denn sonst«, lacht er leise und eine wohlige Gänsehaut überzieht meinen Rücken.
»Ich werde gleich ins Bett gehen. Die Woche war anstrengend und ich kam auch nicht wirklich zum Schlafen. Du weißt, warum?« Wieder dieses Lachen. Klar, weiß er es. Er ist schließlich der Grund. Wir telefonierten teilweise bis zwei oder drei Uhr morgens. Kein Wunder, dass ich Wochenenddienst schieben muss. Aber ich habe es wirklich genossen und bereue keine Sekunde.
»So müde, mein Herz?«
»Nein, jetzt nicht mehr. Jetzt höre ich schließlich deine Stimme«, schießt es, ohne nachzudenken, aus mir heraus. Na super, Anja. Ganz toll. Was denkt er sich jetzt? Dass ich nur auf ihn warte? Dass ich nichts mehr ohne ihn machen kann?
»Na, das ist doch wunderbar«. Ich kann sein Gesicht förmlich vor mir sehen. Die zwei Grübchen in seinen Wangen, die leuchtenden Augen und die vollen Lippen, die sich zu einem Lächeln formen.
»Findest du? Ich ...«, doch noch bevor ich etwas erwidern kann, klopft es an der Tür. Mein Herzschlag beschleunigt sich und ich bekomme Angst. Wer, zum Teufel, klopft um diese Uhrzeit bei mir an? Was soll das? Fibi? Nein. Bestimmt nicht. Die ist doch gerade auf irgendeiner Party, zu der ich nicht mitwollte. Frau Rehnig? Nein. Die schläft bestimmt schon. Oder die zwei Damen von neulich, die sich wegen meines Spruches an mir rächen wollen? So mit Axt in der Hand und Gruselmaske?

Meine weinselige Fantasy spielt mir einen bösen Streich. Vielleicht sogar Alex? Meine Hände werden feucht, mein Herz rast und ich räuspere mich.
»Warte mal eben, Markus. Bleib dran. Hat eben an der Tür geklopft und ...«
»Klar. Ich warte. Mach auf.«
»Falls ich mich gleich nicht mehr melde, schickst du die Polizei vorbei, okay? Oder gleich den Rettungswagen.« Ich versuche einen Witz, der sich selbst in meinen Ohren mit meiner zittrigen Stimme flach anhört. Nervös lege ich das Smartphone auf den Tisch und schleiche langsam zur Wohnungstür. Bringt zwar nichts, denn der Mensch, der dort steht, hat das Licht bestimmt schon gesehen. Erneut klopft es, doch dieses Mal heftiger. Warum benutzt der nicht die Klingel?
»Ja, bitte?«, flüstere ich und ärgere mich über meine Ängstlichkeit. Wer soll schon dort sein? Falls mir wirklich etwas passiert, dann weiß ich zumindest, dass Markus alles mitbekommt. Also richte ich mich auf, öffne schwungvoll die Tür und ... erstarre. Als ich erkenne, wer mich um diese Zeit besucht, verschlägt es mir die Sprache und meine Knie werden weich. Damit hätte ich nicht gerechnet...

»Was ... Was machst du denn hier?«, krächze ich. Meine Stimme ist so belegt, dass ich mich räuspern muss. Markus steht mit einer Flasche Sekt in der einen und einem Blumenstrauß in der anderen Hand vor mir und grinst mich an.
»Wunderbar, dass du öffnest. Dann kann ich das Telefon ja jetzt ausschalten, was? Oder lässt du mich nicht rein? Soll ich wieder gehen?« Er hat den Kopf schief gelegt und schaut mich mit großen Augen an.
»Ähm ... Ja. Also ich meine Nein. Ach was, komm rein«. Ich bin vollkommen überfordert. Siedend heiß wird mir bewusst, wie schlimm ich aussehe und meine Wangen verfärben sich rot. Nicht nur, dass mein Körper in einem Schlafanzug aus Flanell mit kleinen Herzen darauf steckt, nein, auch meine halblangen, blonden Haare stehen in alle Himmelsrichtungen ab und das Make-up fehlt gänzlich. So zerzaust will keine Frau ihrem zukünftigen

Traumprinzen gegenüber stehen. Aber was soll ich machen? Nervös streiche ich mir mit der rechten Hand durch meine wilden Strähnen und lächle ihn entschuldigend an.
»Komm schon rein. Ich geh mal flink ins Badezimmer. Da vorne ist die Küche. Mach's dir gemütlich. Bin gleich wieder da«, versuche ich mich zu verdrücken, doch Markus sieht das anders.
»Warum? Wo willst du hin, Anja? Du bist wunderschön. Wegen mir musst du dich nicht aufstylen. Ich finde, dass ein Mann eine Frau auch in ihren Freizeitklamotten lieben muss. Sonst braucht er sie gar nicht lieben.« Er zwinkert mir zu und ich werde noch ein bisschen verlegener. »Außerdem war das mein Ziel. Ich wollte Frau Leger, die taffe Immobilienberaterin, in ihrem natürlichen Umfeld beobachten. Ganz ohne Maske. Bist du böse deswegen?« Ich seufze auf und ergebe mich. Gegen so viel Charme komme ich nicht an.
»Also gut, du Feldforscher. Dann gehen wir in die Küche und du lernst mich so kennen, wie ich bin.«
»Perfekt. Hast du eine Vase für die Blumen?« Er drückt mir den Strauß pinkfarbener und weißer Rosen in die Hand und ich nicke.
»Ja, im Wohnzimmer. Bin gleich wieder da.« Barfuß tappe ich vor ihm her und ich kann sein Grinsen in meinem Rücken spüren. Ganz ohne Maske? Rein und ehrlich? Wow. Er verlangt ganz schön viel von mir. Vor nicht allzu langer Zeit hätte ich jedem Mann, der so etwas wagt, die Tür vor der Nase zugeschlagen. Überfälle kann ich prinzipiell nicht leiden. Aber irgendwas an diesem Mann ist anders. Ich weiß nur noch nicht genau, was.
»Dein Platz hier sieht gemütlich aus«, vernehme ich seine Stimme aus der Küche, während ich im Wohnzimmerschrank nach einer Vase suche, die mir angemessen erscheint.
»Danke«, rufe ich zurück und als ich mich herumdrehe, steht er direkt hinter mir. Dass ich die Vase nicht vor Schreck fallen lasse, ist ein kleines Wunder.
»Aber dein Wohnzimmer ist auch wundervoll«, grinst er mich an und schaut sich um. »Du hast ja auch eine Wand

voller Bücher. Beeindruckend«, staunt mein Held und in seiner Stimme liegt Bewunderung.
»Ja sicher. Ich liebe Bücher. Das weißt du doch. Ich lese gerne, wenn ich nicht gerade arbeite oder mit dir telefoniere.« Ich gehe vor ihm zu meinem Heiligtum. »Hier sind alle signierten Bücher«, ich zeige auf einen Teil der deckenhohen Wand, die besonders liebevoll gestaltet ist.
»Hast du die alle gelesen?«, fragt er erstaunt.
»Sicher. Teilweise sogar mehrmals.« Mit seinem Zeigefinger fährt er die Buchrücken ab und ich muss schmunzeln. Gleich erreicht er die Ecke mit den erotischen Liebesromanen. Doch noch bevor er sich genauer umschauen kann, ziehe ich ein Buch aus dem Regal und reiche es ihm.
»Schau mal. Dieses Buch leihe ich dir. Ich habe es doppelt. Eine Freundin von mir hat es geschrieben. *Biggi Berchtold - Schmetterlinge im Bauch*. Das müsste deiner Tochter gefallen. Ist ein Jugendbuch mit ganz viel Liebe, Freundschaft und Familienleben. Und, heißt sie nicht auch Biggi?« Mit glänzenden Augen nimmt er mir das Buch ab, dreht es in seinen Händen hin und her und liest den Klappentext auf der Rückseite.
»Das leihst du mir? Ich bin ... überwältigt. Danke. Ja, ich glaube das wäre etwas für Biggi. Was für ein Zufall, dass sie genau so heißt.« Zufälle gibt es nicht, oder?
»Sag mir dann, ob es ihr gefallen hat, okay?«, bitte ich ihn.
»Natürlich. Vielen Dank. Sie liebt Schmetterlinge sehr und das Cover ist auch noch rosa. Sie wird begeistert sein. Ich gebe es ihr gleich, wenn ich sie das nächste Mal sehe.« Ich höre ehrliche Freude in seiner Stimme und bin glücklich.
»Aber«, beginnt er und dreht sich zu mir herum. Das Buch legt er vorsichtig auf meinem Wohnzimmertisch ab.
»Eigentlich wollte ich dir doch etwas geben. Du hast gleich Geburtstag, stimmt's?« Ich nicke verwundert.
»Ja. Aber woher ... Das weiß doch sonst nur ...« Ich stocke. Klar. Fibi. Als hätte er meine Gedanken erraten, grinst er breit.

»Ein Vögelchen hat es mir gezwitschert. Deswegen bin ich hier. Ich wollte mit dir rein feiern. Danach verschwinde ich auch wieder, wenn du deine Ruhe haben willst. Oder ...«
»Was ... oder?« Wir stehen so dicht beieinander, dass ich seinen Atem in meinem Gesicht spüren kann. Eigentlich könnte er mich doch jetzt küssen. Doch er tut es nicht. Er schaut mir nur tief in die Augen. Nur? Dieser Blick ist so voller Wärme und Geborgenheit, dass meine Knie weich werden und mein Herz im Sambarhythmus schlägt.
»Oder ich bleibe hier und wir verbringen den morgigen Tag gemeinsam. Ich habe mir extra frei genommen, um deinen Geburtstag zu etwas Besonderem zu machen. Hast du Lust?« Und wie ich Lust habe. Auf ihn, auf das Leben, auf die Liebe. Doch noch bevor ich antworten kann, fällt sein Augenmerk auf die Standuhr in meinem Rücken und er tritt einen Schritt zurück.
»Wo ist der Sekt? Gleich ist es Mitternacht. Wir sollten anstoßen.« Der Zauber des Augenblicks ist gebrochen, doch die romantische Atmosphäre bleibt.
»Warte hier. Ich such zwei Gläser und hole die Flasche aus der Küche. Bin gleich zurück. Nicht bewegen.« Flink drehe ich mich herum, eile in die Küche und kehre, um drei Minuten vor Mitternacht, zu meinem Helden zurück. Er nimmt mir die Flasche ab und öffnet sie gekonnt. Dann schenkt er uns ein und reicht mir ein Glas. Die ganze Zeit über beobachte ich ihn. Seine Bewegungen sind fließend, anmutig und ich stelle mir vor, was er mit seinen kräftigen Händen noch im Stande ist zu öffnen.
»Was guckst du so? Habe ich was auf der Nase?«, fragt er mich und grinst ebenso breit wie ich.
»Nö. Ich will nur den Mann, der um Mitternacht, an meinem wichtigsten Tag im Jahr, in meinem Wohnzimmer steht, besser kennenlernen. Das ist alles.«
»Ach, und du meinst, du lernst mich so kennen?«
»Klar. Ein bisschen was kenne ich schon.«
»Und das wäre?«, fragt er mit erotischer Stimme und ist mir plötzlich so nah, dass ich kaum atmen kann. Mein Magen kribbelt, meine Hände sind feucht und ... nicht nur meine Hände. Ein verlangendes Ziehen breitet sich in

meinem Unterleib aus und ich ahne, dass ich es irgendwann nicht mehr verdrängen kann. Ich will diesen Mann in mir spüren, will wissen, wie er mich liebt, mich berührt, mich verführt. Ich will...
»Einen Penny für deine Gedanken«, flüstert er mir ins Ohr und ich muss schlucken.
»Besser nicht«, raune ich zurück und er streicht mir sanft über meine Wange.
»Dann lass uns anstoßen.« Er reicht mir ein Glas und irgendwo in der Ferne höre ich eine Kirchturmuhr schlagen. Mitternacht. Als der letzte Schlag verklungen ist, erhebt er sein Glas und setzt zu einer Rede an.
»Meine liebe Anja, kleine Fee. Ich wünsche dir von Herzen alles Gute zu deinem besonderen Tag. Heute vor so vielen Jahren hast du das Licht der Welt erblickt, hast Höhen und Tiefen überwunden und stehst nun hier vor mir. Ich wünsche dir, dass du deinen richtigen Weg findest und ihn gehen kannst. Ich wünsche dir von Herzen nur das Allerbeste. Bleib gesund, verliere nie dein bezauberndes Lachen und sei weiterhin der Sonnenschein, als den ich dich kennengelernt habe. Ich hab dich wahnsinnig lieb, kleine, bezaubernde Fee.«
Seine Worte berühren mich tief in meiner Seele und ein Tränchen schleicht sich in meinen Augenwinkel.
»Wow. Das hast du wunderschön gesagt. Ich danke dir. Ich hab dich auch sehr, sehr lieb«, flüstere ich ergriffen und unsere Gläser stoßen aneinander. Ein heller Ton erklingt in der magischen Stille des Augenblicks. Das kühle Nass prickelt auf meiner Zunge, rinnt meine Kehle hinunter, doch der Kloß, der sich darin befindet, wird nicht kleiner. Solch liebe Worte habe ich noch nie von einem Mann gehört. Nicht einmal von Flo in unserer Anfangszeit.
»Und jetzt«, beginnt Markus, nimmt mir das Glas aus der Hand und stellt beide auf meinem Wohnzimmertisch ab, »will ich dir einen Geburtstagskuss geben. Darf ich?« Ein Mann, der fragt, ob er mich küssen darf? Wie romantisch ist das denn? Ich nicke und strahle ihn an.
»Gerne, mein Held«, kann ich noch sagen, bevor er mich in seine Arme reißt und stürmisch küsst. Es fühlt sich an, als wäre in meinem Magen ein Tütchen Brausepulver

explodiert und meine Knie werden so weich, dass ich mich kaum auf den Beinen halten kann. Es kribbelt in jeder Faser meines Körpers und pures Adrenalin fließt durch meine Adern. Die Küsse, die ich bisher erleben durfte, waren wundervoll, romantisch oder auch leidenschaftlich. Doch keiner war bisher so intensiv wie dieser. Alles um mich herum verschwimmt und ich habe das unglaubliche Gefühl, als würden unsere schillernden Auren miteinander verschmelzen und die Zeit für einen Moment den Atmen anhalten. Diesen Kuss werde ich niemals vergessen. Er ist für die Ewigkeit bestimmt. Als er sich wieder von mir löst, bin ich so benommen, dass ich einige Sekunden brauche, um in die Wirklichkeit zurückzukehren. Wow! Was war das denn?
»Alles gut bei dir?«, fragt der Mann, der mir soeben die Sinne geraubt hat und in seiner Iris erkenne ich wieder dieses Funkeln. Ich kann und will nichts sagen, kralle mich in seinen Armen fest und wünsche mir, dass dieser Augenblick nie vergeht.

Doch die Zeit dreht sich weiter und einige Minuten später sitzen wir auf meiner Couch, leise, entspannende Musik läuft im Hintergrund und er hält mich in seinen Armen. Es fühlt sich an wie ... Heimat. Kein bisschen fremd oder neu. Es ist, als würden wir uns schon ein ganzes Leben lang kennen. Ich kann nicht denken oder mich über meine Gefühle wundern. Ich will nur sein. Im Hier und Jetzt.
»Meine süße Fee«, flüstert er mir ins Ohr und ich grunze. Nicht reden jetzt. »Anja, Herzchen. Ich habe doch noch etwas für dich«, murmelt er wieder und ich richte mich etwas auf. Zwischen seinen Beinen liegend habe ich mich komplett entspannt. Warum macht er das jetzt kaputt?
»Was'n?«, frage ich nun doch nach und er lacht leise.
»Wenn du dich ein bisschen aufrichtest, dann kann ich es aus meiner Hosentasche ziehen und deine Neugier befriedigen«, antwortet er. Neugier? Pah. Er sollte lieber etwas anderes befriedigen, das mir viel wichtiger wäre. Aber ich hüte mich, etwas in diese Richtung zu sagen. Brav folge ich seiner Bitte und er zieht eine Schachtel aus seiner Tasche. Dann holt er mich zurück in seine Arme.

Eng umschlungen sitzen wir halb aufgerichtet auf dem Sofa und sein Gesicht ist ganz nah an meinem Nacken. Seine Arme umschlingen mich, als er mir das Kästchen mit dem pinkfarbenen Geschenkpapier in die Hand drückt.
»Oh! Was ist das denn?«
»Mach es auf, dann weißt du es«, lacht er. Vorsichtig entferne ich das Papier und zum Vorschein kommt eine Schachtel, die mir danach aussieht, als würde sie Schmuck enthalten. Schmuck? Jetzt schon? Wir sind doch noch nicht einmal ein Paar. Ist das nicht etwas früh? Eine Gänsehaut läuft über meinen Körper und ich richte mich nun doch ein Stückchen mehr auf. 'Heartbreaker' steht auf dem Kistchen, das ich nun langsam öffne. Ein Kettenanhänger kommt zum Vorschein. Kein Ring. Zum Glück. Mit viel Gefühl nehme ich den Anhänger heraus und betrachte ihn genauer. Es ist eine kleine, filigrane Fee mit rosafarbenen Flügeln auf einem silbernen Herzen. Sie sieht so wunderschön aus, dass mir erneut Tränen der Rührung in die Augen steigen.
»Gefällt sie dir?«, fragt Markus und ich meine, eine leichte Unsicherheit in seiner Stimme zu erkennen.
»Sie ist so wunderschön. Ich danke dir!«, antworte ich und drehe meinen Kopf zu ihm.
»Dann muss ich dir noch etwas dazu sagen, liebe Anja. Du bist für mich diese kleine Fee. So zart und zerbrechlich, doch auch stark und energievoll. Du hast mich im ersten Moment verzaubert mit deinem Wesen, deiner Art. Ich weiß, dass du rosa magst und dir dein Leben ab und zu pink redest.« Beim vorletzten Wort muss er ein Lachen unterdrücken. Findet er mich so kindisch? Diese Frage stelle ich ihm und er schüttelt so vehement den Kopf, dass ich ihm sofort glaube. »Nein, meine kleine Fee. Jeder von uns hat ein inneres Kind, das ab und an die Oberhand gewinnt. Und ich ahne, dass du es genau so siehst. Ich habe vorhin dein wunderschönes Gedicht gelesen. Du hast wirklich Talent. Ich liebe es. Du kennst dein inneres Kind gut und genau so muss es sein. Es ist die wahre und reine Liebe in unserem Herzen. Dieses Kind wohnt in unserer Seele und braucht ab und zu Aufmerksamkeit. Es ist das Licht, die Wärme und die

Sehnsucht nach Geborgenheit. Wenn wir nur noch rennen und nicht wissen wohin, wenn wir den Weg nicht mehr erkennen können und das Ziel aus den Augen verloren haben, dann sollten wir auf dieses Kind hören. Es weist uns den richtigen Pfad. Die Straße zum Licht, zur Liebe und zum Glück. Deswegen habe ich dieses Schmuckstück für dich ausgesucht. Wenn es mal wieder dunkel um dich herum ist, dann betrachte es, höre auf deine innere Stimme, dein inneres Kind und vertraue ihr. Sie kennt den Weg. Sei das Licht und erhelle die Welt. Mit deinem Lachen, deiner Herzlichkeit und deiner Liebe. Sei der Leuchtturm für die Seelen der Menschen. Ich weiß genau, dass du das kannst. Und diese kleine Fee soll dich immer an meine Worte erinnern.« Und wieder einmal bin ich sprachlos. Dieser Mann ist definitiv anders als alle, die ich bisher kennengelernt habe. Mein Herz schlägt für ihn und ich bin überwältigt. Ich nehme mir vor, seine Worte in meinen Gedanken zu behalten und mich daran zu erinnern, wenn es soweit ist. Sei das Licht und erhelle die Welt - was für ein schöner Gedanke.
»Wie ... wie kann ich dir danken?«, stottere ich und merke, dass der Kloß in meinem Hals wieder da ist. Dieser Mann haut mich um.
»Darf ich dich um etwas bitten?«
»Sicher«, nicke ich und bin in diesem Moment bereit, ihm jeden Wunsch zu erfüllen.
»Schenk mir diesen Tag. Verbringe ihn mit mir und schalte deine Ängste aus. Lass dich einfach tragen vom Fluss des Lebens. Genieße ihn an meiner Seite und dann entscheide bitte, ob du unserer Liebe eine Chance gibst.«
Chance? Klar! In diesem Augenblick würde ich mein Leben für ihn geben. Gerade als ich den Mund öffnen will, um ihm das zu sagen, legt er mir einen Finger auf meine Lippen und lächelt.
»Bitte, kleine Fee. Antworte nicht voreilig. Ich gebe dir zwei Wochen Zeit, in denen du überlegen kannst. Ich werde nämlich ab Morgen auf einer Fortbildung sein. Ärztekongress in München. Wenn du mich vermisst und dein Herz dich zu mir führt, dann lass uns in zwei Wochen eine Beziehung beginnen. Wenn es aber nicht so sein sollte und du deine Vergangenheit nicht überwinden

kannst oder magst, dann werde ich das auch akzeptieren. Es liegt bei dir, ob du unserer Liebe eine Chance gibst.« Jetzt rinnen Tränen über meine Wangen und ich halte sie nicht zurück. Er hat recht. Nur aus diesem Moment heraus kann und sollte ich mich nicht entscheiden. Also nicke ich und stimme somit zu. Tief in mir wütet noch immer die Angst, erneut verletzt zu werden, mich ganz auf einen Mann einzulassen und mein Herz zu verschenken. Zärtlich streicht er mir meine Tränen von den Wangen, legt mir die silberne Kette, an der die Fee auf dem Herz hängt, um den Hals und zieht mich zurück in seine Arme. Eine Fee, keine Froschdame wie in meiner Kindergeschichte, die ich meinem Neffen neulich vorlas und doch erinnert es mich daran. Ein seliges Lächeln umspielt meine Lippen. Irgendwann lasse ich ihn einen Blick in mein kleines Büchlein werfen und die Geschichte lesen.

Einige Zeit später überkommt mich die Müdigkeit und ich schlafe sicher und geborgen an seiner Brust ein. In dieser Nacht träume ich von einer rosafarbenen Fee auf einem Herz.

»Alles Liebe und Gute zu deinem Geburtstag, meine liebe Freundin«. Als ich an diesem Morgen vom Vibrieren meines Smartphones geweckt werde, weiß ich im ersten Moment nicht, wo ich mich befinde. Bin ich nicht gestern in den Armen des tollsten Mannes der Welt eingeschlafen? Doch ich liege in meinem eigenen Bett, halte das Telefon in meiner Hand und grunze ein verschlafenes »Moin, Fibi. Ich danke dir«, in den Hörer.
»Na sag mal, was ist denn mit dir los? Habe ich dich geweckt?« Fibi klingt erstaunt und ich reibe mir die Augen, bevor ich mich aufsetze. Dann blicke ich auf den Wecker neben meinem Bett und erschrecke. Es ist bereits kurz nach elf Uhr. So lange habe ich geschlafen? Und das ausgerechnet heute? Ob Markus noch da ist?
»Sorry. Hab noch geschlafen. Aber jetzt bin ich wach«, nuschle ich, gähne herzhaft und reibe mir den Schlaf aus den Augen. »Du glaubst mir nie, was gestern Nacht passiert ist«, beginne ich, als ich den Anhänger an meinem Hals fühle. Also kein Traum. Mein Herz schlägt

heftig, als ich Fibi in kurzen Sätzen den gestrigen Abend schildere.
»Wow«, ist das erste, was ihr dazu einfällt, bevor sie erstaunt bemerkt: »Und er wollte nicht mir dir schlafen? Warum nicht? Findest du das nicht seltsam? Also wenn ich meiner Freundin – okay, ich nicht, also wenn ich ein Mann wäre und meiner Freundin ... na, egal, du weißt, was ich meine ... also wenn, dann würde ich doch zumindest Sex mit ihr wollen, oder?« Ich muss grinsen.
»Diesen Gedanken hatte ich auch«, stimme ich Fibi zu.
»Doch er hat es mir so erklärt, dass er erst mit einer Frau schlafen will, wenn er mit ihr zusammen ist. Alte Schule oder so, würde ich sagen.«
»Na, wenn du meinst. Ich persönlich finde das richtig, aber...«
»Ist es auch, liebste Freundin. Ich bin so froh. Er kennt doch die Geschichte von Flo und Alex. Ich denke, er will es einfach anders machen. Mal sehen, was passiert und ob ich ihm eine Chance gebe. Ich weiß noch nicht, ob ich meine Freiheit ...«
»Du hast doch 'nen Knall«, unterbricht mich Fibi und ich sehe genau, wie sie die Augen verdreht. Durchs Telefon.
»Da kommt der Prinz auf seinem weißen Pferd und du zögerst noch immer?«
»Markus hat kein Pferd. Vielleicht einen Drahtesel oder so«, erwidere ich ironisch. »Aber jetzt werde ich erst einmal nachschauen, ob er überhaupt noch da ist und was er vorhat. Ich berichte dann«, verabschiede ich mich von Fibi und sie wünscht mir einen wundervollen Tag. Dann klettere ich aus dem Bett, werfe mir meinen Morgenmantel über und schlurfe ins Bad, um mir die Zähne zu putzen und mich kurz frisch zu machen. Schließlich will ich ihm nicht mit Mundgeruch gegenübertreten. Dusche verschiebe ich auf später.

Als ich das Wohnzimmer betrete, sehe ich Markus, wie er mit einem Buch in der Hand auf meiner Couch sitzt. Eine Tasse Kaffee steht neben ihm und er blickt lächelnd auf, als er mich sieht.
»Guten Morgen meine liebe, schöne Fee. Selbst nach dem Aufstehen siehst du bezaubernd aus.«

»Na ja, gestern Abend sah ich auch nicht besser aus. Selbst schuld«, sage ich vergnügt. Zumindest liegen meine Haare gut und ich rieche nicht nach Wein.« »Aber jetzt brauche ich dringend einen Kaffee. Wie ich sehe, hast du schon?« Er legt das Buch vorsichtig zur Seite und steht auf.
»Zuerst muss ich dir etwas gestehen. Du hast eine Tasse mit Leuchtturm ... gehabt. Sie ist mir versehentlich kaputt gegangen. Ist das schlimm?« Mit Hundeaugen blickt er mich an und ich muss lachen.
»Nein. Das ist nicht schlimm. Ganz und gar nicht. Ich wollte das hässliche Ding ohnehin entsorgen.« Endlich ist sie kaputt. Ebenso wie die Freundschaft mit Alex. Wenn das kein gutes Zeichen ist. »Außerdem sollen Scherben bekanntlich Glück bringen«, füge ich hinzu. Erleichtert nimmt er mich in die Arme, küsst mich auf die Wange, streichelt mir durch die Haare und lässt mich wieder los.
»Kaffee für die Dame des Hauses? Kommt sofort. Ich weiß genau, wie Frauen sind, wenn sie ihren morgendlichen Koffeinschub nicht bekommen. Unausstehlich.«
»Wie?« Gespielt entrüstet renne ich hinter ihm her und zwicke ihn in die Seite. »Du willst doch nicht behaupten, dass ich unausstehlich bin, oder?«
»Nicht? Und warum zwickst du mich dann?«
»Ich kann dich auch kitzeln«, erwidere ich und wenig später kitzeln wir uns gegenseitig, rennen wie zwei junge Hunde von der Küche wieder ins Wohnzimmer und landen eng umschlungen auf der Couch, auf der er heute Nacht geschlafen hat.
»Aufhören«, japse ich, während er meine Hände festhält und ich vor Lachen kaum atmen kann.
»Wer hat gewonnen?«, lacht Markus und ich gebe mich geschlagen.
»So treibst du meinen Puls auch in die Höhe. Das ist schon fast besser als Kaffee«, kichere ich, nachdem ich mich wieder beruhigt habe und er hebt mein Kinn an.
»Ich wüsste da noch eine Methode, mit der ich dein Herz auf Touren bringe.« Die Art, wie er das sagt, lässt die Schmetterlinge tanzen und ich weiß genau, was er meint,

als seine Lippen mit meinen verschmelzen. Besser als Kaffee. Viel besser.

Als er sich nach einer gefühlten Ewigkeit wieder von mir löst – nach meinem Geschmack hätte es noch viel länger sein dürfen – fragt er mich, was ich denn heute gerne unternehmen möchte.
»Ich weiß nicht«, seufze ich, noch nicht in der Lage, einen klaren Gedanken zu fassen. »Weiter kuscheln?« Schiebe ich hinterher und Markus lacht vergnügt auf.
»Das können wir gerne machen. Aber vielleicht ... ach was, lass dich überraschen. Zieh dich an, dann fahren wir weg. Hast du Lust?« Wenn er mich noch einmal fragt, ob ich Lust habe, dann...
»Klar. Gerne. Ich bin nur eben schnell im Bad. Bis gleich.« In Windeseile springe ich die Treppe zu meinem Badezimmer hinauf und stehe Sekunden später unter der Dusche. Als ich nach einer knappen halben Stunde frisch geduscht und fertig angezogen in der Küche erscheine, schenkt er mir ein bezauberndes Lächeln.
»Wunderhübsch. Wie immer. Man sieht dir dein zusätzliches Lebensjahr gar nicht an«, versucht er mich zu ärgern und ich muss lachen.
»Warten wir mal ab, wie ich aussehe, wenn ich so alt bin wie du.«
»Du meinst, wenn wir dann Hand in Hand am Strand entlang schlendern, so in zehn Jahren?« Ich muss schlucken. Wäre das eine Option für mich? Wäre das meine Zukunft? Ich weiß es nicht, aber irgendwie gefällt mir die Vorstellung.
»Auf geht's, kleine Fee. Es ist schon Mittag und der Tag ist bald vorbei.« Ich nicke und folge ihm zu seinem Auto.
»Wow. Du hast ein Cabrio? Das habe ich gar nicht gewusst.«
»Woher auch? Du bist noch nie mit mir gefahren«, spöttelt Markus und hält mir die Beifahrertür auf. Ich fühle mich wie eine Prinzessin. Wer braucht schon ein Pferd? So ein Auto tut es auch. Besonders dann, wenn es weiß ist.
»Wo fahren wir hin?«, frage ich, während er den Anlasser betätigt und das Auto mit einem Schnurren anspringt.

»Lass dich einfach überraschen«, antwortet er geheimnisvoll, dreht das Radio auf und schon bald fahren wir laut singend über die Landstraße. Die Sonne scheint von einem strahlend blauen Himmel, Felder mit leuchtend rotem Mohn säumen rechts und links die Fahrbahn und mein Herz fliegt. Ich bin wirklich glücklich.
Nach einer knappen halben Stunde lenkt er den Wagen auf einen Parkplatz, steigt aus und hält mir die Tür auf. Gentleman der alten Schule. Oh, wie ich das liebe.
»Wo sind wir hier?«, frage ich und blicke mich mit großen Augen um. Markus öffnet den Kofferraum und entnimmt ihm einen geflochtenen Korb, über den eine Decke gelegt ist.
»Ich dachte mir, wir machen ein kleines Picknick am See. Dort hinten ist ein Steg, der auf den See hinausführt und ich weiß aus sicherer Quelle, dass es dort auch ein Boot gibt. Falls du mit mir auf dem See essen magst.« Meine Augen werden groß vor Freude. Was für eine wundervolle Idee.

»Darf ich dich was fragen?«, beginne ich nach einiger Zeit, in der wir schweigend über den See gerudert sind. Die Vögel singen in unterschiedlichen Tonlagen, kleine Wölkchen ziehen träge über den blauen Himmel und das Wasser ist so blau wie Markus' Augen. Keiner von uns wollte bisher die Stille mit unnützem Geplapper stören. Ich bin wirklich beeindruckt, dass wir so viele Gemeinsamkeiten haben. Vielleicht ist er wirklich der Mann meiner Träume. Noch traue ich mich nicht, das offen in Erwägung zu ziehen, doch mein Unterbewusstsein springt wirklich auf ihn an. Wie soll ich mich nur wieder von ihm lösen, sollte ich den Schritt in eine Beziehung doch nicht wagen? Dunkle Wolken schieben sich vor meine sonnigen Gedanken und ich puste sie schnell beiseite. Darüber will ich mir jetzt wirklich keine Sorgen machen. Es kommt ohnehin alles, wie es kommen soll.
»Klar darfst du. Ob ich dir eine Antwort gebe, weiß ich aber noch nicht«, ärgert er mich liebevoll.

»Jaha, schon klar«, nuschle ich gedehnt. »Willst du gleich eine oder später?«
»Eine was? Eine Kuss? Das passt nicht. Eine Umarmung? Das schon eher. Also gleich und später würde ich sagen.«
»Du nimmst mich nicht ernst«, erwidere ich gespielt schmollend und er zieht mich an sich.
»Doch meine liebe Fee. Sehr ernst sogar.« Er streicht mir eine Haarsträhne aus dem Gesicht und ich rieche seinen unvergleichlichen Duft. Sonne, Sand, Meer und er. Meine Schmetterlinge im Bauch und mein Herz tanzen im gleichen Takt und ich seufze auf.
»Warum nennst du mich eigentlich immer Fee?«, frage ich spontan, weil mir diese Sache Kopfzerbrechen bereitet. Wieder sehe ich das schelmische Funkeln in seinen Augen.
»Weil du für mich eine Fee bist. So süß wie ein 'Eiskaf-Fee', so chaotisch wie eine 'Katastro–Fee', so bezaubernd wie eine 'Wald-Fee' und so heiß wie das Wetter im Sommer in Santa Fee. Das liegt in New Mexiko. Kennst du die Stadt?« Ich lache herzhaft auf.
»Du hast doch 'nen Knall.«
»Ich bin verliebt. Da darf man das«, kontert Markus und drückt mir seine Lippen auf die Wange.
»Ach ja? Na dann«, gebe ich klein bei und freue mich über diesen Kosenamen. Er ist etwas Besonderes.
»War es das, was du mich fragen wolltest?«, hakt Markus nach und ich schüttle den Kopf.
»Nein. Eigentlich nicht. Ich wollte ... ich habe da so eine Theorie im Kopf. Aber du darfst mich nicht auslachen, okay?« Ich kuschle mich in seine Arme, während das Boot in der Mitte des Sees sanft dahin treibt. In diesem Moment wäre ich nirgendwo lieber, als hier.
»Ich verspreche es«, flüstert Markus in meinen Scheitel und ich atme tief durch.
»Wir fragen uns immer, was nach dem Leben auf uns wartet ... Himmel? Hölle? Aber was ist, wenn wir bereits soweit sind? Was ist, wenn wir jetzt schon entscheiden, ob wir uns im Himmel befinden oder in der Hölle? Was ist, wenn die Hölle tief in uns ist? Ebenso wie der Himmel, das Paradies? Wofür wir uns entscheiden liegt vielleicht in diesem Augenblick bereits in und an uns und

nicht erst nach dem Leben.« Nach diesem philosophisch angehauchten Statement sagt keiner von uns ein Wort. War die Frage doof? Zweifel machen sich in meinem Inneren breit.
»Markus?«
»Ja.«
»Was denkst du?«
»Ich überlege, liebe Anja. Ich weiß nicht genau, was ich antworten soll. Vielleicht hast du recht? Vielleicht ist das aber auch nur eine Wunschvorstellung. Ganz egal, wie nahe du der Wahrheit bist ... ich finde deinen Gedanken tröstlich und würde gerne mit dir die Leiter ins Paradies besteigen. Wenn du mich lässt und keine Angst vor dem Fall hast.« Uff. Diese Antwort habe ich nicht erwartet. Nun bin ich sprachlos, kuschle mich erneut in seine Arme und denke darüber nach.
»Ich glaube, das wird die Zeit zeigen. In zwei Wochen wissen wir beide mehr«, antworte ich irgendwann und Markus brummelt zustimmend.
»Ja, wenn ich von meiner Konferenz zurück bin. Ich werde morgen früh zum Bahnhof fahren und dann den Zug um kurz nach acht Uhr morgens nehmen. Sobald ich angekommen bin, melde ich mich bei dir, wenn du willst.« Ich schlucke. Irgendwie vermisse ich ihn jetzt schon. Ein gutes Zeichen? Ich bin verwirrt.
»Komm, lass uns endlich den Korb auspacken. Ich habe wundervolle Kirschen für uns dabei. Magst du die?«
»Oh ja!«, quietsche ich vergnügt, krabble auf allen Vieren zum Korb und packe die Leckereien aus. Ich finde eine Flasche Champagner, eine Tüte Kirschen, sowie Weißbrot und Käse. Perfekt. Ich greife in die Tüte, angle mir zwei Zwillingskirschen heraus und hänge sie mir über die Ohren.
»Ich liebe dein inneres Kind«, flüstert Markus mir zu, während er sich langsam zu mir hinüberbeugt und die Kirschen von meinen Ohren knabbert. Sein warmer Atem auf meiner Haut beschert mir ein Kribbeln in sämtlichen erogenen Zonen.
»Oh Markus«, stöhne ich auf und er zieht mich an sich. Seine Lippen finden die meinen und seine Hände wandern unter mein T-Shirt. Die Berührung setzt meine

Haut in Flammen und alles dreht sich um mich herum. Ich will dich spüren, fühlen, schmecken schießt es durch meinen Kopf und ich lasse auch meine Fingerspitzen über seinen Körper wandern. Immer fordernder werden meine Küsse und ich will gerade den Gürtel an seiner Hose öffnen, um ihn ganz zu sehen, als das Boot bedenklich zu wackeln beginnt.
»Vorsicht«, keucht Markus und erwischt gerade noch die beiden Paddel, bevor sie sich vom Boot verabschieden können. »Nicht so stürmisch, junge Frau«, fügt er hinzu. »Noch ist es nicht soweit. Ich will dich nur, wenn du mich auch willst. Ganz. Ohne Angst und Kompromisse. Ich bin kein Mann für eine Nacht«.
»Aber es ist doch gar nicht Nacht«, erwidere ich lächelnd, um mir meine Enttäuschung nicht anmerken zu lassen. Ich hätte doch so gerne...

Kapitel 15 - Alles kommt, wie es kommen muss

Ich liege eingekuschelt in meinem Bett und starre an die Decke. Es ist kurz nach Mitternacht, mein Geburtstag ist vorbei. Vor einer knappen halben Stunde hat mich Markus vor meiner Haustür abgesetzt. In Gedanken lasse ich die letzten Stunden noch einmal vor meinem inneren Auge Revue passieren und muss zugeben, dass ich bisher noch nie so einen wundervollen Tag erlebt habe. Nach unserem Bootsausflug spazierten wir um den See, lachten die meiste Zeit, alberten herum und ich fühlte mich leicht und frei. Doch mehr als einige intensive Küsse bekam ich nicht von ihm. Es könnte so schön sein, wäre da nicht die Angst im Hintergrund. Ist er wirklich so, wie er sich gibt? Ist er wirklich Single? Spielt er mir nicht nur etwas vor? Nach dem Abenteuer mit Alex bin ich extrem skeptisch und stehe mir selbst im Weg. Aber ich habe jetzt zwei Wochen Zeit, um mir den Kopf zu zerbrechen, das Für und Wider abzuwägen und eine Entscheidung zu treffen. Ich seufze auf. Das werden grausame Wochen werden. Fibi tut mir jetzt schon leid. Sie muss sich schließlich alles anhören. Bei diesem Gedanken huscht ein Lächeln über mein Gesicht. Ich weiß jetzt schon, was sie sagen wird: Alles kommt, wie es kommen soll. Gute Freundin. Ich sollte mir überlegen, wie ich ihr eine Freude machen kann, um mich bei ihr für ihre Geduld zu bedanken. Doch nicht jetzt. Jetzt will ich von Markus, unserem Ausflug und einer eventuellen Zukunft träumen.

»... schönen guten Morgen. Die warmen Temperaturen des gestrigen Tages sind vorbei und eine Regenfront zieht über das Land. Ich wünsche Ihnen trotzdem einen wundervollen Tag, was auch immer Sie heute zu erledigen haben – nehmen Sie ihr Lächeln mit hinaus und schenken Sie es einem Menschen, der seines verloren hat. Passend dazu der nächste Song von ...« Der Radiomoderator dringt scheppernd aus meinem Smartphone, das auf meinem Nachttisch liegt, und ich schmunzle innerlich mit geschlossen Lidern. Mein Lächeln soll ich verschenken? Gute Idee. Vielleicht kann es ja jemand brauchen.

»Guten Morgen Welt«, nuschle ich gähnend, reibe mir die Augen und drehe den Ton leiser. Ein fröhliches Lied erklingt und ich strecke mich herzhaft. Montag. Regen. Die Woche könnte eindeutig besser anfangen. Es ist kurz nach sieben Uhr und definitiv Zeit aufzustehen. Ich schwinge meine Beine aus dem Bett, schlappe ins Badezimmer und wenige Minuten später prasselt das warme Wasser auf meine Haut. Mühsam vertreibt es den Schlaf aus meinen Knochen.

Um kurz nach halb acht steht eine dampfende Tasse Kaffee vor mir und ich bin noch immer wie gerädert. Was Markus jetzt wohl macht? Unbewusst greife ich an meinen Hals – und erstarre. Die Kette ist weg. Schlagartig bin ich hellwach. Gestern Abend hatte ich sie noch, oder? Flink renne ich in mein Schlafzimmer, durchwühle mein Bett und ertaste die Kette auf der Matratze, unter meinem Kissen. Hastig untersuche ich den Verschluss, ob er vielleicht kaputt ist, doch ich kann nichts finden. Sehr seltsam. Ein komisches Gefühl macht sich in meinem Magen breit. Ein Zeichen? Vorsichtig lege ich sie auf dem Nachttisch ab und beschließe, nachher bei einem Juwelier vorbeizuschauen und sie untersuchen zu lassen. Nicht, dass doch etwas kaputt ist. Es wäre echt traurig gewesen, hätte ich sie verloren. Warum eigentlich? Gut, sie ist wunderschön, aber deswegen nicht. Sie erinnert mich an traumhafte Momente mit Markus und zeigt mir, wie sehr er mich schätzt. Sie bedeutet mir enorm viel.

»Oh, Markus«, seufze ich und greife nach meinem Smartphone, das noch immer musikdudelnd auf meinem Nachtisch liegt. Ob ich ihn kurz anrufen soll? Einfach nur eine gute Reise wünschen und so? Ein freudiger Schauer durchfährt mich, als ich seine Nummer wähle.

»Der Teilnehmer ist zur Zeit nicht erreichbar ...«, tönt es mir entgegen und bedauernd drücke ich den roten Hörer. Sofort springt die Radio App wieder an und die fröhliche Musik dringt erneut aus den Lautsprechern. Meine Mundwinkel sinken nach unten. Bestimmt hat er keinen Empfang im Zug. Wie schade. Ob er schon abgefahren ist? Ich blicke auf die Digitalanzeige meines Telefons und bin mir nicht sicher. Es ist kurz nach acht Uhr. Gerade, als ich die Musik ausschalten will, reißt mich die Stimme des Moderators aus meinen Gedanken.

»... schrecklicher Unfall passiert. Auf der Stammstrecke Richtung Hannover kam es heute Morgen zu einem schweren Zugunglück. Zwei Züge der deutschen Bahn rasten ungebremst ineinander. Zurzeit ist noch unklar, wie viele Verletzte oder Tote es gibt. Wir halten Sie auf dem Laufenden. In Syrien kam es ...« Schock! Was? Zugunglück? Genau in diesem Zug sollte doch Markus sitzen. Mir ist kotzübel. Mein Herz rast und ich renne ins Bad, um mich zu übergeben. Das kann nicht sein! Nein! Warum ...? Hoffentlich ist ihm nichts passiert. Es muss ja keine Toten geben, oder? Er kann doch auch hinten im Zug gesessen haben, oder? Oder?!? Tausend Gedankenfetzen rasen durch meinen Kopf, der sich doch wie leer anfühlt. War er deswegen nicht erreichbar? Ich kann mich nicht bewegen, sitze wie versteinert in meinem Bad auf dem Teppich vor der Kloschüssel und stumme Tränen rinnen über meine Wangen. Was soll das, Schicksal? Ist das eine Prüfung? Hat das einen Sinn?

»NEIN!«, brülle ich heraus. Das hat keinen Sinn. So ein Unfall ist für gar nichts gut, verdammt! Ich muss ... ich sollte ... doch ich rühre mich keinen Zentimeter. Das Smartphone dudelt in meinem Schlafzimmer vor sich hin und mir wird erneut schlecht. Wie kann man jetzt lustige Musik hören? Alles um mich herum wird schwarz und ich verliere das Bewusstsein.

Lange kann die Dunkelheit mich nicht gehalten haben, denn bereits einige Minuten später werde ich von meinem penetranten Klingelton genervt. Markus? Ruft er zurück? Hat er gesehen, dass ich ihn erreichen wollte? Ist er gar nicht in diesem Zug? Ruckartig stehe ich auf. Fehler. Schwarze Schleier schieben sich vor meine Augen und ich drohe erneut ohnmächtig zu werden. Kreislauf im Keller. Wie durch einen Tunnel stolpere ich zurück ins Schlafzimmer. Meine Beine können mich kaum tragen, doch ich muss dieses klingelnde Telefon erreichen. Ich muss!

»Markus?«, brülle ich hinein, ohne auf die Nummer zu achten.

»Ne, Herzchen. Hier ist Fibi. Sag mal, wo steckst du denn? Unser Chef hat schon sehnsüchtig nach dir gefragt. Ist ja ganz ungewöhnlich, dass du nicht die Erste im Büro bist. Verschlafen? War dein Geburtstag so schön?« Sie kichert und ich presse den Hörer an mein Ohr, ohne wirklich zu begreifen, was meine Freundin von sich gibt.

»Anja? Bist du noch dran?«, fragt Fibi, als ich nicht antworte. Mein Hals ist wie zugeschnürt.

»Ja«, schluchze ich auf und kann mich einfach nicht mehr beherrschen. Unter Tränen frage ich sie, ob sie im Radio gehört hätte, dass es ein Zugunglück gab. Sie verneint, versteht aber nun mein Entsetzen.

»Und da sollte Markus drin sitzen? Bist du dir ganz sicher? Hast du schon versucht ihn anzurufen?«, sprudelt sie hektisch heraus.

»Ja!«, brülle ich und kann mich einfach nicht beherrschen.

»Ganz ruhig, Anja. Ich versuche etwas herauszufinden. Bleib zu Hause, okay? Alles wird gut. Du wirst sehen ...«

»Was soll denn gut werden? Hör auf mit deinem positiven Gequatsche!«, kreische ich in den Hörer. »Markus ist tot! Tot! Verstehst du? Ich weiß es! Meine Kette ist abgefallen. Ich ...« Erneutes Schluchzen unterbricht mich. Mehr gibt es auch nicht zu sagen. Langsam lasse ich den Hörer sinken und starre ins Leere. Wenn ich doch gleich ja gesagt hätte, als er mich nach einer Beziehung fragte. Wenn ich ihn gestern Nacht nicht fortgeschickt hätte ... vielleicht wäre er dann nicht gefahren und bei mir geblieben. Vielleicht säßen wir dann jetzt gemeinsam am Frühstückstisch und würden herzhaft lachen. Vielleicht ... Das Schicksal kann doch nicht so grausam sein. Nicht jetzt! Tränen laufen ungehemmt über meine Wangen. Egal. Meine Wimperntusche ist bestimmt verschmiert. Egal. Alles egal. So egal! Plötzlich fühle ich den kleinen Anhänger in meiner Hand. Wie er dorthin kommt, weiß ich nicht, doch das Gefühl des kühlen Silbers auf meiner Haut bringt mich ein bisschen in die Realität zurück, bevor ich komplett wahnsinnig werde. Was ist, wenn er doch nicht in dem Zug saß. Wenn es einen Stau gegeben hat und er die Abfahrt verpasst hat? Was, wenn das Schicksal doch kein Arschloch ist? Ein Funken Hoffnung macht sich in meinem Inneren breit und ich streichle zärtlich mit meinem Zeigefinger über das Schmuckstück. Ich will hoffen. Hilf mir, kleine Fee! Bitte! Ich schließe meine Augen und beginne sämtliche Engel anzurufen, die mir namentlich einfallen. Ich flehe von Herzen, dass alles wieder gut wird, verspreche, ab jetzt brav zu sein und sogar eine Wallfahrt zu machen. Zusammen mit Markus. Wenn nur wieder alles gut wird. Wie in Trance presse ich meine Faust so fest zusammen, dass mir die Flügel der Fee in die Handinnenfläche schneiden. Der Schmerz tut gut. Bewahrt mich vor einer weiteren Ohnmacht. Ich will ohne Markus nicht mehr leben. Das weiß ich jetzt genau. Wie konnte ich nur so dumm sein und das Glück, das mir auf einem silbernen Tablett serviert wurde, nicht sehen. Ich habe Angst. Ganz schreckliche Panik. Doch nicht vor einer Beziehung, sondern davor, keine Chance mehr zu bekommen Markus' weiche Lippen auf meinen zu

spüren, sein Herz nicht mehr im Takt mit meinem zu fühlen ... mit ihm zu sterben.
Erneut klingelt das Telefon, doch ich achte nicht darauf. Ich will jetzt nicht mit Fibi sprechen. Ich will nicht hören, wie sie mir sagt, dass es keine Überlebenden gibt. Ich will einfach nicht! Doch das Klingeln hört nicht auf. Warum springt meine Mailbox nicht an? Absurder Gedanke. So unwichtig. Nichts ist mehr wichtig. Das Klingeln verstummt und ich starre weiterhin ins Leere. Der Regen trommelt an meine Fensterscheibe und meine Gedanken treiben ziellos dahin, bis mein Smartphone erneut klingelt. Warum können sie mich nicht alle in Ruhe lassen, in meiner Trauer? Wütend greife ich nach dem kleinen, elektronischen Störenfried, um es auszuschalten, doch mein Blick fällt automatisch auf das Display. Ich erstarre. Markus' Nummer. Das kann nicht sein. Das sind meine Nerven, die mir diesen bösen Streich spielen. Und wenn es doch sein Telefon ist und irgendjemand hat es zwischen den Trümmern gefunden und meine Nummer gewählt? Mit zittrigen Fingern drücke ich den grünen Kopf und halte die Luft an.
»Anja? Endlich. Du glaubst gar nicht wie beschissen es mir geht. Hast du auch Magenschmerzen und Durchfall? Ich sage dir, das Restaurant kann sich auf eine Anzeige gefasst machen. Ich habe gleich gewusst, dass irgendwas mit der Leber nicht stimmt. Die hat schon so komisch geschmeckt und ... Anja? Bist du da?« Ich höre seine Stimme, lausche seinen Worten und doch kann ich es nicht begreifen. Ist es wahr?
»Markus?!?«, krächze ich.
»Ja sicher. Wer denn sonst? Oder warst du gestern noch mit einem anderen Mann essen?« Er lacht. »Was ist denn mit dir los? Störe ich dich bei irgendwas?« Er ist es wirklich. Oh mein Gott!
»Markus! Du lebst!«, kreische ich wie eine Irre ins Mikrophon.
»Leben würde ich das gerade nicht nennen. Mir geht es wirklich beschissen. Und das im wahrsten Sinne des Wortes. Auf den Anpfiff von meinem Chef, warum ich nicht gefahren bin, freue ich mich jetzt schon«, sagt er

sarkastisch. »Aber, meine liebe Fee, was hast du denn? Du klingst so ...«
»Weißt du eigentlich was passiert ist?«, brülle ich und vor Erleichterung fließen erneut die Tränen. Er lebt!

Kapitel 16 - Zweieinhalb Monate später

Ich sitze auf einem unbequemen, braunen Plastikstuhl und lese den neuen Roman meiner Freundin 'Biggi Berchtold – My Summer Love'. Vor Kurzem hat sie ihn mir sogar mit Widmung geschenkt und ich befinde mich gedanklich in Italien. Irgendwann will ich dort auch mal hin. Das Buch fesselt mich so sehr, dass ich alles um mich herum ausgeblendet habe. Die Geräusche meiner Umgebung schwappen an mir vorüber, wie die Wellen meines geliebten Meeres, als eine mir wohl bekannte Stimme an mein Ohr dringt.
»Anja, Herzchen. Was machst du denn hier?«
»Emma?« Erschrocken hebe ich meine Augen, lasse mein Buch sinken und blicke in das Gesicht meiner Vergangenheit. Hinter Emma steht Alex und nickt mir kurz zu. »Was macht ihr denn hier?«, frage ich erstaunt und weiß noch nicht genau, ob ich mich freuen soll. Emma lässt sich neben mich auf einen der unbequemen Stühle fallen und seufzt.
»Na, was werden wir wohl an einem Flughafen machen? Verreisen vermutlich.« Sie lacht und ich finde, sie hat sich gewaltig verändert. Nicht äußerlich, doch ihre Ausstrahlung verwirrt mich. Dann fällt mir auf, dass sie eine Hand unbewusst auf ihrem Bauch abgelegt hat. Ob sie endlich schwanger ist?
»Klar, was sonst?«, grinse ich. »Hochzeitsreise?«
»Ja. Endlich. Aber jetzt, Anfang September, ist es in Ägypten wunderschön. Alex will unbedingt tauchen lernen. Nichts für mich. Da bleibe ich lieber am Pool, entspanne mich und futtere das Büffet leer. Warst du schon mal dort?« Ich schüttle den Kopf.

»Nein. Bisher noch nicht. Aber vielleicht irgendwann mal.«
»Alex, mein Liebling, kannst du uns einen Kaffee bringen? Anja, du auch? Ich lade dich ein.« Sie blickt mich so flehend an, dass ich zustimme.
»Mit Milch und Zucker, bitte.« Alex nickt uns, ohne ein Wort zu, dreht sich herum und verschwindet in der Menschenmenge.
»Wow, den hast du aber gut unter Kontrolle«, sage ich erstaunt zu Emma.
»Ja, oder? Seit der Hochzeit ist er komplett anders. Viel öfter daheim, hilft bei der Hausarbeit und auch im Bett machen wir Fortschritte.« Sie kichert.» Manchmal ist ein Quicky im Auto oder am Strand doch ganz nett.« Ach nee. Was ist denn da passiert? Gehirnwäsche?
»Außerdem glaube ich, dass er wirklich keine anderen Betthäschen mehr hat.« Bei diesem Ausdruck muss ich schmunzeln. Wer sagt denn so etwas?
»Das freut mich für dich, Emma. Ehrlich«, sage ich und meine es wirklich ernst. Ich bin froh, dass sie endlich zueinander gefunden haben. »Weiß Alex, dass du schwanger bist?«, frage ich leise und sie schüttelt erschrocken den Kopf.
»Nein. Noch nicht. Woher weißt du ...?« In ihren Augen liegt eine Spur Misstrauen, doch ich nicke nur in Richtung der Hand auf ihrem Bauch. Ihr Gesicht entspannt sich und sie lächelt. »Ach so, ja. Du hast eine gute Beobachtungsgabe, Anja. Ich möchte es ihm gerne am Strand sagen. Unter Palmen, beim Sonnenuntergang oder so. Mal sehen. Ich hoffe, er freut sich so sehr wie ich.« Geistesabwesend blickt sie in die Ferne und wir schweigen eine Weile. Lachende Kinder springen um uns herum, genervte Eltern schieben schwere Trollis mit Gepäck zwischen den Wartenden hindurch und ich sauge die geschäftige Atmosphäre in mich auf. In einigen Jahren wird Emma auch eine der Mütter sein, die ihren Sprössling an der Hand durch die Gegend zieht. Und ich? Vielleicht auch, wenn es das Schicksal so will.
»Wirst du ihm auch sagen, dass er nicht der leibliche Vater ist?«, reiße ich sie aus ihren Gedanken und blicke

203

sie fragend an. Es geht mich zwar nichts an, doch die Neugier ist einfach zu groß.
»Nein.« Emma schüttelt energisch den Kopf. »Der Erzeuger des Kindes hat so viel Ähnlichkeit mit ihm, dass es bestimmt nicht auffällt. Außer dir weiß es keiner und ich hoffe, dass es so bleibt. Er ahnt es nicht einmal. Ich habe die Treffen ohne Grund beendet und kurz darauf hat er den Arbeitsplatz gewechselt und ist weggezogen. Ehrlich gesagt bin ich wirklich sehr froh darüber.« Ich kann Emma verstehen.
»Nein. Ich sage nichts. Dein Geheimnis ist bei mir gut aufgehoben. Ich wünsche dir alles Glück dieser Welt und dass dein Traum endlich wahr wird.«
»Danke, Anja. Das bedeutet mir viel.« Sie umarmt mich und zwischen uns ist alles im Reinen.
»Bitte sehr, die Damen«, unterbricht Alex diesen Moment und drückt uns die Becher in die Hand.
»Danke, mein Schatz. Ich glaube, wir müssen nun auch los. War schön dich getroffen zu haben, Anja«, sagt Emma und erhebt sich.
»Gute Reise euch beiden«, wünsch ich ihnen und sehe mit Erstaunen, wie Alex ganz selbstverständlich nach dem Griff des Transportwagens greift, um hinter Emma den Wartebereich zu verlassen. Wow. Und da soll noch einmal jemand sagen, dass sich Menschen nicht ändern können. Aus dem ehemaligen Playboy ist ein fürsorglicher Ehemann geworden. Emma hat ihre Einstellung zum Sex geändert und bekommt bald ihr Wunschkind. Ja, Zeiten ändern sich und wir uns mit ihnen. Im gleichen Moment muss ich an Fibi denken. Auch sie hat sich geändert. Daran ist Stefan, der sympathische, fünfunddreißigjährige Lehrer nicht ganz unbeteiligt, den sie vor gut einem Monat in einem Kaffee kennengelernt hat. Vom ersten Augenblick an war eine Anziehung zwischen den beiden, die selbst sie nicht leugnen konnte. Ich war damals in unserer Mittagspause dabei, als er sie unbeholfen ansprach. Zu niedlich. Ein Lächeln huscht über mein Gesicht. Ich gönne es ihr von Herzen. Sie ist so verknallt, dass sie sich spontan von allen Internetportalen und Singlebörsen abgemeldet hat und sogar über eine gemeinsame Wohnung nachdenkt.

Unsere Verbindung ist noch intensiver geworden und wir verstehen uns blendend. Sie ist in dieser kurzen Zeit zu meiner engsten Vertrauten geworden und ich hoffe sehr, dass es auch so bleibt. Und ich? Ich habe mich auch verändert, glaube ich. Zumindest sieht das Fibi so. Noch während ich darüber nachdenke, wie sehr sich alles gewandelt hat, legen sich zwei Hände über meine Augen und in meinem Magen beginnen die Schmetterlinge zu tanzen. Mein Herz macht einen freudigen Aussetzer, als ich den mir so liebgewonnenen Duft von Sonne, Strand und Meer rieche.
»Markus«, quietsche ich glücklich und drehe mich sofort zu ihm herum. »Du bist schon da? Aber ich wollte doch ... Ist es schon so spät?«
»Ja, meine kleine Fee, ist es. Der Flieger ist schon vor einer Weile gelandet und ich habe auf dich gewartet.« Er geht um die Reihen der Stühle herum, stellt seinen Koffer neben sich und lässt sich auf den Sitz, auf dem vor einiger Zeit noch Emma saß, fallen.
»Ups. Entschuldigung«, presse ich peinlich berührt hervor, doch Markus lacht nur.
»Du bist eben doch meine kleine 'Katastro-Fee'«.
»Du bist mir nicht böse?«
»Nein, mein Herz. Wie könnte ich? Ich habe dich ja gefunden. Hatte mir gleich gedacht, dass du hier bist. So groß ist dieser Flughafen nicht.« Erleichtert kuschle ich mich in seine Arme. Ja, ich habe mich verändert. Ich liebe diesen Mann, der mich so nimmt, wie ich bin. Ich habe mein Herz an ihn verloren und seines dafür bekommen. Neulich, als wir nach einer heißen Liebesnacht den Sonnenaufgang betrachteten, habe ich sogar die drei Worte zu ihm gesagt, die ich so lange aus meinem Leben verbannt hatte. Ja, ich liebe ihn wirklich und kann mir eine Zukunft mit ihm vorstellen. Haus am Meer, spielende Kinder und ganz viel Sex. Zärtlich legt er einen Arm um meine Schulter und drückt mich fest an sich.
»Und? Was machen wir jetzt?«, haucht er mir ins Ohr und knabbert an meinem Hals. »Ich hätte da so eine Idee.«

»Du und deine Ideen«, kichere ich ausgelassen. »Was willst du denn machen? Sag es mir«, hauche ich zurück und er strahlt mich an.
»Du hast Urlaub, stimmt's?« Verwunderung macht sich auf meinem Gesicht breit.
»Ja, habe ich. Zwei Wochen. Warum?«
»Weil ich mir etwas überlegt habe. Lass dich einfach überraschen.« Der Schalk blitzt in seinen wunderschönen, blauen Augen.
»Und was?«
»Wenn ich dir das jetzt sage, dann ist es keine Überraschung mehr.«
»Och, bitte«, bettle ich und kraule ihn im Nacken. Normalerweise funktioniert das.
»Na gut, Misses Ungeduld. Was hältst du von einer Woche Urlaub? Du und ich, gemeinsam ...«
»Wie geil. Na klar. Wo soll's denn hingehen? Weißt du schon was?«, frage ich erregt und rutsche auf meinem Sitz hin und her.
»Ja. Ich habe die Tickets bereits gekauft. Ich will dir die Welt zeigen. Meine Welt. Vertraust du mir?«
»Das tue ich, mein Held«, schmunzle ich und meine es ehrlich. »Aber mehr verrätst du mir nicht, vermute ich?«
»Ich will dir meine Vergangenheit zeigen, weil du meine Zukunft bist«, sagt er zwinkernd, nimmt meinen Kopf in seine Hände und küsst mich leidenschaftlich. Ganz egal, wohin er mit mir reisen will ... Mit diesem einen Mann würde ich bis ans Ende der Welt gehen. Zu Fuß. In High Heels.

Vita - Christina Stöger

1980 in Hamburg geboren, lebt Christina Stöger glücklich verheiratet im Süden Deutschlands. Ob im Café oder beim Spaziergang mit ihrem Hund – immer ist sie bereit, von Freunden erlebte Geschichten, oder eigene Gedanken und Erfahrungen, mit großer Emotion zu Papier zu bringen. Lyrik und Prosa schreibt sie mit viel Herz und Gefühl.

Nach abgeschlossener Fachhochschulreife und IHK-Abschluss zur Bürokauffrau, widmet sie sich seit 2010 dem geschriebenem Wort. In ihnen gewährt sie, durch ihre Texte und eigenen Bildern, einen kleinen Einblick in ihre Welt und versucht, einen Moment der Ruhe in dieser schnelllebigen Zeit zu schaffen.

2013 erschien ihr Liebesroman »Brennende Liebe« und 2014 die Kurzgeschichtensammlung »Ein Glas Leben« im Edition Paashaas Verlag.

2015 folgte der Psychothriller »Mia und der blaue Schal«, ihr Lyrikbuch »Momente des Lichts – lichtvolle Lyrik« und »Ich will dich, aber ...«, ein heiterer, emotionaler und erotischer Liebeskurzroman im Selbstverlag.

2016 »Du willst mich, aber ...«, die Fortsetzung des Buches »Ich will dich, aber ...«.

Weitere Veröffentlichungen sind geplant.

Mehr auf:

http://christinas-buchstabenmeer.blogspot.de/

Email: christina-stoeger@gmx.de

Danke an euch,
meine Freunde, Leser und Herzensmenschen.

Wie immer am Ende des Buches, möchte ich mich bei den Menschen bedanken, die dieses geschriebene Wort überhaupt ermöglicht haben.

Ein herzlicher Dank geht an Evy Winter, meine liebe Autorenfreundin, die mir ihre Gedanken zu einer Stelle im Buch verraten hat und die ich umsetzen durfte. Ich hoffe, deine Stelle gefällt dir :).

Auch möchte ich L.S. meinen Dank bekunden, denn ohne dich gäbe es die Vorlagen für Anja nicht. Meine Protagonistin ist nicht ganz wie du, aber sie hat ähnliches erlebt. ;) Ich hoffe, du findest auch dein wahres Glück.

Ein besonders großer Dank geht an meine Testleserinnen Martina und ihre Schwester Andrea, ebenso wie an Katrin und Cornelia. Ohne euch wäre das Buch nicht so, wie es jetzt ist. Danke für eure Mühe und Hingabe, die vielen Tipps und Hinweise. Es war nicht immer leicht mit mir, das gebe ich gerne zu. ;) Danke, dass es euch in meinem Leben gibt. Als Freundinnen und als Testleserinnen.

Außerdem danke ich meiner Familie. Ich weiß, ihr musstet unter mir leiden. Manchmal kam der Haushalt, ebenso wie die 'Gassirunden', etwas zu kurz. Aber so ist das eben, wenn man mit einer Autorin verheiratet ist :) Danke für eure Geduld, eure Liebe und euer Verständnis.

Ein weiterer Dank geht an meinen Coverdesigner Dennis Wilkinson. Du hast meine Wünsche erkannt und sie wunderbar umgesetzt. Danke für deine Geduld, Mühe und Zeit.

Ein herzlicher und liebevoller Dank geht an meine beiden Freundinnen Doris und Nadja. So oft habt ihr mir und meinen Ausführungen gelauscht, hattet Tipps und Hinweise für mich. Ich weiß, ich habe euch oft genervt mit meinem Roman und doch wart ihr immer da und gabt mir das Gefühl, weiter machen zu müssen und nicht aufgeben zu dürfen. Ich danke euch, für eure Zeit, eure Geschichten und Gedanken, für viele lustige Sprüche und die wunderbaren Unterhaltungen, die wir führten und die sogar teilweise in meinem Roman verewigt wurden. Ich hoffe, sie spiegeln euch ein wenig wider. Auch wenn nur ihr wisst, was ich meine :)

Ein 'pinker Dank' ;) geht an meine Freundin und Autorenkollegin Biggi Berchtold, deren Bücher ich namentlich benennen durfte. Ich liebe deinen Schreibstil. Ebenso wie meine Protagonistin, habe ich deine Werke verschlungen und freue mich sehr auf weitere. Danke, dass du in all der Zeit an meiner Seite warst und mich mit deinem 'Think pink' unterstützt hast.

Zusammenfassend danke ich allen, die mir in der ein oder anderen Weise helfen und geholfen haben, die meine Bücher kaufen und lesen, mich unterstützt und gefördert sowie gefordert haben. Danke, dass ihr meinen Lebensweg begleitet. Hoffentlich noch für sehr lange Zeit.

Weitere Bücher:

Brennende Liebe – Christina Stöger

Ein packender Liebesroman Keine Beziehung? Nun ein One-Night-Stand? War es wirklich das, was sie wollte? Chrissy hat sich unsterblich verliebt, natürlich wieder in den vermeintlich Falschen. Aber weiß man das vorher? Vielleicht wird ja doch noch alles gut?

Und somit begibt sie sich in ein Abenteuer, das ihre Welt verändern wird - denn Liebe brennt nicht nur im Herzen ...

144 Seiten,

Verlag: Edition Paashaas Verlag EPV; 1. August 2013

ISBN-10: 3942614529

ISBN-13: 978-3942614528

Ein Glas Leben – Christina Stöger

19 Kurzgeschichten - ein mörderisch guter Cocktail zum Abschalten vom Alltag. Begleiten Sie die Autorin auf eine Reise durch Leben, Liebe und Tod. Denn ein Glas Leben hat viele Facetten und bringt Spannung, Unterhaltung und auch den einen oder anderen Mord.

Dieses Buch ist so vielfältig, wie das Leben selbst. Geschichten aus dem Alltag, die Abwechslung bieten. Ob Schutzengel, Feuerteufel, der eigene

Schweinehund oder gar eine Handy freie Zone - denn nichts ist spannender als das wahre Leben.

184 Seiten

Verlag: Edition Paashaas Verlag EPV; 14. Mai 2014

ISBN-10: 3942614766

ISBN-13: 978-3942614764 **162**

Mia und der blaue Schal – Christina Stöger

Nach einem misslungenen Selbstmordversuch wird Mia Falter in die psychosomatische Klinik am Meer eingewiesen und lernt dort die Psychologin Katharina Pescado kennen. Die Sitzungen sind erfolgreich und nach einiger Zeit beginnt Mia ihr neues Leben. Doch es ist nicht so einfach, wie sie es sich vorgestellt hat. In ihrer Umgebung passieren einige Morde, in die sie verwickelt zu sein scheint – allerdings kann sie sich nicht erinnern, diese gesehen zu haben, geschweige denn, dass sie als Zeugin eine Aussage dazu machen könnte …

240 Seiten

ISBN-10: 3734744954

ISBN-13: 978-3734744952

Verlag: Books on Demand; 17. April 2015

Momente des Lichts – lichtvolle Lyrik – Christina Stöger

Leben, Liebe, Licht, Freundschaft, Hoffnung und Trost - 74 emotionale und lichtvolle Gedichte sind in diesem Buch auf 150 Seiten vereint. Zusammen mit wundervollen, teilweise farbigen Bildern fügen sie sich harmonisch zu einem Werk zusammen, das den Leser durch das Leben begleitet. Eigene Emotionen oder Situationen von Freunden hat die Autorin Christina Stöger in Reime verpackt, um ein kleines Licht der Hoffnung in die Herzen ihrer Leser zu tragen.

164 Seiten

ISBN-10: 3739204028

ISBN-13: 978-3739204024

Verlag: Books on Demand; 9. November 2015

Ich will dich, aber ... - Christina Stöger

Nach der Trennung von ihrem Ex-Freund Florian glaubt Anja, ihr Leben im Griff zu haben - neuer Job, neue Wohnung und der Umzug aufs Land. Für Männer scheint es keinen Platz zu geben, bis ... Emma und ihr Verlobter Alex auftauchen. Und plötzlich ist alles anders. Anja lässt sich auf das Liebesspiel mit Alex ein und eine heiße Affäre beginnt. Doch kann das gut gehen?
Eine heitere, jedoch auch nachdenkliche und emotionale Liebeskurzgeschichte mit einem Schuss Erotik aus der Sicht der Protagonistin, gewährt dem Leser Einblicke in das Liebesleben einer jungen Frau, die zwischen Verlangen und Schuldgefühlen hin und her gerissen ist.

164 Seiten

ISBN-10: 3738644636

ISBN-13: 978-3738644630

Verlag: Books on Demand; 27. November 2015